기억 속의
풍경

주종연(朱鍾演)

1937년 함경북도 무산 산양대에서 출생
서울대학교 문리과대학 국문학과 졸업
동 대학원에서 석사 및 박사학위 취득
국민대학교 교수 역임
현 국민대학교 명예교수
시인

저서: 『한국소설의 형성』, 『한독민담비교연구』 등
시집: 『아버지의 음성』, 『방랑자의 노래』
수필집: 『최후의 센티멘털리스트』

기억 속의 풍경

초판 1쇄 인쇄 2015년 6월 2일
초판 1쇄 발행 2015년 6월 10일

지은이   주종연
펴낸이   지현구
펴낸곳   태학사
등 록   제406-2006-00008호
주 소   경기도 파주시 광인사길 223
전 화   (031)955-7580~2(마케팅부) · 955-7585~90(편집부)
전 송   (031)955-0910
전자우편   thaehak4@chol.com
홈페이지   www.thaehaksa.com

ISBN 978-89-5966-700-0 03810

기억 속의
풍경

주종연 산문집

태학사

머리말

나는 지난 세기 30년대 후반에 이 땅에서 태어났기에 아직 어린 나이에 두 번의 전쟁을 치렀고 동족상잔이란 참극을 목도했고 고향 상실을 체험한 불운의 디아스포라(diaspora) 세대에 속한다.

지난날에 쓴 산문들을 이렇게 역순으로 묶어 놓으니 '나'라는 한 개체의 정신적 성장 과정과 내면의 세계, 즉 의식의 흐름을 한눈에 훑어볼 수 있는 것 같아 야릇한 기분마저 든다.

역사가 집단에 관한 사실의 기록이라면 문학은 인간 개체의 사사로운 생각과 정서적 표출을 기본으로 삼는다 함은 새삼스런 이야기다.

우리는 한 생을 살아가면서 각기 체험한 삶의 모습과 기억들을 다양한 문예 양식으로 표현한다. 개개인이 처한 환경과 체험에 따라 다소의 편차가 있다 하더라도 이들이 모여 시대 정신이 지배하는 집단적 정서라는 공개념으로 추상화되어 한 시대를 특정화시킴을 우리는 안다.

일부 글에서 그 구성상 혹은 효과적 설득을 위해 조작적 장치가 전혀 없는 바 아니나 시종 산문정신에 입각하였음을 굳이 밝히고자 한다.

시는 감정(Gefühle)이 아니라 경험(Erfahrungen)이라고 R. 릴케는 말한다.

소설은 허구를 전제로 하기에 그것이 설사 진실을 표상한다 하더라도 실제적 상황과는 다소 거리가 있다.

허구도 아니요, 은유나 비유 또는 상징 같은 굴절된 장치나 구성에 의탁하지 않고 가감 없는 진솔한 진술을 본령으로 하는 것이 산문 양식 말고 어디 또 있을까.

서른을 거쳐 쉰, 그리고 일흔이 넘도록 이 땅에서 살며 보고 느껴온 단상(斷想)들이 모여 한 시대를 증언하는 게재가될 수 있다면 나는 기꺼이 조그만 보람으로 마음속 깊이 간직하겠다.

2015년 5월 25일

일산에서 주종연

목차

I.
일흔 즈음에

1. 해묵은 대답

"히도쯔 후다쯔 밋쯔 욧쯔 이즈쯔 뭇쯔 나나쯔 얏쯔 고구 노쯔 도."

책상과 의자를 다 치운 텅 빈 교실 안.

입학 시험관인 세 분의 선생님 앞에 잔뜩 긴장한 자세로 똑바로 선 채 나는 커다란 주판알을 하나씩 재끼며 한껏 소리 높여 외쳤다.

내 생에서 치러진 최초의 시험은 일본어 수사를 하나에서 열까지 외는 것이었다. 그것은 또 내가 혼자서 처음으로 당해 본 외로운 공간 체험이기도 했다.

해방 전 해 두만강 어귀에서 사오십 리 떨어진 조그만 항구 도시 웅기(雄基)에서 이렇듯 선발시험을 치르고 들어간 초등학교의 첫 담임선생님은 일본인 여성 오다기리 미찌고(小田切 美智子)였다. 검은색 동그란 안경을 낀, 사십 대 초반에 웃음이 별로 없는 선생님은 다소 근엄한 인상으로 오늘날까지 내 기억 속에 남아 있다.

선생님은 수업시간에 종종 커다란 그림책을 들고 와 교탁 위에 세워 놓고 한 장, 한 장 넘기며 그림의 배경 공간에서 일어난 재미난 이야기를 우리들 '반도인(半島人)' 어린이들에게 쉬운 일본말로 들려주었다. 어느 날 국어 시간에 선생님은 모두 책을 덮고 눈을 감으라 하셨다. 그러고 나서 선생님은 새로 들어갈 대목을 아주 나직한 소리로 읊조렸다.

아까이 도리 고도리(빨간 새야 새야)
나제 나제 아까이(왜라서 빨갛지)
아까이 미오 다베다(빨간 열매를 먹었지)

순간 머릿속은 온통 붉은 색깔이 되었다.

아오이 도리 고도리(파랑 새야 새야)
나제 나제 아오이(왜라서 파랗지)
아오이 미오 다베다(파란 열매를 먹었지)

이번에는 세상이 온통 푸른빛으로 바뀌었다.

학교에 들어간 첫 학기인가 단체 영화 관람이 있었다.

읍내에 하나밖에 없는 커다란 단층 건물인 극장으로 1~2학년 오백여 명이 줄지어 갔다. 모두가 자리에 앉아 활동사진이 시작되기를 숨죽여 기다렸다. 오랜 정적 끝에 드디어 불이 꺼지고 영화가 시작되었다. 그때는 전쟁 중이었기에 아마도 남태평양에서 활약하는 일본군 홍보영화였던 것 같다. 야자수 늘어진 그늘 사이로 총을 멘 군인들이 질서정연하게 행진하기도 하고 혹은 자전거를 탄 군인들이 미소 지으며 줄지어 달리는 낯선 이국 풍경은 시골 꼬마들의 넋을 빼앗기에 충분했다. 화면이 바뀌어 드넓은 창공을 떼 지어 날아가는 비행기의 모습은 마치 가을 하늘을 가득 메운 잠자리 떼 같았다.

그때 갑자기 앞줄에 앉은 아이들이 소란스러워졌다. 아니나 다를까 처음에는 몇몇 꼬마들이, 나중에는 상당히 많은 아이들이 무대 위에 올라가 스크린에 비친 비행기를 무슨 잠자리나 잡듯 서로가 낚아채려고 이리 뛰고 저리 뛰며 아우성쳤다. 극장 안은 삽시간에 난장판으로 상영이 중단되고 일 학년은 모두 밖으로 쫓겨났다. 교실에 돌아온 우리들은 화가 머리끝까지 났을 선생님의 무서운 얼굴을 떠올리며 겁을 먹은 채 모두 제자리에 조용히 앉아 있었다. 그러나 다소 근엄한 표정으로 교실에 들어온 선생님은 교탁 위에 서자마자 화는커녕 싱긋이 웃었다. 영문을 몰라 의아해하는 우리들의 표정을 두루 살펴보며 소리 높여 웃으시는 게 아닌가. 잠시 후 우리도 눈물이 고이도록 실컷 따라 웃었다.

그날 이후로 일 학년의 단체 영화 관람은 중단되었다. 선생님은 언제나 정직과 청결을 이야기하였고 질서와 약속 지키기를 매일 아침 조회시간에 되풀이 강조하였다. 어느새 우리들 개개인의 이름을 다 외웠고 출석부도 보지 않은 채 선생님은 차례로 이름을 불렀다. 개구쟁이들도 꼼짝없이 길들여졌고 어느덧 우리는 모두 선생님을 세상에서 가장 어렵고 무서운 존재로 인식하기 시작했다. 초등학교 이 학년 때까지 계속해서 우리 반 담임을 하였기에 선생님에 대한 인상은 더욱 선명하게 내 머릿속에 남아 있다.

여기서 오늘 내 나이 고희가 넘도록 결코 잊히지 않는 세 가지 이야기를 밝혀 그때 선생님의 물음에 대답 못한 이유를 혼자 되뇌고 싶다.

학교에 들어간 첫 학기인가 화창한 어느 봄날 뒷동산으로 우리 모두 첫 원족을 갔다. 그때는 소풍이란 우리말도 들어본 적이 없던 때라 일본말 그대로 그저 원족이라 불렀다. 목적지에 도달하자마자 각 학급마다 제각기 담임선생님 앞에 옹기종기 모여 앉아 허겁지겁 도시락을 까먹었다. 근처의 옹달샘에서 목을 축이다 멀지 않은 곳에 아이들 여럿이 와자지껄하게 싸리 나뭇가지로 땅을 치는 광경을 보고 나는 호기심에 그곳으로 가 보았다. 아이들이 조그만 새끼 뱀을 향해 사정없이 내리치는 게 아닌가. 뱀은 꿈틀거리다 아이들의 몰매 앞에 이내 죽고 말았다. 죽은 뱀은 아무도 탐내지 않았기에 나는 얼른 도시락을 쌌던 신문지를 꺼내어 둘둘 감았다. 내게는 그것이 매우 소중한 것으로 여겨졌기에 내내 신문지에 싼 것을 꼭 들고 있었다. 소풍을 끝내고 학교로 돌아가기 위해 선생님의 지시에 따라 다들 줄 맞춰 섰다. 그때 앞줄 아이들이 선생님께 뭔가 소곤거리는가 했더니 선생님은 내 이름을 불러 앞으로 나오라 했다. 신문지에 싸인 새끼 뱀을 확인하는 순간 선생님은 무서운 눈을 하고 나를 노려보았다. 왜 이런 못된 짓을 하는가 하고 그리고 뭣 때문에 들고 있는가 하고 노한 음성으로 다그쳐 물었다. 안경 너머로 더욱 동그랗게 뜬 선생님의 성난 눈을 똑바로 쳐다보다 순간 어린 마음에도 일본 사람이 우리에 관해 뭘 알겠는가 하는 생각의 벽이 퍼뜩 스쳐 지나가 나는 끝내 입을 다물었다. 반성의 기미도 하나 없다고 생각했던지 선생님은 끝내는 엄지와 검지로 내 볼을 잡고 꼬집듯 마구 흔들어댔다.

사실 그 시절 우리 집 장롱 위에는 언제부터인가 두 개의 됫병이 나란히 놓여 있었다. 하나는 꿀이 가득 담긴 노란 병, 다른 하나는 머리를 위로 하고 용틀임하는 자세로 세워진 흰

뱀술이었다. 갑산(甲山)인가 무산(茂山) 산판에 숨어 있던 아버지가 병약한 어머니에게 약 대신 쓰라고 인편으로 몰래 보내온 것이나 엄마는 입 한 번 대지 않고 무슨 신주단지나 되듯 높은 곳에 올려놓고 내내 보관하고 계셨다.

새끼 뱀을 보는 순간 그것도 병에 넣어 약이 되도록 그저 그 옆에 놓아두고 싶은 생각이 전부였노라고 나는 그때 선생님께 솔직히 고할 수 없었다.

같은 해 이 학기 때였던가…….

여름방학이 끝나고 시월에 접어드니 역시 북쪽 지방이라 아침저녁으로 찬기가 몸속을 파고들었다. 끼니는 그럭저럭 해결된다 하더라도(사실 그때 우리는 점심을 거의 굶고 지냈다) 겨울을 날 옷가지가 문제였던 것 같다. 엄마는 그런 일엔 좀처럼 나서기를 꺼리셨는데 어느 날 우리 형제를 앉혀 놓고 밖에서 들은 이야기로 며칠 내 곧 학급마다 세 벌의 교복이 배급나온다는데 형과 같이 담임선생님 집에 찾아가 한번 사정해 보는 게 어떠냐고 하셨다. 나는 어린 시절부터 별로 숫기도 없고 내성적인데다 더욱이 선생님 댁을 사사로운 일로 사정하러 간다는 것은 정말 죽기보다 더 싫었다.

나이는 두 살 더 많으나 나보다 한 학년이 위인 형의 손에 이끌려 저녁 나절 선생님 댁을 찾아갔다. 읍내 일본인 동네에

사는 선생님 댁은 참으로 밝고 정갈하였다.

불쑥 찾아온 꼬마 불청객이었으나 우리는 다다미방에 안내되어 꿇어앉은 채 손님처럼 선생님이 손수 마련한 요오깡(양갱)과 차를 대접 받았다.

형이 예의 없이 불쑥 찾아오게 된 동기를 또렷이 이야기하는 동안 내내 나는 안절부절 못하고 얼굴도 못 든 채 콩닥거리는 가슴 소리만 들었다.

이윽고 선생님은 나직이 물었다.

"그래, 아버지는 안 계신가?"

형은

"네!" 하고 대답했다.

그럼 돌아가셨는가 하고 재차 물었을 때 형과 나는 아무 대답도 못한 채 그저 묵묵히 눈을 깔고 앉아 있었다.

"그래 알았다. 내 생각해 볼게."

오랜 침묵 끝에 하신 선생님의 이야기를 듣고 형은 고맙다고 인사했고 나도 따라서 모기소리만 하게 "고맙습니다." 하고 머리 숙여 인사하고 밖으로 나왔다. 나와 보니 내 몸은 온통 진땀으로 젖어 있었다.

그 후 나는 고맙게도 반에서 옷 배급을 타게 된 세 아이에 끼게 되었고 그해 겨울을 따뜻하게 지낸 기억도 생생하다. 사실 그때 아버지는 여러 해 전 두만강 건너 만주(滿州)로 달아나 하얼빈 근처에서 종적을 감췄기에 생사는 알 길이 없었다. 그 후 우리는 아버지를 찾아 무산에서 떠나 엄마의 집념에 이끌려 만주에서 가장 가까운 그곳 항구 도시에 머물고 있었다.

형과 내가 선생님의 물음에 답해서는 안 될 이유를 우리는 이미 본능적으로 알고 있었던 것이다.

2학년에 올라와서는 형이 보는 교과서 이외의 책도 차츰 어깨 너머로 읽기 시작했다. 형은 어느 날 며칠 전 국어 시간에 선생님이 들려주었다는 일본 민담 「가구야히메」를 이야기해 주었다.

옛날 할아버지, 할머니가 가난하게 살고 있었다. 하루는 할아버지가 대나무 숲에 들어가니까 몹시 빛이 나는 대나무가 있었다. 베어 보니 그 속에 예쁜 여자 아이가 있었다. 집에 안고 와 '가구야히메'라 이름 짓고 키웠는데 아이는 며칠 만에 예쁜 아가씨로 자랐다. 소문을 듣고 다섯 사람의 귀인이 찾아와 청혼하였으나 이들 모두 어려운 문제를 풀지 못해 빈손으로 돌아갔다.

달빛이 몹시 밝은 어느 보름날 밤, 하늘에서 내려온 사람의 보살핌을 받으며 가구야히메는 하늘로 날아가 버렸다.

옛이야기는 대충 이런 것이었다.

달빛에 젖어 푸른 옷깃을 펄럭이며 하늘을 나는 비천상(飛天像)은 어린 마음속에 애잔하게 남았다. 그 이후로 나는 보름달이 빛나는 밤이거나 달무리 진 밤이면 중천에 뜬 달을 쳐다보며 '가구야히메'를 그리워했다.

어느 날 국어 시간엔가 교단 앞에 나가 각자 이야기를 발표하는 시간, 내 차례가 되었을 때 나는 서슴없이 「가구야히메」를 발표했다.

그동안 수없이 되뇌며 머릿속에, 아니 가슴속에 담고 있었던 터라 내가 제법 능숙하게 엮어 나갔던지 선생님은 대단히 잘했다고 하며 아이들 보는 앞에서 감격스레 내 머리를 쓰다듬어 주셨다.

그 후 우리가 공개 수업하는 학급으로 지정되었을 때 선생님은 학생들이 자발적으로 나가 이야기를 발표하는 국어 시간으로 정하고 내가 하는 「가구야히메」를 그날의 하이라이트로 잡아 놓았다. 돌이켜 보건대 아마 선생님의 뜻은 식민지인 반도의 저급 학년 어린이들도 전래 일본 민담을 일본어로 능숙하게 이야기할 수 있게 되었다는 것을 보여 그간의 교육효과를 과시하려는 의도가 아니었나 한다.

수업참관일에는 아침부터 모두가 긴장했다.

교실 앞 벽에는 서너 명의 발표자 이름과 발표 제목도 함께 크게 써 붙여졌다. 발표자가 내용 일부를 빼먹거나 일본말로 잘못 표현될 부분도 정오표처럼 밝혀 이야기의 진행을 돕도록 배려되어 있었다.

발표자들이 교실 앞쪽에 나란히 자리 잡자 드디어 교장 선생님을 비롯하여 열 분 정도의 선생님들이 차례로 들어와 교실 뒤쪽에 앉았다.

그러나 아! 놀랍게도 그중에는 「가구야히메」를 처음 들려줬다는 형네 담임선생님의 안경 낀 얼굴이 펀뜩이고 있지 않은가. 그리고 더욱 놀라운 것은 고급 학년 학생들에게 종종 우리의 역사 이야기를 슬쩍슬쩍 비치는 것으로 소문난 조선인 그 선생님도 거기 눈을 감고 앉아 있지 않은가(그 조선인 선생님은 우리 집 내력을 조금 아는 분이었다).

나는 우선 남의 이야기를 훔친 것으로 생각되었고, 더욱 부끄러운 것은 왜 하필이면 일본 민담을 굳이 선택했나 하는 무언의 꾸지람 같은 것이 두 분을 보는 순간 섬광과도 같이 동시에 떠오른 것이다. 내 가슴은 맹렬히 뛰기 시작했고 이내 얼굴도 벌겋게 달아올랐다. 이윽고 내 차례가 되어 교탁 앞에 나가 섰다. 나는 잠시 마음을 가다듬고 오늘은 다른 것으로 바꿔서 이야기하겠노라고 가느다란 목소리로 우물거렸다. 나는 겁먹은 듯 기어들어 가는 소리로 시종 머리를 숙인 채 우리 모두 익히 알고 있는 '나무꾼과 선녀'를 더듬거리며 간신히 끝을 맺었다.

그날의 기분도 수업도 나 때문에 엉망이 되었다.

방과 후 빈 교실에서 선생님이 한결 차분해졌으나 낭패한 목소리로 돌연 이야기를 바꾼 이유를 물었을 때도 나는 묵묵히 입을 다문 채 아무 대답도 하지 않았다.

그 후 얼마 안 있어 전쟁이 끝나고 세상도 바뀌었다.

다소 과장된 부분이 없지 않으나 저『흐르는 별은 살아 있다』라던가『요코 이야기』에서처럼 험한 꼴을 당하지 않고 선생님은 무사히 귀국선에 올랐는지 그리고 고향에 돌아가 젊은 나이에 이국에서 체험한 꿈과 끔찍한 좌절로 얼룩진 삶을 어떻게 감내하며 여생을 보냈는지 알 도리가 없었다.

그동안 마음속에만 간직했던 60년도 더 된 말 못한 대답을 나 오늘 책상 앞에 똑바로 앉아 연필로 적어 본다.

2. 무녀 월선이

내가 운허(雲虛) 스님을 처음 만난 것은 파주(坡州) 땅에서였다.

한강과 임진강이 합수하여 황해로 흘러가는 지점이 넓게 굽어보이는 산 중턱 암자에서 스님은 홀로 기거하고 있었다. 다소 초라한 감을 떨칠 수 없는 조그만 암자 한 채가, 말하자면 관음전도 되고, 지장전도 되고, 산신각도 되고, 요사채도 되는 셈이었다. 지붕 위로 짙은 가지를 무겁게 드리우고 서 있는 아름드리 느티나무는 암자의 오랜 연륜을 가늠케 했다.

아직 철없는 어린 나이에 떠나온 북쪽의 피붙이와 산하가 그리울 때면 젊은 시절 나는 여기 암자를 즐겨 찾곤 했다. 왜냐하면 철책 따라 굽이 돌아가는 임진강 너머로 북녘 땅을 육안으로 손쉽게 더듬을 수 있었기 때문이었다. 내가 그곳을 찾아갈 때마다 번번이 스님은 불단을 등지고 임진강이 바라보이는 북쪽을 향해 가부좌를 튼 채 지그시 눈을 감고 염주 돌리며 소리 낮게 염불하고 있었다. 그것이 길던 짧던 염불이 끝나고 밖에서 서성이고 있는 나를 향해 "왔소." 하는 소리를 듣고 나서야 나는 암자 속에서 스님과 마주 앉아 차를 마실 수 있었다. 나중에 안 일이긴 하지만 스님 또한 북쪽 태생이었다.

강 건너 멀리 황해도 구월산 자락에서 태어나고 자라고 젊은 시절을 보내다 육이오사변이 터졌다. 피난 행렬에 묻혀 마을의 젊은이들과 함께 남으로 내려왔으나 세상이 낯설고 먹고 살 길이 막막하다 보니 이내 고향이 그리워졌다. 그때 반도의 허리 부분에 걸쳐 이미 전선이 치열하게 형성되고 있는 상황에서 고향 땅을 찾을 방법이란 켈로(KLO)[1] 요원이 되어 낙하산으로 투하되는 길밖에 별도리가 없었다. 거의가 비슷한 처지에 있었던 고향 친구들과 뜻을 모아 북파요원이 되기를 자원하고 몇 달간 힘겨운 훈련을 받았다. 휴전협정이 체결된 그해 봄이었던가, 다들 비행기 타고 한밤중에 북으로 날아갈 날만 초조하게 기다리고 있을 즈음 스님은 급성맹장염에 걸려 후방으로 이송되었다.

---

1 KLO(Korean Liaison Office): 한국연락사무소, 육이오사변 전후에 활약한 미국동군사령부 휘하의 대북 정보수집기관.

그 후 병원에서 퇴원하고 본대로 돌아왔으나 고향 친구들은 이미 북파 된 뒤였고 얼마 안 있어 휴전협정이 체결되어 부대마저 해산되었다. 후일 여러 경로를 통해 수소문한 끝에 어렴풋이 들은 이야기는 북파요원들은 거의가 전사했거나 투항하여 전멸되었다는 슬픈 이야기였다. 스님은 그들과 함께 행동하지 못한 자괴심으로 오랫동안 번민하며 방황하다 절에 들어가 스님이 되었다. 자기는 해탈이니 중생 구제니 하는 거창한 이념과는 상관없이 어쩌면 고향 땅에서 산화되었을 젊은 영혼들의 극락왕생을 기원하는 것이 자기에게 주어진 이승에서의 과업이라 생각하고 여기 암자를 지키고 있노라 했다.

사실 스님을 못내 괴롭힌 것은 고향에서부터 함께 내려온 절친했던 한 친구와 행동을 같이 하지 못했다는 자책감이었다. 친구는 문학청년이었다. 푸슈킨을 좋아하고 마야코브스키나 예세닌의 시를 멋지게 낭송할 줄 아는 낭만적 기질도 갖춘 방랑아였다. 고향에서 그를 유명하게 한 것은 학교의 무슨 행사 끝에 벌어진 문학작품 낭송 경연이었다. 그가 멋들어지게 읊어댄 공초(空超) 오상순(吳相淳)의 「방랑의 마음」은 타의 추종을 불허한 압권이어서 강당을 메운 청소년들에게 감동을 안겨 주었고 스님은 그날의 충격을 잊을 수 없노라 했다.

그날 이후로 고향의 젊은이들 사이에 무슨 유행가처럼 그 시는 외쳐졌고 웬만한 모임에서 누가 선창이라도 하면 모두가 입을 모아 합창하듯 소리 높여 읊어댔다.

흐름 위에
보금자리 친
오- 흐름 위에
보금자리 친
나의 혼

바다 없는 곳에서
바다를 연모하는 나머지에
눈을 감고 마음속에
바다를 그려 보다,
가만히 앉아서 때를 잃고
(……)

그동안 꽤 많은 세월이 흘렀을 텐데 스님은 한국 근대시로서는 드물게 긴 장시「방랑의 마음」전문을 자구 하나 놓치지 않고 또박또박 외워 보였다.

한국동란 때 무슨 거역할 수 없는 흐름 같은 피난민 물결 따라 그들은 남으로 내려왔으나 남쪽 사회 또한 그들이 그리던 것과는 거리가 멀었고 학교 진학은 고사하고 하루하루 살아가기조차 여의치 않았다. 풍찬노숙하며 삼남을 방황하다 묘한 인연으로 한강 하구에 인접한 경기도 고양(高陽) 땅 밤 가시나무 골 무당 집에서 친구는 잡일을 도우며 기거하였다. 고향을 떠난 이후 이골이 나도록 굶주려 끼니만 뗄 수 있다면 무슨 짓이라도 가릴 처지가 아니었기에 친구는 선뜻 그 집일을 맡았다. 전쟁 중인데도 아니 난리통이기에 오히려 무당네 집은 쉴 새 없이 푸닥거리로 분주하였다. 덕분에 떡과 돼지고기와 막걸리는 싫도록 먹었다.

　무당은 예로부터 대를 이어 해마다 이른 봄 정발산에서 거행되는 도당굿을 도맡아 하는, 고양 지역에서는 소문난 만신이었다. 슬하에 둔 외동딸은 이제 갓 스물을 넘긴 꽃다운 나이로 아직 신내림 받기 전이어서 새침하기 그지없었다. 젊은 남녀가 한 지붕 밑에 살다 보니 그들의 접근은 지극히 자연스러웠다. 나이도 나이려니와 사뭇 방랑기질이 농후한 북쪽의 문학청년과 오랜 전통사회 속에 깊이 뿌리박고 살아온 남쪽의 다소곳한 처녀의 만남은 거역할 수 없는 운명의 힘처럼 이들을 옭매었다. 그러나 시간이 지날수록 낯설고 제한된 안락한 일상에 길들여지는 자신을 확인한 친구는 어느 날 문득 그곳이 항차 자기가 머물고 있을 곳이 아니라는 생각이 드는 순간 박차고 뛰쳐나갔다. 그리고 수소문 끝에 친구 따라 예의 켈로에 합류하게 된 것이다.

그 후 스님도 출가하여 십여 년간 정한 곳 없이 이 절 저 절 기거하며 수도하다가 육이오사변 이후 거의 버려지다시피 방치된 이곳 임진강변 암자를 찾아내고 뜰 앞에 채마밭도 일구며 오늘에 이르기까지 거처로 삼았다고 한다. 원래 예로부터 고양과 파주는 한강과 임진강이라는 물길을 매개로 가까운 이웃 동네나 마찬가지였다. 만신들 사이에도 혹은 산신 기도나 용왕 기도를 다니느라 서로가 통문이 있었을 뿐더러 가끔은 절에 와서 칠성 기도를 드리기에 스님들과도 다소 친숙한 사이였다. 특히 스님이 거처하고 있는 암자는 두 강이 합쳐 바다로 향하는 길목이라 용왕당으로는 최적의 기도 장소로 이름 나 있었다. 혹여 스님이 육이오사변 때 내려온 이북 출신이라는 소문을 듣고 일부러 들른 것인지 정확히 알 수는 없었으나 어느 날 일산에서 왔다는 삼십 대 중반의 무당이 열서너 살이 됨직한 처자를 데리고 기도차 암자에 나타났던 그날의 정경을 스님은 소상히 기억했다.

묘한 육감이랄까, 젊은 처자를 처음 보는 순간 그녀의 모습에서 북으로 떠나간 오랜 고향 친구의 얼굴을 금방 읽었노라 했다. 날씬한 몸매에 희고 갸름한 서도 미인의 얼굴, 스님은 얼어붙은 듯 넋을 잃고 처자로부터 한동안 눈을 뗄 수 없었다.

일산 무당은 어린 딸아이가 벌써 신기가 있다고 걱정을 앞세우며 몇 차례 더 월선이를 데리고 나타났다가 그 후 종적을

감춰 궁금하던 차 풍문으로 월선이가 정발산에서 내림굿을
하던 날 그 어미가 목매어 자살하였다는 이야기를 들었노라
고 스님은 나에게 담담히 이야기했다.

저녁나절 문산역에서 기차를 타고 서울로 돌아오는 길에
나는 차 칸에서 그들의 이야기를 시로 형상화해 보았다.

정발산에서
월선이 첫 작두 타던 날
어미는 뒤울안
밤나무에 목을 맸다.

서러워 서러워 애고 서러워
성주님께 신령님께 산신님께
외할미도 엄마도 나꺼정 섬겼으니
딸년만이라도 제발
방울 안 잡게 해달라고
그리도 그리도 빌었건만
에이그 더럽다 차라리
그 고통당하는 걸 안 보는 게 낫지

엄마 탓이야 엄마 잘못이야

도망가는 부상병 왜 숨겨 줬나

성도 본도 모르는 외간 남자

재워 주고 먹여 주고 병 고쳐 주고

모두가 다 엄마 탓이야

그 자는 내 배 속에

핏덩어리만 남겨 두고

저희 무리 따라 임진강 건너

북으로 도망가 버렸지.

월선이 그년 태어날 적에

웬 고깔 쓴 당금애기 꿈에 나타나

탐스런 복숭아 하나 주더니

그게 다 사단이 있을 줄이야

서러워 서러워 애고 서러워.

애비 없이 자란 년 어려서부터

고무줄 잘 타고 노래 썩 잘하더니

여름, 봄, 가을, 겨울 사시장철

정발산 올라가 시름없이

임진강 너머만 바라보더니

바람 몹시 불던 어느 달 밝은 밤

한밤중 소리 없이 집 빠져 나가더니

새벽에사 비린내 풍기며
머리에 보자기 질끈 동여매고
진달래 가지 귀에 꽂고
참으로 기도 안 차게
녹슨 방울 찾아 들고 흥얼거리며
돌아오지를 않았겠나.

월선 애비 월선 애비
나더러 원망 말고 용서해 주시오
이 모두 제석님 뜻이라면
난들 어떡하겠소.
그년만이라도
방울 안 흔들게 해달란다고
밤마다 유황불에 당금질 당해
여태꺼정 목숨 붙은 게 용치
온몸이 푸른 멍 자국이라오
나는 가오 나는 가오
해도 없고 달도 없는 저승으로
엄마 찾아 가련다오.

어미가 집에서 목을 맬 때

월선이는 정발산에서 내림굿을 했다.

징에 맞춰 장구 맞춰

눈에 파랗게 불을 켜고 작두를 탔다.

시퍼런 칼날 위를

휙 휙 센 바람 소리 내며

연꽃 위에 물방울처럼

내려앉다가 다시

소맷자락 펄럭이며

멀리 임진강 너머를 향해

날아오르듯 춤을 쳤다.

그 후 나는 가정도 꾸리고 사회생활이 바쁘다 보니 스님을 찾아 암자로 가는 일이 뜸해지고 종내는 발을 끊고 말았다. 애틋한 무당네 이야기도 그러니까 자연 이삼십 년은 족히 까맣게 잊고 지내다 어느 날 갑자기 한 아름으로 내게 나타날 줄이야.

내게는 무속(巫俗) 연구를 평생의 업으로 삼는 지인이 하나 있다. 멀리 삼남의 도서 지방은 물론 강원도에서 경상도에 걸친 동해 연안 마을을 샅샅이 뒤져 무가와 무속을 훤히 꿰뚫고 있었을 뿐더러 토속신앙과 불가(佛家)와의 관계도 상당한 경지에 이르기까지 통달한 위인이었다. 그가 느닷없이 특별한 굿이 벌어지니 같이 구경 가기를 청하였다.

굿판은 태릉에 있는 야트막한 언덕배기 배 밭을 굽어보는 공지에서 벌어졌다. 조금 후미진 곳에 신당이 있고 오늘 굿은 그 신당의 당골네가 직접 주재하는 바 그녀는 경기 지방에서는 상당히 유명한 만신이라고 친구는 나에게 귀띔해 주었다. 그날 굿의 절정은 아무래도 마지막으로 벌어진 12단짜리 작두타기였다. 계단마다 시퍼렇게 날이 선 작두가 고추선 열두 개의 계단을 무당은 순식간에 날아오르듯 바람처럼 올라가 눈 깜빡할 사이에 맨 위 단 위에 설치된 쌍 작두를 타고 날렵하게 서 있지를 않는가.

무당은 조선시대 관복인 무관 옷을 받쳐 입고 긴 칼을 휘저으며 동서남북 사위를 돌며 허공을 향해 쇳소리 같은 음성으로 뭔가 외쳐댔다. 그때 내가 알아들을 수 있는 낱말이란 겨우 '남북통일' 정도였다고나 할까.

사십 대 중반은 족히 되어 보이는 호리호리한 무당의 손짓과 몸짓에는 여느 무당과는 다른 상당한 여유와 품위가 묻어 있었다. 나는 동행한 전문가에게 그녀의 내력을 물었다. 그는 주저 없이 고양 땅 밤가시나무 골의 세습무 월선(月仙)이라고 짧게 귀띔해 주지 않는가,

"뭐? 월선이!"

굿이 끝나고 무속 전문가와 동행한 덕에 나도 만신전에 들어가 그날 수고한 악사들과 중요 인사 몇 분들과 함께 음식 대접을 받았다. 상을 물리고 난 연후에 무당은 흰 소복 같은 평복으로 갈아입고 우리 앞에 나타나 다들 둥그렇게 앉은 채 몇 마디 덕담과 잡담이 오갔다. 무속 전문가는 오늘 행한 굿의 유형을 논하며 그 특성을 잡아 주었다. 그의 소개로 의아하게 나를 바라보던 무당의 궁금증이 다소 누그러졌다고 생각되는 순간 나는 아까 그녀가 보인 연희(演戲)에서 이상하게 생각된 점을 짚었다. 털을 벗겨 벌겋게 살가죽이 그대로 드러난, 제법 큰 통돼지 한 마리를 삼지창 하나로 곧추 세우는 행위는 두루 보아 왔지만 담배를 한 움큼 입에 물고 뻐끔거리기도 하고 불붙은 쪽을 한 움큼 입에 넣고 거꾸로 피워대는 연희는 처음 보는 행위여서 혹 무슨 숨은 뜻이라도 있는가 물었다. 순간 월선이는 싱긋이 미소 짓더니 나를 힐끔 쳐다보았다.

아직 신 지피기 전 그녀는 온 북한산을 쏘다녔다. 구파발에서 연결되는 북한산성으로부터 멀리 도봉산 기슭까지 밤낮으로 산신 기도 올리며 수없이 헤맸다. 어느 날인가 백운봉 기슭에서 밤샘하고 새벽녘에 산을 타고 내려오다 미아리와 삼양동 부근의 골짜기에서 잘 손질된 누군가의 무덤이 아늑하고 편안하게 느껴지기에 묘지 앞에 세워진 무슨 시멘트 구조물에 기대어 잠시 눈을 붙였다 한다. 웬 할아버지가 담배 한

보루 건네주며 피우라 하기에 입 안 가득히 담배를 물고 불을
붙이다 잠에서 깨어났다 한다. 접신하고 내림굿을 한 날도 무
슨 거역할 수 없는 힘의 작용처럼 그녀는 입 안 가득히 담배
무는 연희를 자연스레 행하였다. 그곳이 어느 이름 있는 시인
의 무덤이라는 것을 알게 된 것도 훨씬 나중 일이라 했다. 미
아리인가 삼양동 뒷산, 휑하니 구멍 뚫린 시멘트 조형물 같은
것이 그 앞에 세워진 시인의 무덤이라면 바로 그게 아닌가!

"그곳은 공초 오상순 선생의 무덤이 틀림없습니다."

좌중들이 놀라는 표정을 의식하며 나는 조금 억양을 높여
단언했다. 젊어서 내가 정릉(貞陵)에서 살 때 산을 하나 넘으
면 닿을 수 있는 곳이기에 몇 차례 다녀본 적이 있노라 했다.

그분은 그리 유명한 시인이냐고 월선이가 물었을 때 한국
근대 초기 시단에서 좋은 시도 몇 편 남겼지만 시인의 기행
(奇行) 또한 유명하다고 했다. 나는 다소 긴장된 분위기도 누
그러트릴겸 공초와 수주(樹州) 변영로(卞榮魯) 둘이서 한강 뱃
놀이 나갔던 일화를 들려주었다. 공초는 수주를 위해 몇 병
의 됫병 술을, 수주는 공초를 위해 담배 여러 보루를 사 들고
와서 하루 종일 배를 강에 띄워 놓고 깔깔거리며 노닐다 어둘
녘 뭍으로 돌아왔을 때는 무슨 잔챙이처럼 담배꽁초 하얗게
깔려 있는 배 바닥에 여기저기 빈 됫병이 제법 큰 물고기처럼
쓰러져 있었더라는 이야기였다. 내가 알기로는 개화기 이후

근세 유명 인사 중 최고의 애연가는 아마 공초 선생이 아니겠는가 그리고 그 전통이 아무래도 월선 보살께 대물림된 것 같다고 넌지시 웃으며 이야기했다.

나는 대학생 때 조계사(그 시절에는 태고사라 불렀다) 근처 어느 다방에서 젊은 여성들에 둘러싸여 연신 짙은 담배 연기 뿜어대는 공초 선생을 먼발치에서 뵌 적이 있노라 했다. 무당은 호기심 어린 눈으로 나를 보았다. 그에 못지않은 좌중들의 표정을 읽고 나는 내킨 김에 젊어서부터 즐겨 외우던 「방랑의 마음」을 소개했다. "흐름 위에 / 보금자리 친 / 오- 흐름 위에 / 보금자리 친 / 나의 혼" 월선이는 갑자기 "잠깐!" 하면서 나의 말을 끊었다. 잠시 깊디깊은 심연에서 한 가닥의 기억을 간신히 퍼 올리는 표정을 짓더니 어려서 엄마가 흥얼거리던 것을 자주 듣던 구절이라고 그리고 생부 되는 사람이 엄마에게 가르쳐 준 것이라는 아득한 기억도 함께 더듬으며 쓸쓸한 표정으로 "아, 그랬었군요!"라고 혼잣말로 중얼거렸다. 나는 그녀의 기억력에 무슨 도움이나 될까 해서 임진강변 운허 스님의 안부를 조심스레 물었다. 여러 해 전 스님께서 입적하신 걸로 안다고 그녀는 지나가는 말처럼 대수롭지 않게 답했다. 월선이는 잠시 옷매무새를 바로 잡고 꿇어앉더니 "선생님 그 시 다시 읽어 주실 수 있나요?" 하며 나에게 간청했다.

점점 조여들고 모두가 긴장된 피할 수 없는 분위기를 느끼

며 그녀의 악사—장구아비, 대금불이, 날날이, 앵금쟁이 등이
지켜보는 가운데 나는 눈을 감고 잔잔히 때로는 격앙된 어조
로 읊어 내려갔다.

흐름 위에
보금자리 친
오— 흐름 위에
보금자리 친
나의 혼

바다 없는 곳에서
바다를 연모하는 나머지에
눈을 감고 마음속에
바다를 그려 보다,
가만히 앉아서 때를 잃고
옛 성 위에 발돋음하고
들 넘어 산 넘어 보이는 듯 마는 듯
애짓거리는 바다를 바라보다
해 지는 줄 모르고

바다를 마음에 불러 일으켜

가만히 응시하고 있으면
깊은 바닷소리
나의 피의 조류를 통하여 오도다.

망망한 푸른 해원
마음 눈에 펴서 열리는 때에
안개 같은 바다의 향기
코에 서리도다.

　신당(神堂)에는 내가 낭송하는 감정 섞인 음성이 공허하게
울렸다.
　그리고 간간이 아버지를 부르는 월선이의 한숨 같은 목소리
가 가느다랗게 토해졌다.

3. 더 콘서트

　이 형께

　며칠 전 문 안으로 들어갔다가 길거리에서 산 DVD 「더 콘서트(Le Concert)」를 이 형께 보냅니다. 영화 속의 대사는 러시아말로 되어 있으나 러시아 것인지, 불란서 것인지, 아니면 이스라엘 것인지 자세히 알 수 없어도 저에겐 오랜만에 만나는 감동적인 음악 영화였습니다. 평소 한 번도 드러낸 적이 없는 이 형이지만 서양 음악에 조예 깊은, 그리고 우리 모두 문학 공부가 본업이었기에 예술적 감동을 중시하는 이 형께도 조그만 기쁨을 선사할 것으로 믿습니다. 영화 속에서는 언젠가 형이 저에게 소개해 주신 말러(G. Mahler)의 교향곡 1번도 잠깐 비쳐 지나가나 물론 이 영화는 주제곡인 차이코프스키의 「바이올린 협주곡 D장조」와 얽힌 가슴 아픈 이야기가 주된 것이 되겠지요.

전성기 볼쇼이 교향악단을 이끌어가던 명지휘자는 젊은 여류 바이올리니스트를 발견하고 그가 기려 마지않았던 음악적 완벽을 위하여 그녀의 재능을 한껏 발휘하도록 정성을 쏟았습니다. 결과적으로 차이코프스키의 바이올린 곡은 그녀의 기량을 최고조로 이끌어낼 수 있는 그리고 지휘자가 꿈꾸어 왔던 가장 조화로운 협주곡이 된 것입니다. 불행은 통치자 브레즈네프의 유태인 추방령에서 비롯됩니다. 연주자 부부는 서방 세계 언론과 이를 비난하는 인터뷰를 하였다는 죄로 시베리아에서 종신형이란 가혹한 형벌을 받게 되고 그곳 수용소에서 최후를 맞습니다. 비밀경찰에 의해 체포되기 직전 부부는 이제 겨우 생후 6개월밖에 안 된 딸아이를 이웃에 맡기게 되고 지휘자는 극적으로 현악기 케이스 속에 아이를 넣어 비밀조직을 통해 부모의 소원대로 파리로 망명시킵니다. '인민의 적'으로 몰려 지휘봉이 꺾이고 그 자리에서 쫓겨나 30년이 지난 지금 볼쇼이 극장 청소부로 전락한 지휘자는 단장에게 팩스로 온 파리 공연 초청장을 가로챕니다. 우여곡절 끝에 그간 모두 뿔뿔이 흩어져 구급차 운전수, 싸구려 카페나 선술집의 연주자 혹은 거리의 악사로 연명하고 있는 왕년의 오케스트라 에이스 단원들을 불러 모아 아직 녹슬지 않은 그들의 전성기 때 기량을 파리에서 꽃피울 수 있는 마지막 기회를 주선합니다. 파리 공연의 연주곡은 그들의 전성기 때 그 차이코프스키의 바이올린 협주곡이 되며, 바이올린은 파리에 거처를 두고 고아로 성장하여 지금 명연주자로 이름을 날리고 있는 30대 전후의 여성이 맡게 됩니다. 그녀 또한 지휘자로부터 뜻밖의 협연 교섭을 받고 완강히 거절하나 일찍이 비행기 사고로 알프스에서 죽은 줄로만 알았던 어머니의 이야기에 접할 수 있다는 전언을 듣고서야 극적으로 협연에 동참합니다.

젊은 바이올리니스트는 연주의 막바지에서 죽은 어머니의 혼령을 감지할 수 있게 됩니다. 지휘자는 협주의 절정에서 고대하던 절대음악의 경지를 이끌어냄으로써 이들의 영적 만남을 주선하는 매개자 즉 영매(靈媒)의 역할을 훌륭히 수행합니다. 이때 오케스트라 또한 바이올린 독주가 깊디깊은 영혼의 울림 같은 그윽한 소리를 이끌어 내게 하는 길잡이가 됩니다. 그것이 사실인지 꼭이 알 수 없으나 장님 소녀와 얽힌 이야기가 베토벤의 「월광 소나타」를 구체화시켜 더 유명하게 하듯, 「더 콘서트」 또한 차이코프스키의 바이올린 곡을 우리에게 더욱 친근하게 하는 계기가 될 것으로 믿어 의심치 않습니다.

상갓집에서 흔히들 고인을 애도해서라기보다 자기 연민과 슬픔에 겨워 애통히 울듯 제가 이 영화의 말미에 마련된 협주곡의 절정에서 현을 다루는 미세한 손가락 놀림 속에 겹쳐진 모성을 느끼는 연주자의 표정을 읽으며, 그리고 짧은 순간 이 모두를 이루게 한 섭리를 감지한 그녀가 지휘자의 품에 안겨 흐느껴 우는 마지막 장면을 보며 잠시 눈시울을 붉힌 것은 아무래도 제가 쓴 글의 연상과 무관하지 않았나 생각됩니다.

지난번에 발표된 졸작(拙作) 「어떤 인연(因緣)」에서 젊은 무당은 소복 입고 신당 안에 꿇어앉아 자기 악사들의 무음(無音)의 연주 속에 작중 화자인 '내'가 읊어대는 시를 들으며 애타게 그리워했던 아버지의 현현(顯現), 즉 에피파니(Epiphany)를 감지하는 장면을 연상시켰기 때문입니다.

"접신(接神)의 체험만이 공수를 낳는다."는 종교학의 명제를 빌린다면 음악의 절정 또한 접신의 체험과는 그리 먼 거리가 아닌 것 같습니다.

독일 문예학에서는 서정 양식은 노래(singen)로, 서사 양식은 이야기(erzhlen)로, 그리고 극 양식은 놀이(spielen)로 단순화시켜 장르적 특성으로 삼습니다.

이제까지 남의 굿만 하고 남의 공수만 일삼던 젊은 무당은 작중 화자인 '나'를 통해 공수를 받습니다. 그것은 일인칭 화자라는 서정 양식의 특성 안에서 감정 섞인 어투로 울려 퍼집니다. 일찍이 이웃 나라 러시아에서, 젊은 시절 시대적 욕구에 따라 혁명의 도가니 속에 시로서 정열을 불태우다가 혁명후 서서히 다가온 위선과 괴리를 감내할 수 없어 허탈감으로 끝내는 자살이란 극단적 방법을 택할 수밖에 없었던 저 예세닌이나 마야코프스키처럼, 육이오 때 북에서 내려온 젊은이들은 현실의 각박함으로 그 어느 쪽도 신뢰 못하고 삶의 지표를 잃은 채 방황하기 일쑤였습니다. 말하자면 「광장」의 이명준의 선택도 그 시대를 대변하는 젊은이들의 처절한 몸부림이 아니겠습니까.

이렇듯 이상과 현실의 괴리 속에서 방황하던 북에서 내려온 청년들, 적게는 오륙천 명, 많게는 칠팔천 명의 젊은이들이 정보 수집과 유격 활동이란 미명하에 켈로 부대에 합류하여 각기 자기의 연고지 하늘로 날아가 버린 것입니다. 그 시절에는 남쪽도 아직 성숙된 민주주의 체제를 갖추기 전이라 자유 수호라는 이념적 가치보다 죽어도 고향 땅에 묻힌다는 다소 낭만적 귀소본능이 크게 작용한 것이 아닌가 합니다. 곧이어 성사된 휴전협정으로 이들 중 살아 돌아온 자가 거의 전무하다는 것이 그 후의 전언입니다. 물론 그들은 한국군의 주도가 아닌 미군 통제하에 있었기에 군번도 없이 이미 잊혀진 존재들로 60년이 지난 오늘날까지 구천을 떠돌아 헤매는 원혼들이 되고 무당의 아비 또한 이들 중 하나가 아니겠습니까.

영화가 끝난 다음 연결되는 캐스트 소개 자막에 곁들인 민속음악 또한 범상치 않습니다. 그것도 러시아 건지, 흑해 연안의 떠돌이 집시 건지, 아니면 유랑을 일삼던 유태인들의 건지 알 수는 없으나 인생사의 모든 애환을 끌어안는 민속음악의 저 단조롭고도 애잔한 음조는 영상 속의 슬픈 이야기로 흐느끼는 우리들의 마음을 부드럽게 위무하며 그 여운이 오래도록 귓속에 메아리칩니다. 영화가 끝난 뒤에도 꼼짝 않고 그대로 앉아 있고 싶음은 실로 오랜만에 맛본 놀라운 경험이었다고 솔직히 말씀드립니다. 좋은 음악도 곁들일 수 있는, 말하자면 시청각적 효과를 동시에 극대화시킬 수 있는 영상물은 오늘을 이끌어가는 이야기 예술 즉 내러톨로지(narratology)의 총아임에는 틀림이 없습니다. 새삼스런 이야기입니다만 오늘같이 문자 매체가 아닌 영상물이 주조를 이루는 대중문화 시대에 정신적 고양이나 정화 작용을 종합예술인 영화가 훌륭히 수행하고 있다는 점은 「더 콘서트」가 우리에게 잘 보여 주어 여러 가지로 시사하는 바가 큽니다.

이 형! 앞으로 예술적 감동은 어떤 다양한 다른 형태로 창안될 수도 있겠지만 문자를 매개로 하는 이야기 예술이 본령이었던 우리들의 시대는 아무래도 서서히 물러가고 있는 것 같습니다.

어느 새 고희를 넘긴 우리들의 나이처럼 기나긴 휴면 기간만이 화석화되어 형이나 나의 앞에 덩그러니 놓여 있을 것이 그저 쓸쓸히 느껴질 따름입니다.

4. 출향관(出鄕關)

두만강역 플랫폼에는 열두어 살 되어 보이는 소년이 다소 긴장된 표정으로 서 있었다. 넓은 이마에 둥그런 하얀 얼굴, 아련한 기억의 저편에서 늘 서성이던 낯익은 그 소년임을 확인하고 나는 적이 놀랐다.

"오늘 내 여기 올 줄 알았던가?"

"아닙니다. 언젠가 꼭 돌아올 줄 알았지요. 요사이는 그런 예감이 부쩍 들어 강 건너 기차가 오는 날이면 여기에 나와 기다리곤 하던 참이었습니다."

"고맙네, 내 이 고장 떠난 지 60년 지나도록 소식 한 번 전하지 못하다가 아무런 예고도 없이 오늘 불쑥 나타났는데도 마중 나와 반겨 주는 이 있다니 참으로 고마우이. 60갑자 긴 긴 세월 오매불망 그리던 곳에 오늘에사 찾아올 수 있다니 나 이젠 여한이 없다네. 자, 어서 가볼거나 내가 꼭 한번 찾아가야 할 곳, 빛나는 푸른 바다가 도시 전체를 휘돌아 감고 있는 그 고장으로 말일세! 자! 감세. 해 지기 전에는 당도해야지, 어서 앞장서게나."

"여기서 게까지는 오십여 리는 족히 되는 만만치 않은 거립니다. 노새가 끄는 작은 수레 하나 마련하였으니 타고 가시지요."

나는 수레 앞자리에 소년과 나란히 걸터앉았다. 타박대는 발자국 소리며 별로 싫지 않은 짐승의 냄새를 맡으며 포플러가 아스라이 하늘을 찌르듯 줄 서 있는 신작로를 따라 길을 재촉했다. 곧게 뻗은 길 끝자락에 바다가 번쩍이는 것을 보고 자갈길 양편에 펼쳐진 드넓은 호수가 반포(潘浦)와 만포(晚浦)임을 쉬 알 수 있었다. 여기저기 느릅나무 군락지는 실로 오랜만에 보는 낯익은 풍광임에 틀림없었다.

그 옛날 언젠가 나 여기 한 번 다녀간 것 같애라고 혼잣말로 중얼거리니 소년은 지체 없이 "예! 물론이지요. 초등학교 오 학년 여름방학에 연극반과 문예반이 군(郡) 내를 순회 공연하느라 홍의(洪儀)와 사회(四會)를 지나 멀리 경흥(慶興)까지 돌아서 올 때 바로 이 길을 걸었었지요."

"그럼 나도 꼬마 배우로 분장하고 연극을 했나?"

"아니지요. 문예반 일원으로 시를 낭송했답니다. 때로는 혼자서, 때로는 여럿이 함께 시를 외쳐대는 합창(Sprechchor)

단원이었지요."

"아! 그랬었던가."

곧게 뻗은 길은 바다 가까이에 와서 두 갈래로 나뉘었다. 왼쪽은 굴포를 지나 두만강 어귀에 있는 서수라(西水羅)까지요, 오른쪽은 내가 찾아가야 할 바로 그곳으로 가는 길이었다.

"굴포리는 옛날엔 별로 알려지지 않았던 곳인데."

"예, 그렇습니다. 저 구석기 시대 주거지가 발굴된 덕이지요. 말하자면 이 땅에 하늘이 열리고 최초로 사람이 살기 시작한 고장이란 뜻에서 의미가 돋아났지요."

"그럼 자네는 저 붉은 섬에 얽힌 전설을 아는가."

육지로부터 '육백여 보' 떨어진 지척에 온통 붉은색으로 물들어 있는 대암동 앞바다의 적도(赤島)를 가리키며 물었다.

"물론이지요. 그것 모르면 이 고장 사람 아니게요. 조선을 건국한 이성계 가문이 여기서 비롯되었다는 것을 우리 모두 자랑거리로 여긴답니다. 지금 우리가 찾아가는 고장도 옛날 경흥 땅 끝자락에 속하지요."

누구로부터인지 몰라도 어려서 내가 들었던 기억 속의 그 전설의 가닥도 되짚어 볼 겸 바다를 옆에 끼고 오른쪽으로 말머리를 돌리며 옛 전설을 읊어대는 낭낭한 소년의 목소리에 조용히 귀 기울였다.

"옛날 이 고장에 신궁(神弓)이라 칭송받는 활쏘기가 출중한 무사가 살았답니다. 어느 날 꿈에 백발노인이 나타나 '이보게 젊은이 나 좀 도와주게나. 어서 밖에 나와 보게.'라고 부탁하고는 사라졌답니다. 젊은 무사가 활을 들고 밖에 나가 밤하늘을 쳐다보니 어둠 속에서 과연 검은 용과 흰 용이 서로 뒤엉켜 피터지게 싸우는 게 아니겠습니까.

젊은이는 자기를 도와 달라 부탁하고 사라진 용이 어느 쪽인지 분간할 길이 없어 그대로 방에 들어가 잠을 청했답니다. 이튿날에도 한밤중 젊은 무사의 꿈에 노인이 나타나 도움을 청하거늘 노인장이 어느 쪽인지 분간할 수 없어 망설였다 하니 '내가 흰 용이요, 저 검은 놈은 나를 제치고 세상을 망치려는 불한당이니 어서 도와주게나.' 하고는 사라졌답니다. 무사가 활을 들고 밖에 나가 정조준하여 밤하늘에 화살을 날리니 검은 용이 정통을 맞고 피 흘리며 땅으로 떨어졌답니다.

그런데 떨어지면서 적도 위를 백 바퀴 돌면 다시 살아나 하늘로 날아갈 수 있는데 그만 아흔아홉 바퀴만 돌고 힘이 부쳐 땅에 떨어졌답니다. 땅에 떨어졌어도 백 번 꿈틀대면 다시 하늘로 치솟아 오를 수 있는 마지막 기회마저 힘이 달려 또 그만 아흔아홉 번 꿈틀대다 큰 연못을 온통 핏빛으로 물들이고 물 밑으로 사라졌답니다. 적도가 붉은 섬이 되고 적지(赤池) 물이 붉은색을 띠게 된 것도, 그리고 그곳으로 흘러 들어오는 개천이 뱀처럼 꿈틀대는 사행천(蛇行川, meander)이 된 것도 그

때문이랍니다. 그 무사가 경흥 땅에서 야인과 함께 살았던 젊은 날 이성계의 모습이고, 흰 용의 도움은 훗날 그가 조선을 건국하게 된 하늘의 계시로 삼았다는 전설입니다."

"그래그래, 맞아, 예로부터 이 고장에서 자란 사람이라면 남자나 여자나 어른이나 아이나 할 것 없이 모두가 다 익히 알고 있는 이야기지. 그런데 말이야 지금부터 육백여 년 전에 기록된 「용비어천가」에는 그 젊은 무사가 이성계 아니라 그의 할아버지인 도조(度祖)로 되어 있다네. 이성계 자신도 물론 그 시대의 출중한 궁사였지만 도조의 명궁담은 이것뿐만 아니지. 수백 보 떨어진 나무 위에 앉아 있는 까치 두 마리를 한 화살로 떨어뜨렸다는 기술도 있지. 물론 본인의 역할이 절대적이었겠지만 나라를 세우는 데 조상의 은공도 크게 한몫했다는 후세 사람들의 첨언이겠지.

붉은 섬은 이성계 시대에도, 그의 조부인 도조 이전에도 이미 붉은 섬으로 불렸다네. 그곳 야인들 속에서 천호(千戶) 벼슬을 하던 이성계의 3대조 익조(翼祖)가 다른 부족들의 박해를 피해 가솔과 추종자를 거느리고 잠시 피신 간 곳도 붉은 섬 즉 적도라네. 명궁인 젊은 무사가 검은 용을 쏘아 떨어뜨렸다는 전설은 아마 오래부터 이 지방 야인들 사이에 입에서 입으로 전해 내려오던 무용담으로 조선의 건국과 더불어 이씨 가문을 신성시하기 위해 전용물로 갖다 붙인 게 아니겠나.

이 같은 전횡은 옛날의 건국 신화나 영웅 탄생 설화에도 자주 일어나는 일이지. 이성계의 조상이 일찍이 남쪽 땅 전주로부터 왔다고 하나 이 또한 확인된 것은 아니야. 여하튼 이 고장은 예로부터 삼한과는 달리 부여의 동쪽 끝자락으로 옥저니, 말갈이니, 숙신이니, 여진이라 불리던 야인들이 활개 치던 지역이라네. 훗날 이성계가 한반도의 통치자가 되어 새 국호를 조선(朝鮮)이라 명명한 것도 '아침의 나라'라는 무슨 시적 해석보다, 더욱이 상고 시대 고대 국가의 칭호 답습이란 측면도 무시할 수 없겠으나 한자의 음역이란 차원에서만 볼 때 그것이 놀랍게도 '숙신(肅愼)'에 가깝다는 것은 어떤 태생적 근거지를 나타내려는 저의가 숨겨 있다고 볼 수도 있지 않겠나. 옛날 여진인들이 스스로를 주션(Jusen)이라 불렀기에 중세 서양 사람들이 여진(女眞)계 퉁구스족을 주르셴 또는 주첸(Joutchen), 아랍과 페르시아에서는 주세(Jurche)라 불러온 것을 상기하면 엉뚱한 해석만은 아닌 것 같아. 위화도 회군 이후 이성계가 당대 최고의 실력자 최영과 맞선 건곤일척의 절체절명의 순간 이성계를 도와 개경으로 몰려가 결정적 전기를 잡게 한 천여 명의 야인들이란 바로 이곳 여진 족속들이었다는 역사적 기록도 한번쯤 음미해 볼 만하지. 그리고 말일세, 내 어렸을 적에만 해도 여기 경흥은 물론 위쪽 경원뿐만 아니라 멀리 제술령 고개 넘어 부령, 그 북쪽인 회령, 종성, 온성 등지에 대처 사람들로부터 재가승(在家僧)이란 조롱을 받아가며 산간부락 이루고 옛 방식대로 줄기차게 살아가는 여진인들이 사오천 명에 이른다고 전해 들었다네. 나도 말일세, 아버지의 변고로 어쩌다 예까지 올라와 어린 시절을 보낼 수밖에 없었지만 원래 우리네 집안은 조상 대대 함주(咸州) 땅에서 살던 호족(豪族)으로 세종 때 비로소 주(朱)씨 성을 갖고 조선에 귀화(向國入姓)했다는 기록이 남아 있는 걸 보면 우리네도 여기 북방 야인들의 피와 결코 무관하다고 생각하지 않지."

하얀 포말을 일으키며 가볍게 철석대는 웅상(雄尙) 해수욕장을 내려다보며 수레는 힘겹게 고갯길을 올랐다.

"고개 너머가 바로 웅기랍니다."

이미 짐작은 했지만 소년의 담담한 목소리를 듣고서야 나는 내 감정을 스스로 조절할 필요를 느낄 만큼 가슴속 저 밑바닥에서 솟구치는 동요를 느꼈다. 바로 저 언덕 너머가 지난 육십여 년간 그렇게도 그리워했던, 내 어린 시절이 묻혀 있는 곳 웅기라니! 나는 온갖 잡념을 밀어내고 그저 담담하게 심장이 요동치는 소리에 귀 기울였다. 그리고 그것은 실로 뭐라 설명할 수 없는 감정이긴 하지만 갑자기 그곳으로부터 그만 도망치고 싶은 묘한 심리적 갈등도 함께 일렁임을 떨쳐낼 수 없었다. 이제 와서 내가 왜 이러지. 가보자! 그저 담담하게 한 번은 가보아야지. 칠십여 평생 그동안 가슴속 깊이 간직하고 있던 곳이거늘. 돌이킬 수 없는 후회가 되는 한이 있더라도 한번은 가봐야 할 곳 아닌가. 내 가슴속에서 일렁이는 복잡한 생각들을 감지한 듯 소년은 눈을 크게 뜨고 나를 향해 단호한 어조로 말했다.

"그래도 꼭 가보아야지요!"

그러나 '아! 내 이제 무슨 면목으로 그곳에 가볼 수 있을 꺼나. 육십 년이나 지난 세월, 돌이킬 수 없는 험한 난리도 겪은 이제 나를 알아보는 이 하나 없을 그곳으로 어떻게 홀로 갈 수 있단 말이냐. 어려서 같이 뛰놀던 내 동무들, 난리 통에 모두 소년병으로 전쟁터에 끌려가 낙동강에서 임진강에서 혹은 철의 삼각지대에서 불귀의 객이 되어 이역 하늘 떠돌고 있을 어린 영령들-봉주야, 철수야, 용희야, 기철아, 웅길아, 그리고 이젠 일본식 이름으로만 기억되는 도요다 게이사꾸! 다들 어디에 있단 말인가.

고개 너머에 바로 웅기역이 있지. 동쪽 끝인 거기서부터 흰 바위산이 시린 이마처럼 멀리 우뚝 솟은 백학산 기슭까지 신작로는 읍내를 가로질러 서쪽으로 곧게 뻗어 있지. 북쪽인 뒤로는 울창한 송림으로 뒤덮인 송진산이 병풍처럼 둘러쳤고 앞은, 남쪽인 앞쪽은 사철 넘실대는 빛나는 바다가 시원스레 틔어 있지. 형과 나는 어려서 얼마나 자주 저기 고개 너머 역 대합실에서 서성거렸던가. 두만강 건너 만주로 달아났다는 얼굴도 모르는 아버지를 맞으려 만주 땅 도문에서 오는 기차를 그저 하염없이 기다렸지. 진종일 허기도 잊고 땅거미 지도록. 봉주야, 웅길아, 너 그거 기억하니. 철수네 형이 우연히 산에서 만난 사람의 편지 심부름 했다고 경찰서 고등계로 끌려갔고 이제 겨우 중학교 초급 학년인 그를 죽도록 고문했던 이마무라 경부가 훗날 말에서 떨어져 등자(子)에 가죽장화가 낀 채 피투성이 되도록 거리 끝까지 그의 애마에 끌려간 이야기를.

읍내에서는 근래 보기 드문 수재 났다고 명성 자자하던 용희네 삼촌 학청 형님이 서수라에서 아라사로 도망치려다 국경수비대에 붙잡혀 일본 헌병대로 끌려가 종내는 성치 못한 사람이 되어 거리를 산발하고 쏘다니던 것을. 그때 우리는 영문도 모른 채 그저 새쓰개(미친 사람)라 여기고 어이 학처이 학처이 하고 깔깔대며 동네 아이 이름 부르듯 따라 다니며 놀려댔지. 언젠가 무궁화 꽃은 우리네 백의민족을 뜻하기에 기르는 것을 왜인들이 금하게 했다고 하기에 예배당 뜨락 구석에 피어 있는 것을 몰래 꺾어 가슴에 안고 보란 듯이 거리를 활보한 적도 있었지. 그리고 또 언젠가 우리 동무 하나 이유 없이 일본 아이들한테 피투성이 되도록 몰매 맞았다기에 분을 참지 못해 고무총으로 일본인 소학교 유리창을 박살내고 도망쳤던 일을 기억하느냐. 그때 우리는 자라면서 어른들의 어

깨 너머로 읍내 거리에서 일어난 참으로 많은 사건들을 목도
하였지. 우린 아직 열 살도 채 안 된, 해방된 그해 여름 세상
이 온통 뒤바뀌는 광경도 낱낱이 보았지. 이제 막 군사학교를
졸업하고 이곳으로 배속된 듯 새 옷에 깨끗한 계급장을 단 일
단의 젊디젊은 일본군 하사관들이 군도를 등 뒤에 비스듬히
둘러메고 대오를 지어 두만강 국경지대를 향해 행진해 가던
기리고미부다이(斬込部隊) — 아마 미국의 레인저 부대와 같은
것이 아닌가 한다 — 의 마지막 모습을. 갑작스런 소련의 전
투기 내습으로 부둣가 연료 저장 탱크가 폭발하며 치솟던 검
은 연기를. 일본 사람들이 황급히 도망쳐 간 읍내 거리를 '약
소민족의 해방자'들이 곧이어 몰려들어왔지. 우리는 그때 너
나 나나 팔에 붉은 천 조각 두르고 난생 처음 보는 키 크고, 코
크고, 눈이 파란 백인 병사들을 향해 손 흔들며 외쳐댔지.

"루스키 하라쇼. 야쁜스키 드르륵(러시아인은 환영하고 일본
사람들에겐 총질을)!"

그들의 눈알은 파랗게 속까지 들여다보이는 것이 꼭 우리
가 즐겨 갖고 노는 유리알 구슬 같다고 키득거리며 속삭였지.
아! 그리고 그때 거기서 연해주 쪽에서 왔다는 기관단총을 멘
'조선인 부대'-그들은 모두 소련군 전투복 차림으로 간혹 푸
른 줄을 두른 국경 경비대 복장을 한 따발총을 멘 조선인 병
사들과 함께 나진(羅津) 쪽으로 가는 것도 보았지. 우리가 다

니는 소학교에는 소련 군인들이 진을 쳤고 얼마 안 있어 붉은 벽돌로 지은 건물 중앙에 설치된 대형 스피커에서 진종일 그들의 군가와 민요, 그리고 행진곡이 읍내 전체에 울려 퍼졌지. "고꼬와 오꾸니오 난뱌꾸리 하나레데 도오끼 만슈노(예는 고국서 수천 리 떨어진 만주 땅)……"와 같은 귀에 익은 일본인들의 애상적 군가보다 한결 힘 있어 보이는 것으로 우리 꼬마들도 느꼈지. 거기서 우리는 「볼가 강의 뱃노래」와 「스텐카 라진」의 원음에 접할 수 있었다네. 훗날 그 거리에서 쏴창이라 불리는 커다란 권총을 나무상자에 넣은 채 허리에 길게 늘어 찬 중국 팔로군들도 보았지. 그리고 나는 그 고장에서 일제 식민지 시절 중국 동북 지방에서 결성된 조선의용군 총사령 무정(武亭) 장군도 보았다네. 그때 그는 함경도 지방에서는 장군 중의 장군으로 추앙받았지. 그분의 처가가 마침 우리집과 맞붙어 있었기에 어느 날 아침 마당에서 뵙고 머리 숙여 인사드렸더니 미소 지으며 내 손을 잡아 주었지.

그 후 일어난 난리 통에 다들 어디로 사라졌나.

철수야, 너 그거 기억하니?

어느 날 우리는 각자 삽을 메고 송평동으로 몰려갔지. 얼마 전 평양에선가 청진에선가 대학생들이 내려와 조사해 갔다는 신석기 시대 조개 무덤 근처에서 무수한 토기 조각들을 파헤쳐 냈지. 온전한 토기는 하나 없고 빗살무늬 조각들만 모래

속에서 수없이 나왔지. 거기서 얼마 안 되는 용수호 근처 웅덩이에는 해골과 사람의 뼈가 하얗게 널려 있었지. 웅덩이에는 이상하게도 작은 붕어들이 많아 우리는 그곳을 빼꼴물이라 부르며 두려워하면서도 자주 찾아갔지. 웅기만을 감싸 안고 있는 남쪽 끝자락 비파도는 물속 징검다리를 밟고서야 섬으로 건너갈 수 있었지. 섬에서는 부드럽게 다듬어진 돌도끼를 쉽게 찾아낼 수 있었고 돌화살촉은 지천으로 깔려 있었지. 해 질 녘 측후소가 자리 잡은 높은 벼랑길이 서서히 어둡게 그늘짐을 두려워하며 꼬마들은 말없이 읍내로 들어가는 길을 재촉했지. 그곳 여름은 읍내 서쪽 끝 산자락 국시 바위 근처에서 청명하게 울려 메아리치는 뻐꾸기 울음소리와 더불어 문득 다가왔지.

바다는, 바닷물은 너무나 시려 한 여름 일주일쯤만 해수욕이 가능했기에 그리고 더욱이 항구 전체가 배가 접안할 수 있는 부두였기에, 꼬마들은 국시 바위를 지나 대정교 다리가 있는 개천에서 여름 내내 서성거렸지. 제법 견딜 만한 맑고 찬 개울물 속에서 세추내와 칠성고기와 미꾸라지와 게를 잡다 싫증나면 풀밭에 엎드려 하늘가 어디선가 자지러지게 울어대는 종달새 소리에 귀 기울였지. 그리고 인근 웅덩이에서 잡은 개구리-갈대 줄기를 잘라 밑구멍에 넣고 불어대어 배가 불룩하게 부풀은 개구리로 진종일 히득거리며 축구를 찼지. 이 또한 싫증나면 풀숲에서 여치도 잡고 잠자리도 낚아챘지. 그 것이 힘차고 너무 길다는 이유로 얼마나 많은 여치와 메뚜기의 뒷다리가 꼬마들의 손으로 잘려 나갔던가. 그리고 잠자리는 어디를 보는지 도저히 알 수 없는 머리 전체인 눈과 더욱이 날개를 손가락 사이에 끼면 꼬리를 위로 추켜올리며 빈정대듯 비웃듯 지어내는 입가 표정이 징그러워 손가락으로 머리를 빙빙 한없이 돌려놓았지. 그리고 꼬리를 잘라 그 자리에 마른 풀줄기를 끼어 넣고 시집보낸다고 하늘로 날려 보내기를 그 얼마나 자주하였던가.

미안하다, 미안하다, 참으로 면목 없구나. 내 이제 그곳으로 돌아가면 진종일 풀숲을 서성이며 사죄하는 마음으로 악동들의 장난을 막을 수 있을 텐데.

그리하여 다른 것은 몰라도 무모한 살생을 함부로 일삼지 않고 우리 모두 더불어 사는 세상이 되도록 도울 수 있을 텐데, 허나 지금은 아니야. 나 혼자서는 안 되지. 혼자만은 절대 아니야.'

"자 수레를 뒤로 돌리게. 그리고 어서 나를 저 아래 웅상역에 내려 주려무나."

땅거미가 질 무렵 터널을 뚫고 웅기 쪽에서 넘어온 증기기관차가 낡은 객차를 끌고 와서는 헐떡거리며 무섭게 숨을 몰아쉬었다. 차창 밖 플랫폼에는 소년이 홀로 서 있었다. 이윽고 두만강역을 향해 차가 움직이자 거기 언제 나타났던지 봉주, 철수, 용희, 기철이, 웅길이, 그리고 이젠 일본식 이름으로만 기억되는 도요다 게이사꾸가 기차를 따라 달려오며 내게 손을 흔들었다. 이젠 큰 도회지에서 자라야 한다는 엄마의 뜻에 따라 우리 형제가 본가가 있는 함흥(咸興)으로 떠나간 60년 전 꼭 그날처럼 그들은 소리 지르며 따라왔다. 주체할 수 없이 솟구치는 눈물 사이로 거기 울고 서 있는 소년의 모습이 차츰 멀어져 갔다.

'내 다시 돌아오마.

꼭 돌아 올 거야!

그땐 우리 모두 이 고장 멧비둘기 되어 웅기 하늘에서 원을 그리며 함께 날자꾸나!'

5. 공포증 이야기

그것이 선천적인 것이든, 후천적인 것이든 공포증 유발에 대한 심리적 기제에 관해 나는 잘 모른다. 여하튼 어려서부터 나는 담력 없고 겁 많은 아이였음에는 틀림없다. 그렇게 되기까지는 여러 가지 복합적인 심리 요인이 작용하였겠지만 추리해 보건대 성장 과정에서 알게 된 몇 가지 이야기가 나에게 공포증을 유발시킨 결정적 단서가 아닌가 한다.

내가 초등학교에 입학한 고장은 동해에 연한 최북단의 신흥 항구도시였다. 그곳은 1920, 1930년대 정어리가 한창 잡힐 때, 게다가 일제가 소위 남만주철도〔약칭 만철(滿鐵)〕의 종착역으로, 만주로부터 수많은 물산을 일본으로 직송하는 새로운 항구도시 건설 계획과 맞물려 한때 인구 이삼만 명을 헤아리는 군청 소재지이기도 했다.

자고로 만주와 인접하고 있는 국경 지대이다 보니 소규모이긴 하나 중국인 상점이 밀집한 중국인 동네를 중심으로 동쪽에는 일본인 거주지가, 그리고 서쪽에는 조선인 마을이 산 밑에 형성된 농촌 부락과 연결되어 있었다. 말하자면 해발 천 미터가 넘는 송진산(松眞山) 자락을 중심으로 동서로 나뉘어 도시가 형성되고 이전에는 공동묘지였다는 완만한 경사지는 개발되어 도시 중심과 연결되는 맨 아래 쪽엔 일본인 소학교가, 그 위쪽엔 조선인 소학교, 그리고 아름드리 소나무가 울창한 맨 위쪽 산기슭엔 일본인 신사(神社)가 남향으로 바다를 향해 자리하고 있었다.

어린 시절 내내 나를 괴롭혔던 잊을 수 없는 공포증은 귀신 이야기에서 비롯된다. 아무래도 일본어를 깨우치고 소학교에 들어갔을 즈음 내가 알게 된 최초의 괴기담은 '아까이 만또 아오이 만또(빨간 외투 파란 외투)' 기담이다. 괴기담이나 엽기담 같은 일본 특유의 전통 전기소설(傳奇小說)에서 나온 것인지 아니면 이를 바탕으로 한 소년소설 어느 것에서 유래된 것인지 알 수 없으나 이 이야기는 어린 시절 공포증 유발의 압권임엔 의심의 여지가 없다. 으슥한 곳이나 음습한 곳, 특히 바람 불고 비오는 날 컴컴한 곳이면 괴기담이 활개 칠 수 있는 최적의 장소로 꼽힌다. 생각해 보라, 어두침침하고 밀폐

된 공간 안에 혼자 있을 때 느닷없이 허공 어디에선가 엽기적 목소리로 "아까이 만또 아오이 만또."를 속닥대는 괴성을 들었을 때 자지러지지 않을 배짱이 세상 어디에 있겠는가.

괴담이 주로 격리된 곳에 위치한 공중화장실을 주 무대로 삼은 것은 상황 설정의 압권이다. 소학교 때 화장실은 붉은 벽돌로 지어진 이 층짜리 본관 건물 뒤켠에, 그것도 한참 떨어진 곳에 위치했다. 학교 뒤편은 송림으로 우거졌고 훨씬 뒤쪽 산자락엔 일본 신사가 자리하고 있었다. 그러지 않아도 환절기에 바다가 요동치고 바람이 몹시 부는 날이면 솔밭을 스쳐지나가는 바람소리가 소란했고 그 포효하는 괴성을 우리 꼬마들은 일본 신사에서 울부짖는 일본 귀신의 울음소리라고 두려움에 떨었다. 이런 기막히게 으스스한 날 초등학교 일 학년인 꼬마 혼자서 공중화장실로 그것도 소변이 아닌 큰 것을 보러 갈 수밖에 없었던 상황을 생각해 보라.

생각만 해도 그 즈음에 체험한 모골이 송연한 일들은 고희가 지난 지금 이날에도 뇌리 속 깊이 박혀 생생히 기억된다.

2차대전이 막바지에 접어든 전쟁 말기에는 극심한 식량난 때문에 우리는 콩기름을 짜고 난 찌꺼기인 대두박(콩깻묵)을 종종 주식으로 삼았다. 옥수수나 감자는 고급이고 산나물이나 도토리로 허기진 배를 채우기가 예사였다.

대두박을 많이 먹고 냉수로 갈증을 달랜 날이면 어김없이 배탈 나고 심한 설사를 했다. 등교하고도 배탈이 멈추지 않아 수업시간에도 자주 변소를 찾을 수밖에 없었다. 온몸이 진땀으로 젖은 채 변소라는 밀폐된 외진 공간 속에 쭈그리고 앉아 공포의 극한을 체험했다. 화장실은 허공이 두 군데였다. 하나는 머리 위 높은 천장까지고, 다른 하나는 시커먼 것이 그 깊이를 알 수 없는 발판 아래쪽 부분이다.

이제라도 금방 들릴 듯이 예감되는 저 "아까이 만또 아오이 만또."의 속삭임은 참을 수 없어 터져 나온 내 울음소리로 덮여 버렸다. 혹 변소 아래쪽에서 불쑥 손이 치솟는다든가 아니면 "으흐흐흐……." 하는 귀신의 머리카락이라도 위로부터 나를 덮으려 들면 얼른 밖으로 뛰쳐나갈 요량으로 나는 문을 조금 열어 놓은 채 문고리를 꼭 잡고 전율했다. 간혹 바람이 몹시 부는 날에 화장실 아래쪽으로부터 올라오는 찬바람이 내 사지에 닿을 때면 영락없이 귀신에 잡히는 것 같아 까무러치게 몸서리쳤다. 외진 곳 화장실 공포증은 훗날 어른이 된 뒤에도, 혹 아내를 쫓아 고찰을 찾았을 때 그곳 해우소(解憂所)에서도 선뜻 스쳐 지나감을 어쩔 수 없었다.

저 깊은 곳 아래쪽에서 한참 후에야 무슨 오동잎 떨어지는 소리 같은 운치를 즐길 겨를도 없이 볼일 보기 무섭게 도망치듯 얼른 그곳에서 벗어나고자 함도 어린 날의 그 악몽 때문이 아니겠는가. 하여튼 '수준 높은 문화생활'의 기치와 더불어

보급된 수세식 변소는 깊고도 오랜 공포로부터 나를 해방시킨 구원자가 된 셈이다.

읍내 중앙에 위치한 중국인 마을은 앞면은 가게로 맞이은 채 밀집 대형으로 블록화되어 있었다. 밖으로 통하는 문이나 창문마다 널빤지로 된 푸른 칠을 한 덧문이 있어 그것마저 창문 밖에 덧씌워지는 날이면 바깥과는 단절된 작은 요새처럼 고립되었다. 덧문을 씌우고, 문을 잠그고, 그 안에서 저들이 대저 무슨 도깨비짓을 하는지 꼬마들은 늘 궁금했다. 청요릿집과 만두 가게, 각종 한약재와 잡화상이 늘어선 그곳에선 언제나 특유의 낯선 향료 냄새가 코를 찔러 그곳에 가면 우리는 개처럼 코를 벌렁거렸다. 거기 사는 화상들, 남자들은 거개가 그 의중을 알 수 없는 뚱한 표정이었고, 여자들은 한결같이 작고 뚱뚱한 몸매로 오리처럼 뒤뚱거리며 힘겹게 걸었다. 전족으로 인해 작아진 발 탓일까, 그네들은 가게 안 의자에 앉아 하루 종일 조는 것이 일과인 것 같았다.

가게 밖엔 굵은 철사로 견고하게 만들어진 조롱이 걸리고 종달새나 다른 진귀한 새들이 철창에 붙어 울어댔다.

화염과 피어오르는 불꽃으로 야채마저 기름에 지지고 볶아 먹는 조리법으로 중국인 식당에서는 언제나 파 냄새와 더불어 느끼한 비계 냄새가 진동했다.

이야기의 발단은 중국 요릿집에서 비롯된다. 주인이 안내한 방에서 손님이 한창 정신없이 청요리를 즐겨 먹는데 느닷없이 바닥이 밑으로 주저앉아 손님이 그만 아래로 굴러 떨어졌다는 것이다. 그 후 손님은 쥐도 새도 모르게 안개처럼 사라졌고 그의 시신은 각종 향신료와 버무려져 맛난 요리로 둔갑하여 손님들에게 제공되었다는 괴담이었다. 누구네 아저씨는 청요리를 먹다 사람의 이빨을 건져냈고, 누구네 친척은 사람의 손가락뼈를 발라냈고, 또 누구는 무언가 딱딱한 것이 씹히기에 꺼내 보니 발톱이었다는 등 괴담은 한없이 이어졌다. 그중 우리를 자지러지게 한 것은 중국 만둣집에서 만두를 먹다 어린아이의 손톱이 나왔다는 이야기가 아니었나 한다. 어린아이들의 살코기는 여려서 만두용으로 적격이라는 이야기는 우리 꼬마들을 까무러치게 하기에는 최적이었다.

괴담의 진위는 아랑곳없이 우리는 그 이야기를 철석같이 믿었다. 그 이후로는 푼돈 모아 겨우 하나씩 사먹던 만두 가게도 발길을 끊은 것은 물론, 중국인 동네는 아예 근처조차 얼씬하지 않았다.

그 후 무슨 명절날엔가 아니면 오랜만에 우리 집에 들른 친척 아저씨의 손에 이끌려 중국 식당에서 다양한 청요리를 대접받았을 때 나는 엄마 곁에 바짝 붙어 앉아 맛도 잊은 채 그저 요리 접시를 뒤적이다 만 기억도 생생하다. 그 괴담의 출처를 확인할 도리는 없지만 돌이켜 보건대 인육을 먹고 먹임을 예사로 하는 여느 중국 무협지의 괴담을 현실로 떠옮겨 공포와 괴기성을 극대화시켜 성장기의 꼬마들을 마음껏 농락한 악의에 찬 장난이 아닌가 한다. 멋모르고 인육을 입에 대는 것도 몸서리칠 일이지만 자칫 내가 공양의 제물이 될 수도 있다는 상황 설정은 이 또한 무수한 밤을 뜬눈으로 지새우게 한 어린 날 최고의 공포였음에 의심의 여지가 없다.

지금도 무슨 루(樓)니 무슨 각(閣)으로 불리는 중국 요릿집에서 식사하는 날이면 어김없이 먼저 밑바닥부터 확인하는 습성은 내 유년기의 공포증과 결코 무관하지 않다는 것을 나는 안다.

내가 자란 그곳 웅기는 원래 두만강 어귀에서 그리 멀지 않은 해안가에 위치한 조그만 포구였다. 모래톱에서는 석기 시대로 추정되는 조개 무덤이 나오고, 인근에서 구석기 시대의 주거지가 발굴되고, 국시바워니 서낭당이니 무슨 금줄이나 빛바랜 오색 헝겊이 주렁주렁 드리운 당나무들이 동구 밖에 산재해 있었던 걸 보면 꽤 오래전부터 취락이 형성된 고장이었던 것 같다. 일제강점기에는 조선인 사회에서 횡행하고 있던 전통적 무속 행위는 법으로 금지되고 강도 높게 단속되었으나 자고로 바다에 운명을 건 어촌을 그대로 인근에 거느린 채 도시가 형성되다 보니 무속신앙은 민간에 줄기차게 이어졌다. 함흥무당이니 박수무당이니 무슨 처녀무당이니 그들이 행한 푸닥거리와 상상을 초월하는 수많은 이적과 영험들은 꼬마들을 놀라게 하기에 충분했다. 우리를 더욱 아찔하게 한 것은 아무래도 점괘와 영험 면에서 타의 추종을 불허한다는 무당이 허리춤에 차고 있다는 조그만 주머니였다. 전승된 무시무시한 이야기는 대략 다음과 같다.

어려서 부모를 잃고 길을 헤맨 어린아이는 누구의 보살핌도 받지 못했다. 마침 동구 밖 외진 곳에 신당을 차려 놓고 기거하던 무당이 해 질 녘 그곳을 지나치다 아이를 데리고 집으로 돌아갔다. 무당은 아이를 깨끗이 목욕시킨 후 발가벗긴 채 독 속에 가두었다.

밥 달란다고 찌르고, 목마르다고 한다고 찌르고, 살려 달라고 악을 쓴다고 아이의 온몸을 바늘로 찔렀다. 먹을 것을 줄 듯이 혀를 길게 내밀게 하고는 사정없이 찔렀다.

종내는 눈과 귀와 코를 포함한 얼굴 전체를 찔러 원한과 악에 가득찬 귀신을 만들기 위해 아이를 괴롭혔다. 독 뚜껑이 밀봉되고 여러 해 지나서 바싹 마른 미라가 된 아이의 시신에서 무당은 유독 혓바닥만 떼어 내어 오색 주머니 속에 넣어 허리춤에 찼다고 했다. 무당의 영험 있는 점괘나 공수는 죄다 어린 원귀의 혓바닥에서 나온다고 이야기는 전했다. 점괘가 잘 나오는 최고의 만신으로 굿 잘하고 죽은 귀신 불러대기로 유명한 함흥무당이 바로 그런 주머니를 차고 있다는 게 아닌가. 어디선가 아주 나지막하게 끊어질 듯 이어질 듯 반복되며 들려오는 무슨 양푼 두드리는 소리의 진원지를 찾아가면 동네 어디선가 어김없이 굿판이 벌어졌고, 거기엔 남정네들은 거의 없고 아낙들만이 소복이 둘러앉아 긴 소맷자락을 펄럭이는 무당의 춤사위에 넋을 잃고 있었다.

꼬마 친구들 몇 명이 몰려가 본 그날의 굿은 마침 예의 함흥무당이 주재하고 있었다. 우리는 마당 한구석에 서로가 바싹 붙어 앉아 두려움에 찬 눈으로 무당의 일거수일투족을 지켜봤다. 사실 우리들의 관심사는 다름 아니라 매사를 계시한다는 무당의 원귀 주머니였다. 극도의 두려움과 호기심으로 무당의 허리춤을 살폈으나 그 주머니는 좀처럼 볼 수 없었다.

굿상 앞에서 다양한 연희를 행한다든가 방울 들고 같은 자리에서 상하로 통통 뛰어오르는 행위 때도, 그리고 솟대 치켜든 아낙이 사시나무 떨 듯하게 하는 공수 내리는 그 순간 어디에서도 주머니는 볼 수 없었다. 다만 살아생전에 있었던 억울한 일이나 풀지 못한 원한을 망자의 목소리를 흉내 내어 이야기할 때 무당의 입이 아닌 알 수 없는 다른 곳에서 말소리가 울리는 듯했으나 그 진원지는 결코 알아낼 수 없었다.

얼굴에 화기는커녕 핏기 하나 없고 거무튀튀하기까지 한

스산한 무당의 눈과 마주칠까봐 겁을 먹으면서도 무당의 허리춤에서 내내 눈을 뗄 수 없었다. 예의 원귀 주머니에 대한 두려움과 호기심은 내가 나이 들고 나서도 어릴 적과 별반 다를 바가 없었다. 무속 전문가인 친구 따라 어쩌다 굿당을 찾아 굿을 참관할 때도 예외는 아니었다. 시퍼렇게 날이 선 칼날 밟고 계단을 오를 때나 열두 계단 작두 위에서 공수 내릴 때도 무당의 허리춤 어디다 숨겼는지 원귀 주머니는 찾아낼 수 없었다.

우리네 달걀귀신에 해당하는 '아까이 만또 아오이 만또', 인육으로 맛을 다진 청요리와 만두, 그리고 만신에게 길흉을 점지하고 망자의 의중을 전해 준다는 원귀 주머니, 어린 시절 우리를 공포 속에 몰아넣었던 무서운 이야기가 어찌 이뿐이랴.

아이들은 꿈을 먹고 자란다고 하지만 밝은 대낮 못지않게 많은 어두운 밤의 세계를 가위눌리는 꿈을 감내하며 이겨내야만 한다. 그것은 마치 민담이나 꿈의 세계처럼 무채색이요, 흑백의 세상임에 틀림없다.

이 또한 다양한 형태의 옷으로 입혀진 이른바 집단 무의식의 발현인지 나는 아는 바 없다. 물귀신이 우글대는 세이렌의 섬을 무사히 통과한 율리시즈가 "신은 인정머리 없는 짓궂은 장난꾸러기"라고 중얼댄 것처럼 잔혹한 이야기가 성장기 아동이 겪어야 할 통과의례 같은 장치라 한다면 아무래도 "신은 너무나 잔인하다."고 나도 나무랄 수밖에 없다.

6. 겹쳐진 얼굴

"아~"

어디선가 낭랑한 어린 목소리가 내 어두운 귓속 동굴 저편으로부터 울려 퍼져 낮잠에서 문득 깨어났다.

"하부지 이너나아(할아버지 일어나)~."

언제 왔는지 이제 겨우 세 살밖에 안 되는 손주 녀석이 장난기 어린 맑은 눈으로 굽어보고 있는 얼굴 전체가 내 눈에 가득 들어왔다. 순간 그것은 아득한 기억 저편에서 어른거리던 어떤 낯익은 다른 얼굴과 겹쳐져 잠시 몽롱한 상념에 젖게 했다.

상념은 아직 내 귓속에서 은은하게 일고 있는, 어두운 동굴 저편으로 사라지는 소리의 여운 같은 가느다란 울림과 맞물려 어떤 특이한 복합적 영상을 상기시켰다.

동시다발적으로 일고 있는 저 공감각은 대저 무엇에서 기

인하는 것일까. 나의 오랜 무의식 속에 각기 숨어 있다 불현
듯 함께 머리를 삐죽이 내미는 저들은 대저 무엇이란 말인가?

그것은 일찍이 시적 표현으로만 가능했던, 나에겐 태초와
같은 유아기의 저 오랜 기억에서 말미암은 것일 게다.

누군가 밖에서 부르는

다급한 외마디 소리에

엄마는 창문을 열었다.

한밤중 창밖엔

검은 산이 눈앞에 다가와

무섭게 서 있었다.

나는 엄마 등에 업혀

함께 바깥 소리에 귀 기울였다.

훗날 자라면서

나는 그 부르짖음이

산판에 숨어 있다 만주로 도망친

아버지의 마지막 외침일 것으로

믿어 왔다.

그것은 돌 되던 그해

무산에서 일어난

가장 오랜 기억 속에 각인된

최초의 음성이다.

한 생명체의 원초적 공간에서만 울릴 법한 그 단말마적 부르짖음은 내가 체험하고 기억하는 최초의 목소리가 아닌가.

그것은 필시 "아~"라는 장모음으로 의역될 것이다. 감탄과 탄식, 다급함과 느긋함, 기쁨과 실망, 불안과 안존함같이 아직 분화되기 이전의 모순된 감정들이 총체적으로 더불어 표출되는 어사가 달리 어디에 또 있단 말인가.

실체보다는 영상이, 영상보다는 소리가 우선하는 지각행위는 인간 개체의 성장과 궤를 같이 하는 것이 아닐까. 무릇 신화의 구조를 단순화시키면 여러 면에서 인간 개체의 성장과정을 모방(mimesis)하고 있음을 우리는 안다.

나는 어린 손주 녀석이 가상의 공간이랄 수밖에 없는 내 깊은 잠의 세계를 향해 외쳐댄 앳된 목소리의 여운에 잔잔히 공명하며 나직이 일어나 울려오는, 유아기 때 들었던 그 소리의 울림에 새삼 귀 기울인다.

우리는 자라면서 속절없이 소리를 질러 본다. 빈 교실에서, 기다란 복도에서, 굴다리 지나며, 기차 굴 안에서, 동굴 속에서, 깊은 산속에서 앞산을 향해 소리를 지르며 한결 달라져 되돌아오는 메아리를 즐긴다. 그러나 아무리 즐겁고 힘차게 외쳐대도 그것은 하나같이 낯선 그윽한 목소리가 되어 때로는 구슬픈 음조를 띠고 되돌아옴을 안다. 그러므로 손주 녀석의 낭랑한 목소리가 필경에는 어려서부터 내 깊은 귓속 동굴 속에 갇혀 있던 음울한 소리와 화음을 이루며 되살아났다 하더라도 이상할 것은 하나 없다.

무산 땅 산양대(山羊臺)에서 겪은 유아기의 추억은 하나 더 남아 있다. 그것은 앞마당에 있는 우물가에서 노닐던 정경이다.

형과 함께 우물 속을 들여다보았다는 것이 오늘 내가 기억하고 있는 전부일지 모른다. 까치발을 하고 돌로 된 난간에 기대어 머리 숙여 우물 안을 들여다보았을 때 아마 물 위에 비친 어둑한 내 다른 얼굴과 맞닿았으리라.

내가 세 살 때, 꼭 지금의 손주만 했을 때 홀로 된 엄마에 이끌려 함흥 시가지에서 시오 리 떨어진 곳에 있는 본가로 돌아갔다.

커다란 초가집과 넓은 마당은 싸리배재(울타리)로 둘러싸였고 대문 앞에는 제법 물이 가득 차 흐르는 개울을 따라 길이 나 있었다. 나는 형과 같이 우리보다 몇 살 위인 사촌들을 따라 개울에 돌을 던지며 놀았다.

갑자기 등 뒤에서 "이놈들!" 하는 한아바이(조부)의 목소리가 들리자 형들은 모두 깔깔거리며 도망쳤다. 나도 몇 발자국

뒤뚱거리다 그만 엎어지고 말았다. 울음으로 눈물범벅이 된 낯을 들어 위를 처다보니 수염이 덥수룩한 할아버지의 얼굴이 내려다보고 있었다. 나는 할아버지의 무서운 얼굴에서 눈을 떼지 못한 채 흐느끼며 더욱 큰 소리로 울었다. 오늘 내게 남아 있는 조부에 대한 기억은 이것이 유일하다.

그때 조부께선 일찍이 집 나간 큰아들은 돌아오지 않고 멀리서 그 새끼들만이 올망졸망 본가에 찾아왔으니 난감한 심정이었으리라. 아들의 기상은 찾을 길 없이 지금 거기 엎어져 나약하게 흐느끼며 울고 있는 어린 손주 녀석을 필시 측은하고 실망하는 눈길로 굽어보았으리라. 그때 조부께서 나를 일으켜 세웠거나 끌어안아 준 기억은 없다. 그저 덥수룩한 낯선 얼굴이 유심히 나를 내려다보는 무섭던 장면만이 정지된 화면이 되어 오랜 유년기의 기억으로 남아 있다가 새삼스레 오늘 오수에서 막 눈을 뜬 나를 굽어보고 있는 어린 손주의 얼굴과 겹쳐져 문득 떠오르지 않는가.

조부께서도 젊어서 집을 떠났다 했다. 멀리 아라사(러시아)의 해삼위(블라디보스토크)까지 다녀왔고 그 후 원산(元山)에 오래 머물렀다 했다. 개항기의 그곳 항구도시에서 자전거를 처음으로 타신 분이라는 것이 엄마로부터 들은 집안에 전해오는 유일한 자랑거리였다.

할아버지도 아버지도 우리의 핏속에 숨어 있는, 주체할 수 없이 오래된 저 북방 유목민의 기질이라고 할 수 있는 성격 때문에 가족을 두고 젊어서 훌쩍 집을 떠나셨다. 북방을 터전으로 줄기차게 살아왔던 '야인들'에 면면이 전해 오던 남정네들이 가족을 팽개치고 떠나는 오랜 습성은 문명화된 오늘날 찾아보기 힘들 게다. 혹 지난 세기 초엽까지 만주와 한반도 북반부까지 두루 분포되어 있다가 지금은 시베리아 극동 지방에서 겨우 연명하고 있는 아무르 호랑이의 수컷에게서나 그 오랜 습성을 찾아볼 수 있을까. 그러나 아직까지도 일부 북선(北鮮) 지방에서는 아낙들이 남편을 여전히 나그네라 부른다지.

남겨진 아이들은 집에 남은 어미가 길러냈다.

집안 어른들의 주선으로 예쁜 각시 맞이하고, 아이를 낳고, 특히 대를 이을 아들을 낳고 난 후 사내들이 대체로 집을 떠나고자 함은 저 북방의 유목민 후예들만이 아닌 인류의 보편적 속성이 아닐까? 그 자체가 구라파 문학의 전범이라 일컬어지는 저 호머의 문학도 단순화시키면 젊어서 집 떠났다 살아 돌아온 귀향자(Heimkehrer)의 노래다. 패륜아를 응징한다는 피할 수 없는 소속 집단의 대의명분을 휘날리며 집을 떠나 10년은 트로이 전쟁터에서, 전쟁이 끝난 후 귀환길에 포세이돈의 저주로 또 다른 10년은 세계 전체[그때 그들에겐 지중해가 세상(Le Monde)의 전부였다]를 방황하다 — 물론 숱한 낯선 곳에서의 모험과 로맨스를 즐기다 — 지친 몸 이끌고 빈털터리로 고향에 돌아오니 몰라보게 장성한 아들과 정결부인이 맞이한다는 이야기는 뭇 남성들이 가지고 있는 원초적 꿈의 형상화일 것이다.

그때 조부께서는 길에 엎어져 눈물범벅이 되어 울고 있는 나약하기 짝이 없는 어린 손주 녀석의 얼굴을 내려다보며 함께 돌아오지 못한, 오래전에 집 나간 큰아들의 모습을 더듬으며 서운한 마음 금할 길 없었으리라. 그 후 조부께서는 당신의 큰아들의 모습을 영영 지켜보지 못하고 그 어린 분신을 보는 것만으로 만족하셔서야만 했다.

기억에는 없지만 그 즈음 사촌을 포함한 어린 꼬마 녀석들이 곳간 안 깊숙한 곳, 낡고 케케묵은 커다란 반닫이 궤짝 속에서 오래된 투구와 녹슨 긴 칼을 들고 나와 마당에서 전쟁놀이 비슷한 것을 하다 노아마이(조모)의 다급한 꾸짖음에 놀라 벗어던지고 그대로 도망쳤다는 난리 소동을 그 후 엄마로부터 들었다.

엄마는 그곳 본가에 오래 머무르지 못하고 큰딸만 거기 남겨둔 채 어린 두 형제를 데리고 아버지가 도망친 만주 땅에서 제일 가까운 곳, 동해안 최북단 항구도시로 떠났다.

막 선잠에서 깬 내 눈앞에, 장난기 어린 부드러운 손주 녀석의 눈동자 저편에서 문득 조부님의 억센 북관인(北關人)의 모습이 겹쳐져 어른거림을 감지하고 적이 놀랐다. 소리와 영상이 일으키는 공감각을 통해 이미 벌써 오래전에 잊은 줄로만 알았던 내 핏줄의 내력이 오늘 이렇게 한 아름 겹쳐져 생생히 되살아날 줄이야.

어린 나를 살갑게 대해 주지 않은 것이 못내 서운했던 그때 조부님을 대신하여 오늘 나는 두 팔 벌려 손주 녀석을 끌어안아 본다.

7. 만주 땅 길림(吉林)에서

평소 가깝게 지내는 K와 C 두 분 교수의 권유로 한국의 육당학회(六堂學會)와 중국의 북화대학(北華大學)이 공동주최하는 학술대회에서 이규보의 서사시 「동명왕편(東明王篇)」의 한국문학사적 의의에 관하여 발표하는 기회를 가졌다.

나는 비교문학회 관계로 1990년 중국 대륙의 남쪽에 위치한 귀주성(貴州省)의 귀양시(貴陽市)에서 개최된 학술대회의 참석을 비롯하여 몇 번 북경을 방문하였고 그 후 사적으로 여러 차례 중국의 명승지를 관광한 일이 있으나 만주 땅은 그간한 번도 밟은 적이 없었다. 내 딴에는 사실 그곳만은 낭만적 산책 같은 가벼운 기분으로 가서는 안 될 외경심이랄까, 아니면 결코 가벼이 지나칠 수 없는 복잡한 심정을 내 가슴속에 깊이 간직하고 있었기 때문이다.

조상 대대 개마고원에 둥지를 틀고 살아왔던 일족의 후예로서, 나의 태가 백두산 줄기 자락에 묻혀 있을 뿐더러 어린 시절 또한 멀리 두만강 건너 만주 땅이 보이는 고장에서 자란 몸일진대 어찌 그곳을 그리워하지 아니할 수 있었겠는가.

젊은 날 육당(六堂)이 쓴 「백두산 근참기」를 읽고 전율했던 비분강개에 새로이 불도 지필 겸 그리고 길림에서 열리는 학술회의장 중국 사람들 앞에서 당당하게 이규보의 「동명왕편」을 설명하기 위해서라도 나는 그곳 만주 땅을 찾아가야만 했다. 게다가 역사적 사실을 왜곡하며 근자 중국이 획책하고 있는 소위 '동북공정(東北工程)'은 쇼비니즘의 극치로 이웃을 불편하게 하는 하나의 웃음거리임을 저들에게 넌지시 알릴 필요가 있었다.

나는 우선 다음과 같은 요지의 논문을 발표했다.

이규보는 종교적 신화, 준 역사적 전설, 허구적 설화 등 신화 역사 설화의 혼합물인 민족적 구비전승을 오언율격의 양식에 담았다.

이 같은 시적 설화형식으로의 재구는 전승된 이야기를 재화(再話, retell)하는 것인 바 이는 엄청난 양식상의 변혁으로 간주된다. 「동명왕편」은 한국 최초의 전형적 서사시라는 점에서 문학사적 큰 의의를 갖는다.

첫째, 우리 민족의 전설적이고도 역사적인 비범한 영웅을 다루어 그 신성성을 부각시켰다는 점.

둘째, 천상에서부터 깊은 물속에 이르기까지 그리고 옛 부여가 웅거하고 있던 광활한 영역이 서사시 주인공들의 활동무대로 설정되어 있다는 점.

셋째, 부(父) 해모수, 주몽, 자(子) 유리 등 이들 세 영웅의 초인적 활동과 그들의 겪었던 길고도 험난한 여행이 설정되어 있다는 점.

넷째, 의식적(儀式的)이고 장중한 문체로 표출되어 있으며 품위 있는 운율은 일상적 언어와는 달리 어느 수준 이상의 식자나 지배층의 향유물이 되었다는 점.

다섯째, 만주의 동남부와 한반도에서 할거하던 종족들의 역사 공동체 의식이나 보편적 이념을 주제로 삼고 있다는 점 등으로 종합하면, 고율시 「동명왕편」은 세계문학에서 운위되는 서사시(敍事詩, heroic poem)에 비해도 전혀 손색없는 하나의 전형으로 삼을 만하다.

한국문학사에서는 이규보가 12~13세기의 저 빛나는 서사시 시대를 장식하였다고 장르론에 입각한 문예학적 특성을 피력하였다.

나중에 마련된 질의 및 토의시간에 어느 중국인 교수가 문학 이론과는 전혀 관계없는 엉뚱한 질문을 나에게 던져 시비를 걸어왔다. "중국의 동북삼성에 있는 만주 지역을 들먹이며 실지회복(失地回復)이라 주장하는 이유가 어디에 있는가?"
라고 따지는 것이 아니겠는가.

나는 현실 정치에 길들여진 이 질문에 기다렸다는 듯이 회
포를 중국인들 앞에서 쏟아낼 기회를 얻었다. 주최 측이 지정
한 조선족 출신 여 교수의 유창한 중국어 통역을 빌어 우리가
알고 있는 역사적 진실을 설명했다.

7세기 중반 신라가 당나라의 힘을 업고 한반도에서 정치
적 평정을 이룩하였다 하나, 소위 '통일신라'가 차지한 땅은
고작 한수(漢水) 이남인 반도의 남반부뿐이며 이 또한 pax 당
(唐) 즉 대당의 지배하에서의 평화적 예속에 지나지 않았다.

고구려의 멸망은 결과적으로 한족(漢族)과 팽팽히 대치하
던 역사적이고 전통적 대세력인 북방 지역의 큰 기둥이 무너
지는 결과를 초래하고 중원(中原)을 중심으로 하는 새로운 질
서 속에서 한반도는 조용한 변방으로 전락하고 만 것이다.

동북아시아에서는 한족(韓族)이 더 이상 한족(漢族)과 대치
할 수 없는 열세로 전락하고 만다. 그리하여 반도의 한족(韓
族)들에게 '잃어버린 왕국(王國)'에 대한 흠모는 지울 수 없는
신화처럼 아로새겨져 세월이 흐를수록 실지(失地)의 복원(復
元)이 민족 전체의 지상명제로 대두하게 된다.

삼국의 정립을 보다 냉철하고 객관적 입장에서 수용하게
된 고려조(高麗朝)는 이 같은 민족적 염원을 국시나 건국이념

으로 삼았다 함은 지극히 당연하다. 고구려가 멸망한 지 사오백 년이 지난 후 고려조에 이르러서 삼국의 역사를 재정비하고자 한 저변에는 예의 삼국을 동일민족 단위로 간주하려는 전 민족적 염원이 역력히 나타나고 있다고 보아야 한다. 해동삼국(海東三國)이란 단순한 지리적 지칭이라기보다 한족(韓族)들이 서식하고 있는 한반도와 만주의 동남부에 대한 범칭이며 그것은 한 묶음 속에 넣어지는 깊은 민족적 유대를 표상한다.

12세기에 들어와서 「삼국사기」가 왕명에 의해 편찬되고, 젊은 혈기에 찬 이규보가 「동명왕편」을 짓고 13세기에는 일연이 「삼국유사」를, 이승휴가 「제왕운기」를, 오세문이 「역대가」를 짓는 일련의 사태는 상실된 북방 영토와 그곳의 유민들을 동족으로 다시 흡수하려는 강력한 민족적 염원으로 해석된다. 더욱이 북방으로부터 남하한 한족(韓族)의 역사적 내력으로 보면 고구려의 옛 영광에 대한 향수는 모태회귀(母胎回歸)의 강한 본능처럼 작용해 그들의 질긴 뿌리의 근원을 확인하는 계기가 될 뿐더러 잃어버린 고토(故土)를 다시 찾으려는 열망을 공통적으로 확인할 수 있다. 그것은 신라 중심의 축소되고 왜소해진 고루한 주장을 극복하고 새 왕조의 교체를 계기로 북방으로 웅비하려는 세찬 발돋움의 자세로 파악된다.

'실지회복'은 고려의 국시인 동시에 오랜 민족문학의 보편적 주제로 오늘에까지 이른다고 나는 다소 격앙된 목소리로 피력했다.

이른바 고토에 대한 상념과 잃어버린 왕국이라는 결코 낭만적이라고 할 수 없는 비애 같은 복잡한 심정으로 주최 측이 마련한 만찬에서는 푸짐하고도 기름진 청요리에 곁들여 독주를 퍼마셨다.

이튿날 아직 토성의 잔해가 확연히 드러나 보이는 고구려 산성을 둘러보고 내려오는 길에 송화강이 한눈에 들어오는 길림 시내 찻집 테라스에 앉아 차를 마시며 새삼스레 암흑기에 이곳을 거쳐 간 선열들을 생각하며 '송화강'의 의미를 되씹어 보았다. 우리에게 차 시중을 든 젊은 여인의 자태가 어딘가 눈에 익은 것 같아 이름을 물어보았다. 우리네와 사뭇 다른 이국적인 감미로운 목소리로 짧게 발음하며 종이 위에 해정(解婧)이라 적는 것이 아닌가. 만주족(滿州族)인가 물었더니 한족(漢族)이라고 가볍게 웃으며 머리를 저었다.

찻집을 나설 때 그녀는 내 곁으로 슬그머니 다가와 소리를 낮춰 속삭이듯 이야기하며 잠시 쓸쓸한 표정을 지었다.

"실은 저는 만주족이에요. 그걸 어떻게 아시죠?"

길림을 떠나기 전날 밤, 밤잠을 설치다 자리에서 일어나 착잡한 심정으로 몇 자 끼적여 보았다.

송화강가에서

아득한 옛날 하늘서 내려와
여기 만주 땅에 나라 세웠던
해모수의 후예런가
그대 해정(解婧)은

송화강이 굽어보이는
창 넓은 찻집에서
수줍은 듯 가벼이 일렁이는 눈짓으로
내게 따라 준 차향은 이내
가슴속 깊이 찌르르 번졌지

나는야 옛 고장 잃고
정처 없이 떠다니는 야인(野人)의 후예
이제 날이 새면 다시
강 건너 먼 남쪽으로 떠나야 할 몸

안녕 안녕
만주 땅 송화강가에서
내내 조상 땅 지키며 사는

낯선 누이여

아름다운 여인이여

8. 씁쓸한 기억

미다미 와레

이끼루 시루시 아리 아메즈지노

사까에루 도끼니

아에라꾸 오모에바

아침잠에서 막 깨어난 내 뇌리 속 어디선가 사내들의 비장한 쉰 목소리가 완벽한 일본어로 선명히 울렸다. 때가 어느 땐데, 지금 과연 때가 어느 땐데 죽어 없어진 줄로만 알았던 절규에 찬 그 목소리들이 느닷없이 내 귓전에 그리도 선명히 울린단 말인가.

일제가 패망하고 이 땅에서 물러간 지 육칠십 년도 더 되었는데, 그리고 더더욱 삼사십 년간 지배받은 민족적 수모를 평소 참을 수 없이 수치스럽게 여기고 있는 우리들인데 이게 대체 웬일이란 말이냐.

어려서 그것도 내 나이 열 살도 채 되기 전 익힌 말이요, 쓰던 글인데 반세기도 훨씬 지나 버린 이제껏 내 머릿속에 깊이 숨어 있다가 그때 그 목소리, 그 기분으로 완벽하게 되살아나는 현상은 대저 무어란 말인가.

지워버리려야 지워지지 않는 팔뚝의 우두 자국 같이 저들이 어린 날에 형성된 내 무의식의 저 깊은 나락 속에 낙인처럼 깊이 찍혀 있었단 말인가. 그때 나이가 어렸었지만 나는 그 노래의 내용과 불린 배경, 그리고 더 나아가서는 주군(主君)에게 바쳐진 충성의 노래임을 대충 알고 있었다. 의식이 무의식을 진단하거나 그 속의 여행 같은 것이 가능한지 잘 모르지만 나는 오늘처럼 느닷없이 불쑥 떠오르게 된 나의 심리적 기제를 차분히 자가 진단해 본다.

누구를 탓했어야 옳은 일인지 잘은 모르겠지만 참으로 부끄럽게도 태어나서 처음으로 조직적이요, 체계적 학습으로 익힌 글은 일본어인 가타가나였다. 언어는 사고를 지배한다고 식민지 통치하에 이 땅에서 태어난 어린이들은 글을 통해 일본식 사고를 익히며 서서히 길들여져 갔다.

내 경우 그곳은 오지라고도 할 수 있는 한반도 최북단의 작은 항구도시에서 초등학교에 입학했을 때 최초의 담임선생님은 일본인 여성이었다. 그때 교육받은 우리들의 국어는 일본

어였고 다른 교과서도 물론 모두 일본어로 된 책이었다.

북쪽 매서운 추위가 아직 가시지 않은 4월 1일, 넓은 초등학교 운동장에서 오돌오돌 떨며 입학식을 마치자마자 신입생전부는 학교 뒤 산기슭에 자리 잡은 일본 신사의 대문격인 도리이 밑을 지나 절 앞뜨락에 엄숙한 기분으로 줄 맞춰 섰다. 가슴에는 각자 일본식 명찰을 붙이고 있었고 주지격인 신관의 지시에 따라 문 앞에 일장기가 X형으로 걸려 있는 내부를향해 여러 차례 구십 도로 허리 굽혀 절하는 절차를 치르고나서야 꼬마들 하나하나가 신관으로부터 수신 교과서를 받는의식을 엄숙히 치렀다. 이렇게 우리는 저 '영광스러운 황국신민'이 되는 첫발을 딛게 된 것이다. 돌이켜 보건대 수신 교과서에 실린 아직도 기억나는 이야기, 즉 집안 형편이 어려워산에 나무하러 지게 지고 다니지만 언제나 손에서 책을 놓지않아 훗날 훌륭한 사람이 되었다는 니노미야 손도꾸의 이야기는 동아시아 농경 사회의 공통된 귀감인 '주경야독(晝耕夜讀)'의 정신을, 그리고 어려서부터 나약한 체질인데도 겨울철에도 물론 매일 아침 우물가에서 냉수욕으로 심신을 단련하여 훗날 노일전쟁의 영웅으로 추앙받게 된 '노기 장군'의 소년 시절 일화는 극기 정신의 함양을 표방한 것 같다.

그때 일 학년 국어 교실에서는 「하루가기다(봄이 왔다)」를배우며 봄의 싱그러움을 노래했고 "아까이 도리 고도리 / 나제나제 아까이 / 아까이 미오다베다(작은 붉은 새야 / 왜라서 빨갛니 / 빨간 열매를 먹었나)"를 읊으며 일본어 원음 속에 숨겨진 가락과 색상을 말랑말랑한 어린 머릿속에 각인시켰다. 광복 후 우리말과 우리글을 익힌 지 육칠십 년이나 되는데도 이것은 수치스러운 일이지 결코 자랑거리가 아니지만, 지금도 초봄 마을 근처 동네 초등학교 담벼락에 폭포 쏟아지듯 일제히 피어 있는 개나리꽃을 보면 무의식중에 나도 모르게 문득 "렌교가 사이다(개나리꽃이 피다)."라고 한다든지 풀밭에 어느덧 얼굴을 내민 민들레꽃을 보면 민들레란 이름보다 "담뽀뽀"라는 일본어 명칭이 먼저 튀어나올 땐 참으로 난감하다.

앞은 바다지만 산으로 둘러싸인, 농촌도 아니요 어촌도 아닌 조그만 소도시에서 자란 꼬마들에게는 "가라스도 잇쇼니 가에리마쇼"라는 마지막 구절은 다소 낯설긴 했지만 해가 지고 저녁노을이 곱게 피어오르면 모두가 즐겁게 노래 불렀다.

유야께 고야께데 히가구레데
야마노 오데라데 가네가 나루
오데데 쯔나이데 미나 가에루
가라스도 잇쇼니 가에리마쇼

(저녁노을이 물들고 서산에 해 지니

산사에서 저녁 종소리 울리네

손에 손을 잡고 모두 돌아가세

까마귀와 더불어 집으로 돌아가세)

　지금은 노랫말이나 그 내용이 정확히 기억되지는 않지만 "하루노 오가와(봄날의 시냇물)"라던가 "하루가제 소요후꾸 소라오 미레바(봄바람 산들대는 하늘을 바라보면)"라는 일부 구절이 정확히 기억되는 "나노하나 하다께(유채꽃 밭)"같이 서정성이 짙은 시구들은 자라나는 어린이들의 정서 함양에 깊은 영향을 끼쳤다.

　창가(唱歌)에서 갑(甲)을 받음은 사내의 수치라는 선배들이 남긴 명언의 전통을 모르는 바 아니었지만 그래도 우리는 시어를 익히고 때로는 계집애처럼 고운 목소리를 내어 예의 서정시가를 읊어대며 노래를 불렀다.

　우리가 다닌 초등학교의 붉은 벽돌로 된 이 층짜리 본관 현관 바로 앞에는 지게 지고 책을 읽으며 걸어가는 예의 니노미야 긴지로의 동상이 한쪽에, 그리고 다른 한편에는 일본의 전국 시대인가 존황파의 대표적 무사인 구스노기 마사시게의 용맹스런 기마상이 꽃밭에 둘러싸여 세워져 있었다. 허구한 날 꼬마들의 동요나 부르며 서정시정이 넘쳐나는 꽃밭 속에 부드럽게만 키워진 것은 아니었다. 성장기 소년들의 불같은 야성은 지금 생각해 보면 차츰 교묘하게 짜여진 상무 정신의 고양을 근간으로 하는 협동과 충성심, 그리고 궁극적으로는 멸사봉공의 희생정신으로 스스로를 아름답게 산화시키는 행동 미학이 극대화된 가르침 속에서 길들여진 것 같다. 말하자면 예의 두 동상은 초등교육이 지향하는 바 문무를 겸비하는 교육목표의 표상이었다. 나치 시대 히틀러의 유겐트(Jugend)처럼, 소비에트 시대 소련의 삐요네르(소년단)처럼, 고대 희랍의 저 스파르타의 소년 교육정신을 귀감으로 삼았다.

물론 전시라는 시대적 상황 속에서 어쩔 수 없었다 하나 이른바 조선총독부가 관할하는 식민지인 반도의 소년들은 차츰 군가를 들으며 깨어났고 군가와 더불어 자라났다. 조금 멀리로는 중국 땅 여순항과 동해에서 벌어진 러일전쟁 때 거둔 승전의 이야기를 필두로 훗날 싱가포르 함락과 말레, 스마트라, 보르네오로 물밀 듯 진격한 '대일본제국 황군'의 거침없는 행보에 열광했다. 싱가포르 함락 기념으로는 상급 학년 남학생에게는 작은 고무공을 그리고 여학생에게는 조금 더 큰 공을 나누어 주어 혜택의 순위에서 밀려난 저급 학년 꼬마들은 얼마나 부러워했는지 아직도 기억이 생생하다.

여순항에서 군함과 함께 '장렬한 최후'를 맞이했다는 함장 히로세 중좌(中佐), 남방 하늘에서 무수한 적기를 격추시키고 종내는 자기 비행기와 함께 산화했다는 하야부사의 가도 소장(少將), 그리고 중국에선가 동남아 어디선가 전차병으로 혁혁한 공을 세웠다는 니스즈미 대위(大尉) 같은 하늘과 바다와 육지에서 싸우다 장렬한 최후를 맞이한 영웅담들이 무수히 생산되어 꼬마들에게 애국심을 부추겼다. 학년이 높아지면서 꼬마들의 노래는 자연스레 동요에서 군가로 바뀌었다.

싸워서 이기고 돌아오리라는 기백으로 출정하며 전공을 세운다면 기꺼이 죽으리라는 비장한 출전가를 비롯하여 하얀 장미처럼 창공에 피어난다는 낙하산병의 노래, 일곱 개의 단추가 벚꽃과 닻으로 상징되는 해군 예비 하사관의 노래 — 이들은 훗날 거의 모두가 '가미가제 특공대원'으로 차출됐다 — 등 수많은 군가가 라디오에서, 영화관에서, 그리고 학교의 확성기를 통해 울려 퍼졌다. 내가 자란 곳은 조그마한 항구도시인 터라 상급 학년 학생들은 해양소년단원이 되어 수병처럼 하얀 옷을 입고 바다에서 군함과 군함 사이 붉은 기와 흰 기로 교신하는 방법을 배운다며 으쓱댔다. 학교 운동장에는 풍차같이 생긴, 쇠로 만든 겹으로 된 커다란 굴렁쇠 후프가 있어 그 속에 손과 발을 묶고 손발을 뻗은 채 빙글빙글 굴러가는 훈련은 일부 상급생들이 즐겼다. 가령 철봉대에서는 그것을 축으로 전신을 뻗은 채 빙글빙글 돌아가는 이른바 '다이샤링'을 할 줄 아는 몇 안 되는 상급생은 존경을 넘어 경탄의 대상으로 명성을 날렸다. 이 같은 기술을 익힐 수 있어야만 훗날 소년항공학교에 입학해 훌륭한 비행사로 전공을 세울 수 있다고 모두가 부러워했다.

그늘진 하교 뒷뜰에서 아니면 뒷골목 후미진 곳에서 고무줄로 유희하며 함께 부르던 여학생들의 노랫가락도 어느새 서정동요에서 예의 여순항 해전의 전쟁 영웅 '히로세 중좌'나 육지 쪽에서 수많은 젊은이들의 무모한 희생 위에 승리로 이끌었다는 '노기 다이쇼'를 기리는 노래로 바뀌어 갔다.

이른바 일본 정신의 정화라 일컫는 '야모도 다마시(大和魂)'는 어려서부터 자라나면서 길러지는 것이라 했다. 대장부의 기개는 모름지기 "갠지스 강에서 악어를 낚시질"하며 "만리장성 위에서 (북쪽을 향해) 오줌을 싸면 고비사막에 무지개 걸리다."라는 말로 호연지기를 어린 소년들에게 북돋았다.

그리하여 「야마도 다마시니와 데끼가 나이(대화 혼에는 적이 없다)」라는 요까렌 노래를 소년들은 소리 높여 불러댔다.

무적 관동군이니, 무적 연합함대니, 나아가서는 무적 남방 방면군이 거둔 혁혁한 승전보를 연일 들어가며 열광했다.

  가다오 나라베데 니이산또
  교오모 각고에 유께루노와
  헤이따이산노 오까게데쓰
  오꾸니노 다메니 다다갓다

헤이따이산노 오까게데쓰

(형과 함께 어깨 나란히

오늘도 학교에 갈 수 있음은

군인 아저씨들의 덕이에요

조국을 위해 싸우신

군인 아저씨들 덕이에요)

이른바 전시하에 모든 것이 군사체제화되어 갔고 꼬마들
도 동네별로 줄 맞춰 노래 부르며 등교했다. 전쟁으로 모자라
는 기름에 보탬이 된다고 저급 학년은 오후에 오나모미(도꼬
마리) 열매를 따러 얼굴이 까매지도록 들판을 헤맸고, 고급 학
년들은 산에서 소나무 관솔 채취에 진땀 흘렸다.

남태평양에서 마귀 같은 '영미 귀축'들 상대로 매일 수십
척의 배와 수십 대의 비행기를 격추시켰다는 승전의 요란한
보도와는 달리 점차 어딘가 쫓기는 우울한 분위기가 감지되
었다.

이즈음 스무 살 넘는 이웃의 형님들은 하나둘씩 엄마들이
동네 어귀나 길거리에서 한 땀 한 땀 받아낸, 그것이 총알막
이가 된다는 센닌바리(千人針)를 배에 두르고, 무운장구(武運
長久)라는 어깨띠 걸치고, 이마에는 일장기를 질끈 동여맨 채

입영을 위해 동네를 지나 큰길 따라 역으로 걸어갔다. 아무도 웃지 않는 어른들의 뒤를 따라 심상치 않은 분위기를 감지한 꼬마들도 말없이 역까지 줄레줄레 쫓아갔다. 큰형님이 만주의 관동군으로 끌려간 것도 그리고 이른바 정신대의 제물이 되는 것이 두려워 스무 살도 아직 먼 누님이 고향 집 어른들의 주선으로 서둘러 시집간 것도 모두 이즈음에 생긴 일들이었다.

세상 모르고 모두가 들떠 있던 분위기는 어느새 우울한 기분으로 전환되어 갔다. 용케도 꼬마들은 눈치가 빨랐다. 학교에서나 집에서나 길거리에서조차 차츰 웃음이 사라졌다.

팔라우, 레이테, 과달카날, 그리고 괌, 사이판, 이오지마에서 황군 모두가 옥쇄라는 집단 광기의 극치가 차례로 전해졌다. 그리고 끝내는 '대일본제국'의 패망을 나는 두 눈으로 똑똑히 보았다.

지금도 그들이 그렇게도 자랑하던 세계 최대의 전함 야마토(大和)의 위용을 생생히 기억한다. 어느 전쟁 뉴스에선가 바다에 떠 있는 거대한 군함의 전면과 측면을 화면 가득히 서서히 비추면서 저 유명한 군가를 배경 음악으로 곁들인 장면은 오래도록 어린 날의 기억으로 남는다.

우미유까바 미즈구가바네

야마유까바 구사무스 가바네
오오기미노 헤니고소 시나메
가에리미와 세지

(하잘것없는 나에게 베풀어 준
주군의 은혜에 보답이라면
바다에서나 육지에서나
기꺼이 죽으리라)

왜 그들은 위풍당당한 무적 해군임을 그렇게도 자랑하면서 구슬픈 가락의 고대 시가를 노랫말로 삼았으며, 곡조 또한 일 욱승천(日旭昇天)의 솟아나는 기상이 아니라 꼭 무슨 장송곡 같은 기분을 자아내는 영탄조를 이른바 '제국해군가'로 삼았는지 의문이다.

새 생명의 탄생은 그 속에 이미 죽음을 배태한다고, 그것이 조만간의 문제이긴 하지만 언젠가 나락으로 떨어진다는 영고성쇠의 역사적 교훈을 그들은 이미 터득하고 있었단 말인가. 아무리 전쟁이 죽고 죽이는 게임이라고 하더라도 그들은 애초부터 너무나 죽음을 미화시키고 찬미한 것 같다. 거대한 함선이 진수될 때, 그리고 저 유명한 가미가제 특공대들이 출격할 때마다 이들을 전송하며 「우미유까바」가 비장한 음조로 불려졌음을 나는 기억한다.

곰곰이 생각해 보면「우미유까바」는 아침나절 잠에서 깨어나자마자 문득 환청처럼 들려온「미다미 와레」와 함께 쌍을 이루며 내 유년기의 슬픈 언어로 오랜 기억의 저 밑바닥에 숨어 있다가 오늘 의식의 바깥으로 줄줄이 끌려 나온 것이다.

인간의 두뇌는 생후 열 살에서 열두어 살 때까지 경험한 언어 위주로 최적화되어 있다는데 이 모두 내 나이 열 살도 되기 이전에 체험한 것들이라 의식적이건 무의식적이건 이들이 내 사고의 틀이 되어 이제까지 나의 삶에 깊은 영향을 끼쳤을 것을 생각하면 참으로 착잡하기 짝이 없이 난감해진다. 아무도 탓할 수 없는 거의 칠십 년 전의 일들을 돌이켜 보며 복잡하기 이를 데 없을 나라는 존재 내면의 유년기 사고 형성과정을 격정스레 들여다보지 않을 수 없다. 내 평생 인문학에 뜻을 두다 보니 자연 문사철(文史哲)에 두루 관심을 쏟을 수밖에 없었겠으나 돌이켜 보면 젊어서부터 나는 문학 못지 않게 역사서를 섭렵했고 그중에서도 전쟁사에 몰두했고 영웅담에 깊이 탐닉했었다. 오늘 내 내면 속에 침잠했을 특정 시대가 형성한 의지(Der Wille)가 개체 형성에 얼마나 크게 그리고 무섭게 작용하였는가를 새삼 헤아려 보며 쓸쓸히 혼자서 웃어 본다.

9. 누나의 죽음

"외삼촌, 엄마 돌아가셨어요!"

누님이 운명하였다는 생질의 전화였다.

며칠 전부터 건강상태가 심상치 않아 청량리 밖에 있는 종합병원 중환자실에 입원하고 있던 누님이 위독하다는 전갈을 받고 초저녁부터 병상을 지켰다. 그러나 밤늦게까지 별다른 이상 없이 고요히 잠자듯 누워 있는 것을 보고 오늘밤은 그럭저럭 넘길 것 같으니 나더러 그만 집으로 돌아가 쉬는 것이 좋을 것 같다는 조카들의 성화에 떠밀려 막 집으로 돌아오는 차 속에서였다.

"그래, 알았다. 내일 아침 병원으로 갈게."

나는 담담히 전화를 끊었다. 일찍이 매형과 사별하였으나 누님은 슬하에 의사인 손주도 두고 80대 중반까지 사셨으니 그만하면 호상이구나 하는 생각이 문득 들었다.

예부터 딸은 어미 팔자 닮는다고 남편과 일찍 헤어진 것은 엄마와 비슷하나 앞세운 자식 하나 없이, 게다가 자식과는 생이별하지 않고 오히려 멀리 시집간 딸들마저 와서 모두 지켜보는 가운데 편안히 마지막 숨을 거두었다니 참으로 다행이었다.

내가 누나를 처음 본 것은 육이오사변 나던 그해 초 본가에 돌아와서였다. 고향 집 정지 따뜻한 아랫목에 누워 조모와 무슨 이야기를 나누다 나는 그만 스르르 잠이 들어버렸다.

잠결에 두런두런거리는 소리에 그만 깨어나 무심코 일어나 보니 거기 윗목 엄마 곁에 나란히 앉은 엄마와 똑 닮은 젊은 얼굴이 나를 보고 웃고 있지를 않는가. 영문을 몰라 눈을 부비고 다시 보니 그때 엄마가 나직이 말했다.

"너희 누이다!"

이때가 누나와 처음 상봉한 날이었다.

엄마가 만주로 떠난 아버지를 찾아 어린 형제 앞세우고 북쪽으로 길 떠날 때 조부가 계신 본가에 누나를 남겨 두었다. 그 후 이차대전 말엽 정신대 문제로 세상이 시끄러울 즈음 어른들의 주선으로 과수원집 맏며느리로 서둘러 시집보냈다는 것이 내가 누나에 대해 그간 알고 있던 전부였다.

자그마한 체구에 말수 적고 조용히 웃음 짓는 모습마저 누나는 너무나 엄마의 판박이였다.

　군함이 정박할 수 있는 항구도시로부터 그리 멀지 않은 곳에서 살고 있었기에 사변 때 누나네 식구 모두 남쪽으로 내려올 수 있어 나는 청소년 시절부터 종종 누나와 만났다. 명태순대나 녹두지지미 또는 질긴 가다구리(녹말) 냉면 그리고 무엇보다 가자미식해 같은 어려서 고향 땅 함경도에서 먹던 엄마의 손맛이 그리울 때면 나는 종종 누나네 집으로 찾아가곤 했다.

　그러고 보니 누나는 언제나 내가 맛있게 먹고 있는 모습을 마주 앉아 조용히 지켜보기만 했다. 같이 먹자고 권할 때마다 언제나 손사래를 치며,

　"일 없소, 동생이나 많이 먹기요. 이따 애들이 돌아오면 같이 먹겠소. 어서 들기요."

　라며 하나 변하지 않은 고향의 억양으로 사양했다.

　나이 터울이 많이 지고 어려서부터 한집에서 같이 자란 적이 없어서일까, 누나는 한 번도 나에게 말을 놓은 적이 없다.

　훗날 노쇠해져서 점점 기력이 없어졌을 때는 종종 엄마 이야기를 하며 울먹이는 일이 잦았지만 누나가 그 전에 꼭 한번 내 앞에서 눈물을 보인 일이 기억난다.

　내가 대학에 입학하고 처음 누나를 찾아갔을 때 일이다. 내

손을 꼭 잡고 생사도 모르는 고향 땅에 남겨둔 엄마가 알면 얼마나 기뻐하겠느냐고 누나는 흐느꼈다.

종갓집 육촌 형이 왜정 때 이른바 제국대학에 입학했다고 문중뿐만 아니라 온 고을이 경사 났다고 야단법석을 떨 때, 엄마가 어리디 어린 형과 나를 가리키며 쟤들은 언제 커서 이 담에 대학에 들어갈 수 있겠느냐고 몹시 부러워하던 그 대학에 들어간 것을 알면 얼마나 기쁘겠느냐란 것이었다.

지난 세기 초 시골 훈장 집 맏딸로 태어나 어려서 천자문 떼고 글은 깨쳤으나 신식학교 교육이라고는 전혀 받아본 적이 없는 엄마로서 그 어려운 살림 속에서도 어린 자식의 대학 교육의 필요성을 이미 간파하고 있었다는 게 실로 놀라웠다.

누나는 열 살 전후 나이에 오빠인 큰형님과 함께 할아버지 집에서 자랐다. 아버지 찾아 막연히 북으로 떠날 때 엄마는 어느 정도 나이 든 두 남매를 본가에 맡겨둔 것이다. 네 남매를 거느리고 함께 떠나기란 여간 벅찬 일이 아니었으리라 생각은 되나, 두고 떠난 엄마의 심정도 심정이려니와 열 살이란 어린 나이부터 그것도 어린 여자아이 몸으로 엄마 없이 자라온 세월이 얼마나 외롭고 감당하기 힘들었을까 함은 짐작하고도 남음이 있었다.

"동생, 내게 아직도 간절한 소원이 하나 있다면 그저 딱 한

번만이라도 엄마 곁에 누워 있고 싶소."

언젠가 누나가 고희도 훨씬 지난 나이에 내게 이런 말을 한 일이 생각난다.

어려운 시절 누구나 다 겪는 고초가 사람마다 다르겠지만 그래도 성장기에 보호막 없이 자란 가녀린 소녀의 외로움은 어디다 견줄 수 있었으랴. 오죽하면 노년에 접어든 지금까지도 저리 갈망하고 있을까.

기실 집안의 막둥이로 태어나 엄마 사랑은 독차지하다시피 자란 나로서는 송구스럽기 이를 데 없었다. 마치 누나에게는 큰 죄라도 지은 듯이.

아들 녀석을 대학에 보낼 즈음이던가 누나가 대구에서 살 때 딸아이들의 성화에 못 이겨 교회에 나가기 시작했다.

그 후 이승을 떠나는 마지막까지 성경책을 손에서 놓은 적이 없다고 한다.

그때 누나가 대구에서 살던 시절이었다. 아직 젊은 나이에 무신론적 객기를 즐겨 부리던 내가 여기 대구에는 기도발 잘 서기로 유명하다는 팔공산 갓바위도 있는데 소원이 있으면 거길 다니시지 느닷없이 "예수쟁이"는 웬일이냐고 빈정대듯 이야기를 던지니 누나는 정색을 하고

"아이요! 거기는 말 못하는 돌미륵밖에 더 있소? 성경은 읽

으면 읽을수록 내 걸어온 길과 앞으로 나아갈 길이 훤히 비치는 것 같소. 어서 동생도 성경 읽고 예수님을 믿기요."

누나는 그 후에도 계속 집사람과 함께 찾아갈 때면 언제나 우리에게 교회 다니기를 권했다. 어려서는 엄마의 손에 이끌려, 장가가서는 아내의 운전수 자격으로 절집 문턱을 드나들었지만 아직도 여전히 일주문 밖에서 서성이고 있는 나로서 누나의 소원을 끝내 들어주지 못한 것이 못내 아쉬웠다.

외아들인 생질의 직장 관계로 서울로 올라온 누나는 망우리 산기슭에서 살았다. 고향 땅에 두고 온 과수원에 대한 미련 때문인지 배 밭으로 둘러싸인 제법 텃밭도 갖춘 양지 바른 곳에서 내내 지냈다. 환갑이 지나면서 일어났다 앉았다 하기조차 힘겨울 정도로 무릎이 안 좋았지만 누나는 해마다 봄철이 되면 으레 손수 캔 햇쑥으로 떡을 빚어 우리를 불렀다.

그때마다 나는 누나의 모습에서 아득히 잊혀진 모성을 느꼈고 차츰 나이 들며 변해 가는 누나를 통해 엄마의 모습을 추상했다.

아직 소년 시절이던 육이오사변 때 나는 엄마와 고향을 함께 여의었다.

그때 엄마와 헤어진 곳은

고향 마을 다리목

난리 피해 길 떠나는 남정네들 틈에

나도 떼밀려 실렸다. 그저

며칠 나들이 다녀올 가벼운 차림으로.

도락꾸 화물칸에 기어올라

엄마가 씌워 준 개털모자 여미기도 전

차는 터덜대며 다리를 건넜다.

그새 강산이 예닐곱 차례도 더 바뀌었던가.

그때 엄마 나이 갓 쉰이었고 엄마는 그때 그 모습 그대로 내 가슴속에 내내 멈춰 있었다. 그러므로 누나와는 동기는 동기이지만 아무래도 나는 그것을 넘어 점차 나이 들어가는 누나의 얼굴에서 변해 갔을 엄마의 모습을 찾으려 한 것이 아니었나 한다.

"옛소. 이거 동생 가지기요!"

노쇠해진 후 어느 날 누나는 골방 구석에 있는 거울 달린 오래된 자개장롱에서 색 바랜 헝겊에 싸인 길쭉한 물건을 꺼내어 내 앞에 내어 놓았다.

그것은 자주색 계열의 긴 술이 소북이 달린 황금으로 된 여성용 장식품이었다.

"시집갈 때 엄마가 달아준 노리개요. 이젠 동생이 가지기요."

누나에겐 장성한 아들이 있고 며느리도 맞이한 지 이미 오랜데 굳이 나에게 그것을 전하려고 하는 심정을 조금은 알 듯도 했다.

엄마의 손길이 스쳐 지나간 것으로 오래도록, 어쩌면 평생토록 고이 간직한 친정에서 가져온 유일한 물건이 아닐까 하는 생각을 하니 설핏 경건한 마음마저 들었다.

이렇듯 누나는 차곡차곡 생을 마감하는 준비를 했단 말인가.

드디어 입관하는 일시가 정해졌다 했다. 장지는 매형 곁으로 정해졌다. 그런데 수의는 마련했느냐고 생질에게 물으니 웬걸요. 엄마가 당신이 죽으면 시집가던 날 입었던 옷이 장롱 속에 있으니 굳이 그걸 입혀 달라고 신신당부하였다는 것이다.

전쟁 때 피난 가는 경황 속에서도 그것을 챙겼다니 참으로 놀라웠다.

당신의 소원대로 누님은 얼굴은 삼베로 가려졌지만 그 옛날 혼례식 때 입었던 그대로 연분홍색 양단치마에 색동저고리를 받쳐 입은 그 위에 연두색 갑사 원삼을 걸치고 관 속에 반듯하게 누워 있었다. 몸은 왜소해져서 새 각시 때 입었던 옷이라고는 믿기지 않을 정도로 사뭇 커보였다.

딸들이 일제히 터뜨린 울음소리를 들으며 앞으로 걸어 나가 나는 집에서 이미 마련해 온 그 황금 노리개를 저고리 옷고름에 매어 달아 드렸다. 그리고 나직이 속삭였다.

"다음 생에도 우리 동기로 다시 만나요, 누나!"

10. 하얼빈 역에서

나는 지금 만주 땅 하얼빈 역 대합실에 앉아 밤 10시에 출발하는 선양(瀋陽)행 기차를 기다리고 있다. 내가 알아들을 수 없는 중국 말로 간간이 "선양, 선양" 하는 확성기 소리가 역내에 울려 퍼질 때마다 번번이 그것을 봉천(奉天)이란 이름으로 바꾸어야만 개념이 정확히 전달되는 것 같이 느껴지는 심리적 반응을 곰곰이 생각해 본다. 가령 만주라는 포괄적 지명 또한 그렇지 아니한가. 시방 중국인들이 동북삼성이라 즐겨 부르며 옛 명칭을 꺼려하는 그곳을 굳이 만주라 부르고 싶고 그렇게 불려지는 것이 정당한 대접이라 여기는 내 고집과 서로 무관하지는 않을 게다.

만주는 나의 어린 시절과는 매우 밀접한 관계가 있는 곳이다. 그러므로 그 지명들이 어린 날의 내 뇌리 속에 깊이 박혀 있는 만큼 내가 기억하고 있는 나의 언어로 부를 때 유의미한 것으로 다가오는 것이 아니겠는가. 중국과 러시아와 접경하고 있는 두만강 어귀, 한반도의 최북단에 위치한 항구도시에서 내가 자랐기에, 그리고 무엇보다 떼려야 뗄 수 없는 인연 때문에 나에게 만주 땅은 깊은 의미망으로 얽혀 있는 고장임에서랴.

그러니까 며칠 전 나는 이른바 희수(喜壽) 나이가 되어서야 어린 시절이 묻혀 있는 그곳을 찾아 60년 만에 돌아왔으나 강물이 앞을 가로막아 이웃인 연변 땅에 머무를 수밖에 없었다. 삼합(三合)언덕에서는 실개천같이 흐르는 강 건너 회령시가지를 먼발치에서 내려 보았고, 도문에서는 강물이 제법 넘쳐 흘러 유속이 빠른 두만강 너머로 남양 시내를 한눈에 훑을 수 있었으나 거기 또한 나의 어린 날과는 무관한 고장이기에 그저 강물에 손을 담그며 담담히 지켜보는 것으로 마음을 달랬다. 아득한 옛날부터 우리 선조들이 살아왔고 나의 태 또한 그곳에 묻혀 있는 북관 땅을 못내 그리워하는 아비의 심정을 안타까워하던 큰아들 녀석이 지난해 여름 이미 이곳을 답사하였던 터라 강물의 흐름을 따라 회령에서부터 두만강 어귀가 보이는 훈춘(琿春)까지, 말하자면 내 어린 시절이 서려 있는 그곳을 가장 가까이에서 바라볼 수 있는 지점이 마지막 행선지로 정해져 있었다.

회령, 남양, 경흥을 거쳐 강 건너 홍의와 사회를 한눈으로 훑을 수 있는 마지막 전망대가 있는 곳, 러시아와 중국과 조선 세 나라가 교묘하게 함께 국경을 맞대고 있는 꼭짓점인 방천(防川)에서 두만강 어귀 너머로 푸른 동해를 볼 수 있었다.

거기 강이 바다와 맞닿는 곳 왼쪽은 러시아 땅 핫산이요, 오른쪽 산 너머는 서수라, 웅상, 그리고 그 아래쪽이 웅기지.

나는 지금 밤 10시에 출발하는 봉천행 열차를 기다리며 하얼빈 역 대합실에 앉아 그동안 끊었던 담배를 다시 피워 물고 있다. 허공에 내어 뿜은 아련한 담배 연기 새로 60년도 훨씬 전의 그때 그 소년의 모습으로 돌아가 허공에 대고 읊조린다.

읍내에서 시오리 떨어진
관곡동 아재 댁으로
양식 얻으러 간 날이면
우리는 하릴없이
엄마 떠난 곳과는 반대편
마을 동쪽 끝에 있는
역으로 나갔다.

우편국을 돌아
경찰서 앞 마당 가로질러

헌병대 문 앞 지나칠 때
언제나 알 수 없이 다리를 쭈뼛거렸다.

형과 나는 역에서
금테 두른 모자 쓴 역장님도 보고
굴렁쇠 메고 깃발 든 어른 부러워하다
그리고 언제 들어오는지도 모를
기차 기다리며
만주로 달아났다는
얼굴도 모르는 아버지를 그리워했다.

고개가 아프도록
수없이 읽어 보는 대합실의 이정표
나진서 떠나는 기차
관곡 거쳐 웅기에 오면 다음은
웅상, 홍의, 사회, 아오지, 그리고 남양
그 다음은 두만강 건너 만주 땅 도문
도문서 하얼빈까지는 아득한 먼 거리

진종일
허기도 잊고 역에서 서성이다

해 질 녘 집으로 돌아올 때
형과 나는 이담에 커서
아버지 찾아 만주로 떠날 것을
북쪽으로 난 두 줄기 철길 향해
수없이 수없이 다짐했다.

'도문서 하얼빈까지는 아득한 먼 거리'

하얼빈은 아버지와의 연고로 나에게는 어려서부터 무척 친숙한 멀고도 가까운 지명이었다. 아직 열 살도 채 안 된 어린 마음에 상상하기 어려웠지만 하얼빈은 그 낯선 이름만큼 무언가 찬란한 새로운 문명 같은 것이 숨 쉬고 있는 반짝이는 꿈의 도시로 연상되었다.

일제가 만주 경영의 동맥으로 자랑하던 소위 남만주철도의 한반도 쪽 종착역인 나진 근교 웅기에서 자랐던 터라 일제 식민지 지배가 10년만 더 연속되었다면 나는 어김없이 무작정 아버지를 찾아 철길 따라 만주 쪽으로 튀었을지도 모르겠다. 아니면 홀로된 어머니를 봉양한다는 구실로 아마 예의 만철 산하의 기관에서 단기 기술교육을 받고 일본식 이름에 제복을 받쳐 입은 충실한 황국신민으로, 반도의 산간벽지 어느 조그만 역에서 철도원으로 근무하다 해방을 맞이했을지도 모른다.

부친께서 작고하신 지 이미 반세기도 더 넘었고 그때 소년 시절 웅기역에서 함께 서성이던 형 또한 저승객이 된 지 이십 년도 지나 나 혼자 오늘 하얼빈 역 대합실에 동그마니 앉아 60년도 더 된 나의 유소년기 아픔을 되씹어 본다.

나는 아버지의 행적을 소상히 알지 못한다.

다만 3·1운동 때 고향 땅 함주에서 만세를 불렀고 그 후 쫓기는 몸이 되어 갑산, 무산 등지 산판에 숨어 있다 강 건너 북간도를 거쳐 하얼빈 근교에서 잠적하였다는 것이 내가 어렴풋이 알고 있는 전부다. 그러므로 성장기 소년이던 나에게 차츰 하얼빈은 새로운 부성자장(父性磁場, Vater Zone)의 상징으로 부각되면서 오랫동안 양육되던 모성자장(母性磁場, Mutter Zone)의 반대편에 놓인 새로운 성장축으로 내 맘속에 깊게 자리매김된 것이 아닐까. 말하자면 하얼빈은 대륙에 대한 향수 같은 단순한 이국정조(exoticism)의 대상 이상의 자아성장이란 복합성을 갖고 내 머릿속에 오랫동안 깊이 박혀 있었던 것이다.

나는 사흘 동안 이곳 하얼빈에 머물면서 근대와 전근대가 혼효된 거대한 인공 취락을 확인했다. 시내 한복판에 우뚝 솟은 높이 200m나 되는 전망대 발 아래로는 애초 러시아 사람들이 기획한 유럽 도시의 표본인 방사선 형태로 뻗어 나간 도시 설계의 밑그림을 확인할 수 있었고, 멀리로는 사방이 끝닿은 데 모를 드넓은 만주평야의 지평선을 원형으로 더듬을 수 있었다.

불과 한두 세기 전까지만 하더라도, 말하자면 세계의 유랑민 유태인들이 이곳의 지정학적 가치를 일찍이 알아보고 여기다 전을 펴기 전까지는 하얼빈은 만주어로 '그물 말리는 곳'이란 의미의 송화강가의 초라한 한낱 어촌에 지나지 않았다고 한다. 그 후 제정 러시아가 이곳을 동방 진출의 교두보로 삼았고 10월 혁명 이후 고국에서 쫓겨난 부유한 백계 러시아인들이 이곳으로 몰려와 훗날 그 세력이 확장된 일제와 경합하며 자본주의를 지향하는 특이한 국제도시의 면모를 갖추게 되었다 한다.

지금은 세월이 바뀌어 한족(漢族)이 주인인 이곳, 붉은 오성기가 펄럭이는 강둑 위 벤치에 앉아 오랫동안 옷이 젖고 빗물이 뺨을 스치며 흐르는 것도 잊은 채 나는 드넓은 송화강의 물살을 지켜보았다.

나두야 간다
나의 이 젊은 나이를
눈물로야 보낼거냐
나두야 가런다
(……)

버리고 가는 이도 못잊는 마음

쫓겨가는 마음인들 무어 다를거냐

돌아다보는 구름에도 바람이 희살짓는다

앞 대일 언덕인들 마련이나 있을거냐

나두야 가련다

나의 이 젊은 나이를

젊은 날 아버지의 마음을 헤아리며 문득 박용철의 시구를 무의식적으로 중얼거리다 보니 강가 어디선가, 아니면 드넓은 강 너머 방축에선가 외쳐대는 목쉰 희미한 음성들이 설핏 들리는 듯했다. 암흑기 고국을 떠나 넓은 만주벌판을 헤매다 조국 광복의 밝은 햇살도 받아 보지 못하고 불귀의 원혼으로 떠도는 그들의 원성이 내 귓전에 울렸던 것일까. 나는 우산도, 모자도 벗은 채 비를 맞으며 송화강 강둑을 걸었다. 혹여 아버지도 이곳 나루터에서 배를 타고 강을 건넜을까 하고 자문자답하며…….

갑자기 웅성대는 소리에 놀라 눈을 들어 주위를 살펴보니 어느새 역사 안은 발 디딜 틈 없이 인파들로 출렁댔다.

다양한 짐 보따리와 형형색색의 배낭과 옷차림 못지 않게 각기 다른 음식물들을 입에 머금은 채 알아들을 수 없는 언어로 제각기 외쳐대며 한쪽 방향으로 몰려가는 와자지껄한 정경을 보노라니 웬일인지 군상들 한가운데 나 혼자 덩그러니 남겨진 왜소하고 낯선 섬처럼 느껴졌다.

그들 무리들이 흘러가는 쪽으로 눈을 들어 살피니 '아! 이게 웬일인가, 흐름이 진행되는 방향 위쪽에 나란히 쟈므스(佳木斯)와 치치하얼(哈)이란 붉은색 형광판 글자가 선명히 보이지 않는가.'

나는 나도 모르게 자리에서 벌떡 일어나 목을 빼들고 흐르는 군상의 머리 위로 붉은 글자를 다시 확인해 보았다. 그것은 틀림없는 치치하얼이요, 쟈므스였다. 그곳은 나보다 열두 살 위인, 시쳇말로 띠동갑인 큰형님과 인연이 깊은 만주의 북쪽 도시가 아닌가. 목단강(牧丹江, 무단장), 쟈므스, 치치하얼, 만주리(滿州里). 이곳은 일제 말기 관동군으로 끌려갔다 끝내 불귀의 객이 된 큰형님의 족적과 얽힌, 소년 시절부터 내 기억 속에 슬프게 남아 있던, 내가 기억하고 있는 몇 안 되는 만주의 지명들이다. 나는 자리에서 일어난 채 이들 도시의 이름을 차례로 되뇌며 몽롱한 기억 속으로 빠져 들어갔다. 무단장, 쟈므스, 치치하얼, 만주리.

지금부터 오십여 년 전, 그러니까 내 나이 약관일 때 이미 써두었던 「만주리」의 한 대목을 무의식적으로 읊조리기 시작했다.

만쥬리
조용히 입속으로 속삭여 보라.
만쥬리
이 삼 음절의 짧은 언어가 그래도 아무런
의미를 불러일으키지 못할 때 다른
지명들과 더불어 나직이 되뇌어 보라.
치타, 만쥬리, 치치하얼.
머나먼 나라의 이야기처럼 이제 우리들의
귓전에 다정히 메아리치지 않는가.
그리하여 퍽이나 오랫동안 잊어왔던
아득한 추억의 하늘을 우리들의 망막 속에
살며시 불러일으키지 않는가.
(……)

전쟁이 끝난 후 철수네 형님도 분이네 오빠도 까맣고 홀쭉해
진 얼굴로 부르튼 발을 끌면서 집으로 다들 돌아왔을 때도 나의
형님은 영영 다시는 돌아오지 않았다.

형님이 어느 싸움터에서 혹은 어느 포로수용소에서 마지막
숨을 거두었는지 알 길이 없었다. 그러나 나는 형님은 필경 만주

리가 내려다 보이는 어느 언덕에 파묻혀 있으리라고 믿었다.

그리하여 향수와 이국정조와 여수를 나에게 가르쳐 준 만주리는 최초로 죽음의 의미도 실감케 하여 주었다.

(……)

저들 무리 속에 끼어들면 큰형님의 족적을 따라 북쪽으로는 멀리 치치하얼을 지나 러시아와 인접한 국경도시 만주리까지 갈 수 있겠구나 하는 생각이 불현듯 스쳐 지나갔다.

형님의 흔적은 해방 전 보낸 편지로 확인할 수 있는 한 만주리가 마지막 지점이었다. 해방 후 수소문 끝에 얻어 낸 정보로는 개개인의 생사는 몰라도 북만주 지역의 일제 관동군 소속 조선족 포로들은 대부분 소련군이 관할하는 치치하얼의 집단 포로수용소에 수용되어 있었다는 것이 확인할 수 있는 전부였다.

지금 그곳까지는 자유롭게 오갈 수 있다 하더라도 내 이제 어디메서 이십 대 초반 젊은 나이에 고혼(孤魂)으로 남아 만주벌판을 떠도는 형님의 넋과 만날 수 있으랴. 부모님에게는 첫 자식이요 큰아들이었던, 그러나 성장기부터 내내 떨어져 살 수밖에 없었던 불운한 형님은 모두 저승객이 된 이후에야 함께 만날 수 있었을까.

오랜 옛날 우리 조상들이 동쪽으로 이주할 때 잠시 쉬어 가

던 어느 흥안령 고개 마루 돌무덕에 걸터 앉아 서로가 부둥켜
안고 울고 있을까.

무단장, 쟈므스, 치치하얼, 만주리.

내 다시 이곳에 와서 한 번은 꼭 만주리까지 찾아가리.

돌아오는 길에는 치치하얼에 들러 옛 포로수용소 자리라도
더듬으리. 그리고는 쟈므스를 거쳐 목단강에서 잠시 쉬었다
가 여기 하얼빈 송화강가에서 향불을 피워 올리고 소지(燒紙)
도 태워드리리.

이윽고 밤 10시 출발 선양행 열차의 개찰이 시작되었기에
나도 자리에서 일어나 새롭게 움직이기 시작하는 중국인 무
리 속에 끼어들었다.

선양, 아니 청제국(淸帝國) 초기 수도 봉천에는 내일 아침나
절에야 당도할 수 있다 한다.

11. 김열규 선생과의 대화

　참으로 알 수 없는 것이 그 날 성당 안에서 이승에서의 마지막 의식인 영결미사를 위해 사제복을 입은 아홉 명의 신부들이 앞장선 뒤로 검은 비로드로 덮인 운구가 서서히 지나갈 때, 나는 합장한 채 우리 곁을 영원히 떠나는 그 분을 향해 R. 릴케의 시편 「가을날(Herbsttag)」을 읊조리고 있었습니다.

　Herr : es ist Zeit. Der Sommer war sehr groß.

　Leg deinen Schatten auf die Sonnenuhren

　und auf den Fluren lass die Winde los.

　(선생이시여! 이제는 쉬실 때가 되었습니다.

　지난날에 이루신 일들은 참으로 엄청납니다.

　이젠 어둠의 장막을 내리시고 들판엔 바람을 풀어놓으십시오.)

김열규 에라스무스 선생, 당신은 여든이란 힘든 나이 고개에서조차 아무렇지도 않게 100여 권이란 놀라운 저술로 채우시더니 홀연히 따스한 남쪽 땅, 당신의 고향 자란만 너머로 날아가 버렸습니다. 그러므로 십자가 그늘이 짙게 드리운, 저기 사제들이 이끄는 운구 속에는 시방 당신의 육신만이 덩그러니 누워 있음을 우리는 압니다. 내 이제 낮은 목소리로 속삭이듯 그 이름을 불러 본다 한들 누가 들어줄 것이며 한낱 공허한 메아리처럼 그저 내 입속에서 맴돌다 아무런 여운도 없이 사라져 버릴 것을 나는 느낍니다.

돌이켜 보면 무려 반세기도 넘게 이어 온 우리들의 이승에서의 인연은 지극히 단순한 것으로부터 비롯되었습니다. 서로가 5, 6년의 상거를 두기는 하였지만 동숭동 낙산 밑에 자리한 같은 대학, 같은 학과에서 수학하였고, 선생의 익살스런 표현을 빌리자면 문리대 국문과 온 자 치고 왕년에 고등학교 문예반장 안 한 놈 어디 있나 하던 자조적 표현처럼 같은 시대를 앓던 문학청년이었고, 어려서는 바다의 소년들이었습니다.

선생은 동해의 남쪽 끝 따스한 바닷가에서, 나는 반도의 최북단 해안에서 소년 시절을 보낸 터라 선생께서 종종

　"와레와 우미노 꼬(我は 海の子, 나는 바다의 소년)."

라고 노래 부르듯 읊조리면 나는 뒤이어

"와레와 가제노 꼬(我は 風の子, 나는 바람의 아들)."

라고 대구를 맞췄었지요.

동해의 북단과 남단이란 지리상의 거리가 있었지만 같은
암울한 시대에 바닷바람 쏘며 선생은 소년기를, 나는 유년기
를 함께 보낸 터이지요.

시간과 공간의 격차가 다소 있었다 하나 지적 성장기에 유
행처럼 번졌던 당시의 관행처럼 문학과 음악, 그리고 영상 예
술인 영화에 침잠함으로써 가상의 세계에서 각기 다양한 삶
의 깊이와 무게를 가늠하는 지혜를 배우며 성장하였음을 우
리는 서로 확인하였습니다. 그간 수없이 이야기 나누었던 러
시아 문학과 음악, 독일 문학과 음악, 이들 모두가 체계적인
학습에서라기보다 즉흥적이고 충동적이며 편식적인 자의적
섭렵에 의해 얻어진, 다소 현란하기는 하나 덜 소화된 지적
편린들이 선생과의 대화 속에서 난무하였음을 부끄럽게 추억
해 봅니다.

선생은 언젠가 예세닌의 서정성을 이야기하였고 나는 격동
기에 토해 낸 마야코프스키의 열정을, 선생이 차이코프스키
의 교향곡을 러시아 음악의 진수로 지적하면 나는 보로딘이
나 무조르그스키, 그리고 림스키 코르사코프 등 젊은 국민파
음악가들이 보여 준 민요풍의 러시아적 다양한 음색을 이야

기하였습니다.

저 돈 코삭이 저음에서 보여 준 대륙의 육성에 선생께서 감탄하였을 때 나는 알렉산드로프가 이끈 붉은군대합창단(Red Army Choir)의 힘찬 젊은 패기를 덧붙였습니다. 그러나 음악에서조차 선생은 언제나 나보다 한 발짝 앞서 있었다고 인정되는 것이 나는 아직 베토벤이란 고전의 늪에서 허우적거리고 있을 때 선생은 브람스를 지나 벌써 말러의 교향곡에 귀 기울이고 있음을 알고 대단히 놀란 적이 있습니다. 왜냐하면 고백컨대 지금도 마찬가지지만 나는 말러의 음악이 근대로 넘어서는 길목에서 혹 그것이 기존의 것에서 벗어나려는 몸부림, 말하자면 곤충의 우화(羽化) 과정 같은 것인지 알 수 없으나 뭔가 탄탄한 총체적 흡인력이라기보다 이질적인 것이 서로 따로 노는 잡동사니 같은 인상마저 떨쳐 버리지 못하고 있었기 때문입니다.

선생은 종종 감정을 주체할 수 없을 정도로 감탄할 때 말하자면 최고의 찬사를 아끼지 않을 때는 으레 두 손을 깍지 낀 채 머리 위에 얹고 "기가 막히게"란 표현을 즐겨 썼습니다. 갓 볶아낸 원두커피 블루마운틴의 맛과 향을 즐기며, 물기마저 비치며 거무스레하게 농익은 바나나를 입에 머금으며, 어느 늦가을인가 지리산 자락 과수원에서 빛 좋은 홍옥을 한 입 씹으며 그리고 예의 말러의 「대지의 노래」를 이야기하며 "기가 막히게"를 연발하며 천진난만하게 웃었지요.

대학의 선배님으로 처음 알게 된 이후부터 무시로 나는 선생을 뵙게 되었습니다. 저 북가좌동 저택의 서재를 시작으로 서오릉 근교의 꽃나무로 가득 찬 언덕 위의 정원 넓은 집에서, 그리고 종래에는 남쪽 바다 자란만이 한눈에 굽어보이는 고성 땅 전원주택 2층 방에서 밤늦도록 이야기를 나누었었지요.

선생께서 마지막 숨을 거두신 바로 그 집에서 언제인가 독일 성장소설을, 토마스 만을, 그리고 라이너 마리아 릴케를 언급한 일이 기억납니다. 그때 선생은 「마의 산」이 다소 지루한 면도 없지 않으나 토마스 만 소설의 진수를 보인다고 했고, 나는 오히려 그의 나이 스물다섯에 쓴 「부덴브로크 가의 사람들」에서 만의 문학이 시작되고 끝난 것이 아닌지, 오히려 예술적 완성도란 면에서 일반적으로 나는 장편보다 단편 쪽을 높이 사는 편이며 그리하여 「토니오 크뢰거」나 「트리스탄」 그리고 저 「베니스에서의 죽음」이야말로 토마스 만의 진면목이라고 객기를 부렸을 때 선생은 그저 잔잔히 웃고만 있었지요.

릴케의 경우만 하더라도 선생과 나는 서로가 접근하는 방법이 달랐습니다. 선생은 시를 통하여, 나는 산문을 통해서였습니다. 말하자면 젊은 날 가장 감명 깊게 읽었던 문학작품으로 주저없이 손꼽고 싶은 「말테의 수기」나 「젊은 시인에게 보내는 편지」같이 서술된 내용이 비교적 이해하기 쉬운 쪽이 내가 택한 길이라면, 선생은 「두이노의 비가」나 「오르페우스에게 바치는 소네트」를 비롯한 무수한 서정시를 섭렵함으로써 — 사실 고백컨대 이 부분은 나에게는 다소 난해하고 시적 구조조차 파악하기 힘든 것들이었지만 — 한국 현대시 형성에 끼친 영향을 일찍이 설파한 바 있습니다.

그때 우리는 수많은 영화를 공통의 화제로 삼았고 할리우드보다 오히려 프랑스나 이탈리아 것을 즐겨 안주 삼았지요. 선생은 프랑스의 뒤비비에와 르네 클레망, 그리고 고다르나 루이말로 대표되는 누벨 바그(Nouvelle Vague) 계열을, 나는 데시카를 중심으로 하는 이탈리안 리얼리즘(Italian Realism) 쪽을 선호했지요.

오랜만에 만나서 기분 좋고 흥이 나면 우리는 종종 독일시를 원어로 읊어대며 변함없는 문학청년의 치기를 발산하였지요.

슈베르트의 가곡집으로 더 유명해진 「겨울 나그네(Winterreise)」에서는 「보리수」와 「눈물」이 단골 메뉴였고 종국에는 릴케의 「가을날」을 읊조리며 집을 갖지 못하고 한데서 서성이는 생성되어 가는 자들의 불안한 처지를 표출하였지요.

Befiehl den letzten Früchten voll zu sein
Gieb ihnen noch zwei südlichere Tage

Dränge sie zur Vollendung hin und jage die letzte

Süße in den schwere Wein

(열매마다 남김없이 다 영글도록 하시고

따스한 햇볕 며칠 더 쪼여서

마지막 단맛마저

그리하여 걸직한 포도주 속에 담기도록 서둘러 주소서)

　그것은 젊은 날의 우수같이 더불어 앓고 있었던 존재론적
불안에서 기원하는 넋두리 같은 것이 아니었는지요. 고작 이
틀(zwei südliche Tage)이 아니라 20년을 더 남쪽 고향 땅에 머물
면서 선생은 쉼 없이 글쓰기에 전념하였습니다.

　젊은 릴케가 한때 불안과 우수의 공기를 호흡하며 로댕 그
늘에서 지낼 때의 스승의 가르침 "일하고, 일하고, 또 일하
라."라는 충언은 어느덧 릴케의 것이 아닌 선생의 것이 되고
만 터이지요. 릴케는 그 후 두이노의 성에서 10년이란 긴 침
묵과 칩거 끝에 예의 비가(Elegie)를 토해 냈지만, 선생은 하루
도 쉼 없이 낙향 후 20년이란 긴 세월을 오직 글쓰기라는 고
역을 마다하지 않고 수십 권이란 놀라운 과일을 영글게 하였
습니다.

　고성 땅 자란만 근처로 낙향한다 할 때 우리는 「월든

(Walden)」으로 유명한 데이빗 소로를 연상하며 문자 그대로 그곳의 풍광이나 이야기하며 전원풍의 갈잎의 노래나 짭쪼름한 바닷바람 소리를 전해 듣게 되지 않을까 했는데, 예상은 보기 좋게 빗나가고 말았습니다. 선생은 한 해가 멀다하지 않고 깊고 넓은 사색의 편린들을 책으로 묶어 연이어 토해 냈습니다.

「한국인의 시적 고향」, 「욕, 그 카타르시스의 미학」, 「메멘토 모리, 죽음을 기억하라」, 「이젠 없는 것들」 등 이른바 이 땅에서 일어난 문화현상 전반에 걸친 민족문화의 다양한 스펙트럼을 소상하게, 때로는 해학적으로 쉽게 풀어 나갔지요.

다소 딱딱한 한국 문학 연구를 업으로 삼았던 후학으로서 나는 여기에서 무엇보다 선생의 학술연구의 총화라 할 수 있는 「동북아시아 샤머니즘과 신화론」의 상재를 으뜸으로 평가할 수밖에 없군요.

지난 세기 70년대 대학 강단에 처음 섰을 때 마땅한 국문학 연구 방법론이 떠오르지 않아 나는 몹시 방황하고 있었습니다. 그즈음 선생은 「한국 민속과 문학연구」와 「한국 신화와 무속연구」 등을 연달아 출간함으로써 후학들에게 한국문학 연구의 새로운 지평을 열어 주는 벅찬 감동을 안겨 주었음을 지금도 생생히 기억합니다. 말리노프스키, 엘리아데, 노드롭 프라이와 요한 하위징아 등 다양한 분야에서 활약한 인문학의 세계적 거장들의 이름과 업적들을 그리고 그들이 우리 문학연구에 원용될 수 있다는 문자 그대로 복음과 같은 놀라운 메시지를 읽었지요. 신화와 인류학, 민속학과 고고학 등 다양한 방계 학문들과의 연관 속에서 깊이 있는 문학연구가 가능한, 시쳇말로 바꾸면 통섭(Cosilience)이론을 선생이 처음으로 펼친 셈이지요. 그 후 30년이 지난 시점에서 출간한 예의 「동북아시아 샤머니즘과 신화론」은 말하자면 지난날에 발표된 학술연구의 총괄이란 면에서 의미 있는 노작이라 평가하고 싶군요. 그러므로 국문학 연구에 기여한 선생의 업적은 이 한 권만으로도 충분하다고 감히 말하고 싶습니다. 그때도 그렇고 지금도 변함이 없지만 주몽전승(朱蒙伝承)에 대한 선생의 해석은 압권으로, 매우 포괄적인 관계와 의미를 밝혀냈습니다. 해모수는 아들을 얻고, 주몽은 나라를 세우고, 유리는 아비를 찾는다는 선생이 내린 성취의 삼대 해석에 자극받아, 나는 유리전승(類利伝承)을 한국 서사문학에서 면면이 이어온 아버지 찾기 모티프, 즉 심부형(尋父型) 모티프의 아키타이프로 언급하였습니다. 말하자면 선생은 문학연구의 한 방법론으로서의 해석학(Hermeneutik)적 시도를 선보인 것이 아닐는지요. 그동안 독립적으로만 다루어졌던 신화나 제의, 무속이나 민속놀이를 광의의 국문학 연구 안으로 끄집어들임으로써 폭넓은 해석의 단초를 마련한 점은 뜻깊은 업적으로 평가하고 싶습니다.

　김열규 에라스무스 선생. 여러 해 전에 선생이 가톨릭 신도
가 되었다는 소문은 어린 시절부터 할머니 손에 이끌려 범어
사 경내를 드나들었고, 대학 시절엔가는 절에서 여러 달을 보
낸 것으로 알고 있었던 나로서는 믿기지 않았고, 선생이 종국
에는 에라스무스라는 세례명으로 성당 안에서 영결식을 치르
는 마지막 과정을 지켜보며 놀라움을 감추기 무척 어려움을
솔직히 말씀드립니다.

　이른바 영적 세계로의 귀의는 각자의 몫이며 타인이 관여
할 바 못 되지만 선생의 지나온 행적과는 다소 거리가 있기에
무척이나 의아하답니다.

　그러나 에라스무스라는 세례명을 확인하며 16세기 구라파
에서 활약했던 인본주의자 에라스무스와 선생을 오버랩시켜
왜 하필 그 이름을 선택했을까 하고 곰곰이 생각해 봅니다.

　당대 지식인의 오만과 성직자들의 위선을 유머와 풍자로
농락했던 「우신예찬(The Praise of Folly)」을 젊은 날에 읽은 바
있고, 언젠가 구라파에 머물고 있을 때 네덜란드의 라이덴
(Leiden) 대학에서 우연히 그가 잠시 머물렀던 곳을 확인한 바
있었던 터라 놀라움은 매우 큽니다. 혹시 가톨릭 성자나 복자
의 반열에 끼었던 어떤 다른 분의 이름이 아니고 일찍이 슈테

판 츠바이크가 극찬을 아끼지 않았던 "유럽 최고의 교양인이요 세계인" 데시데리우스 에라스무스의 이름을 택하였다면 조금은 이해될 듯합니다.

"……조용한 방에서 좋은 책을 읽는 것 그리고 자기 자신의 글을 쓰는 것, 어느 누구의 지배자도 어느 누구의 하인도 되지 않는 것이 궁극적 인생의 목표이며 정신의 자유를 위해 자기 예술과 자기 인생의 정신적 독립을 위해 살아왔던 의식 있는 유럽의 지식인이요 최초의 세계인"이라 극찬을 아끼지 않았던 슈테판 츠바이크의 「에라스무스 평전」에서의 주장은 여러모로 선생의 모습을 떠올리게 합니다.

언젠가 선생과의 대화 속에서 남미에선가 스스로 삶을 마감한 츠바이크의 문필 활동에 관해 서로 이야기를 나누다가 예의 「에라스무스 평전」을 칭찬하던 일이 새삼 기억납니다.

에라스무스 김열규 선생. 선생은 지금 네 귀가 아귀 맞는 아늑한 나무집 속에 편안히 누워 영원한 잠 속에 빠져 들어갔습니다. 마지막까지 글 쓰는 자유인으로서의 삶을 구가하며 그 누구의 방해도 받지 않고 그 누구의 잠도 아닌 당신의 잠 속으로 스스로 침잠했습니다.

Wer jetzt kein Haus hat, baut sich keines mehr.
Wer jetzt allen ist, wird es lange bleiben.

Wird wachen, lesen, lange Briefe schreiben.

Und wird in den Alleen hin und her

Unruhig wandern, wenn die Blätter treiben.

(지금 집을 갖지 못한 자는 더는 지을 수가 없습니다.

지금 외로운 자는 그런 상태로 오래도록

깨어나서 책을 읽고 기나긴 편지를 쓰겠지요.

그리고 낙엽이 뒹구는 가로수길을

여기저기 불안스레 서성거리겠지요.)

지금 저희 앞을 편안히 누워서 지나가는 선생께 바치는 마지막 넋두리로 선생과 함께 자주 낭송했던 「가을날」을 읊어 봅니다.

그것은 어쩌면 노숙한 국문학자의 근엄함보다 다감한 문학청년으로서의 순수한 선생의 모습을 내내 간직하고픈 염원에서가 아닌가 생각합니다. 어쩌면 오늘 이 순간이 나에게는 릴케를 읊는 마지막이 아닐까 하는 생각마저 잠시 스쳐 지나갑니다.

당신의 체온도, 숨소리도, 그리고 천진한 웃음소리마저 여기 살아남은 자의 슬픔 속에 기억되다 조만간에 영영 잊히고 말겠지요.

"주 선생! 자주 전화해 줘! 좀 자주 전화해 줘!"

항암치료를 받으면서 나와 나눈 마지막 선생의 목소리도 내 귓속에 남아 있다 언젠가는 사라지고 말겠지요.

선생이 우리 곁을 영원히 떠나가듯 말입니다.

마지막으로 다시 한 번 우리가 함께 낭송했던 그 구절을 홀로 입속으로 되뇌어 봅니다.

Wer jetzt allein ist, wird es lange bleiben.

Wird wachen, lesen, lange Briefe schreiben.

Und wird in den Alleen hin und her

Unruhig wandern, wenn die Bläter treiben.

12. 기억 속의 풍경

관곡동 아재네 집으로 가는 길은 언제나 호젓했다.

읍내를 벗어나면 중국 사람들이 경작하는 넓은 채마밭이 펼쳐지고 우차 바퀴 자국이 두 줄 선명한 사잇길을 한참 지나서야 나진 쪽으로 가는 신작로와 만날 수 있었다. 포차가 서로 스치고 지나갈 정도의 너비로 설계되었다는 신작로는 일제가 만든 군사작전 도로로 나진에서부터 국경지대인 두만강 어귀까지 이어졌다 했다.

자갈이 깔린 채 곧게 뻗은 길 양옆으로는 포플러나무가 아스라이 하늘로 치솟았고 전신주 또한 끝 간 데 모르게 길 따라 이어져 있었다. 채마밭 사잇길에서는 온통 질경이로 뒤덮인 풀숲 사이사이로 방아깨비와 간장 같은 액체를 입에서 뿜어내는 검은색 송장메뚜기들이 요란스레 뛰어 달아나 눈을 어지럽혔다. 한편 신작로 자갈길은 풀 한 포기 돋아나지 않아

벌이나 나비는 물론 잠자리 한 마리 얼씬대지 않고 적막하기 그지없었다. 그러나 매우 드문 일이긴 하나 휘파람새 한 마리가 나타나 어느 정도 거리를 유지하며 휘파람 부는 나와 나란히 전신주를 따라 동행하다가 문득 종적을 감춰 서운한 마음에 길에 서서 한참 두리번거리게 했다. 여름 한철 포플러나무에서 매미들이 일제히 쥐어짜내는 목청으로 울어대다가 그 소리마저 자취 감추면 이내 포플러와 전신주에서 쏴쏴 또는 잉잉대는 바람 소리와 더불어 북국의 겨울이 지척에 와 있음을 알렸다. 신작로는 번개늪이라 불리는 용수호를 어느 정도 옆에 끼고 굽이돌아 뻗어 나갔기에 민물 냄새 특유의 밍밍하고도 비릿한 내음이 코끝에 닿았다. 목탄차는 물론 우차 하나 다니지 않는 곧게 뻗은 자갈길을 저벅거리며 걷노라면 멀찌 감치 앞에서 족제비와 오소리, 때로는 여우가 잽싸게 길을 가로질러 갈대숲 속으로 달아나는 모습이 종종 눈에 띄었다.

신작로 길 따라 십여 리 터벅대야 나진으로 넘어가는 고개 밑 마을 관곡동에 당도할 수 있었다. 소학교 분교도 있고, 경찰 주재소가 있고, 간이역도 있는 산골 마을이지만 아재네는 기찻길 건널목을 넘어 돌밭길이 끝나는 언덕진 산기슭 밭 가운데 외딴 집에서 살고 있었다.

아무 기별도 없이 불쑥 찾아가는 길이었건만 언제나 아재는 울타리 너머로 유난히 둥글고 하얀 얼굴 내밀고 우리를 향해 웃고 있었고, 북방의 개 특유의 하얀 눈썹이 눈 위에 선명한 워리는 꼬리를 흔들고 짖어대며 내게로 달려왔다.

아재네 집은 촘촘히 엮은 싸리배재(울타리)로 둘러싸인 두꺼운 흙벽 집으로 지붕은 볏짚이 아닌 갈대를 묶어서 이엉을 이은 것이기에 세월이 지나도 누렇게 뜨지 않고 드문드문 은빛으로 빛났다. 갈대는 용수호 근처 황무지 같은 늪지대에 지천으로 깔려 가을철엔 흰 깃털을 바람에 나부꼈다. 커다란 부엌 쪽문을 열면 활동 공간인 바당(바닥)으로 들어서게 되고 바당을 사이에 두고 구유가 설치된 오양간(외양간)과 디딜방앗간이 한쪽에, 그리고 반대편에 무쇠솥이 걸려 있는 부뚜막 너머로 생활 주공간인 정지가 널따랗게 자리했다. 정지 뒤쪽으로는 새방 또는 새고방으로 불리는 독립된 방들이 붙어 있어 어른들이 쓰는 공간으로 활용되고 있었다. 나보다 한 살 위인 아재네 아들-이종형과 함께 이 또한 마른 갈대로 엮어 만든 노존이 깔려 있는 정지 구들에서 뒹굴고 잤다. 된장국에 삶은 감자와 옥수수 죽, 때로는 조밥과 피밥을 배불리 먹을 수 있는 것은 좋았으나 밤이 되면 어디에 숨어 있다 나타나 사정없이 물어대는 빈대와 벼룩 때문에 거의 뜬눈으로 지새다시피 하는 잠자리가 괴롭고 싫었다. 그러지 않아도 마른 갈대 줄기로 만든 노존이 여린 살갗에 닿는 것도 견디기 어려웠지만 물 것들이 잡으려 들면 얼키설키 서로 엮인 노존 사이사이에 숨어 버려 번번이 낭패를 보았다. 간혹 벽 쪽으로 도망가는 빈대를 손가락으로 힘껏 누르면 피가 터지고 손가락에 묻어오는 고약한 냄새 또한 질색이었다. 밤잠을 설치다 오양간의 소가 되새김질하는 소리, 푸푸거리는 소리, 오줌 누는 소리, 게다가 진똥이 바닥에 떨어지는 철석거리는 소리도 들으며 못내 잠 못 이루고 한밤중에 깨어나 앉아 읍내에 두고 온 내 집을 그리워했다. 멀리 동네 개가 짖어대고 길게 우- 우- 거리는 개승냥이 울음소리 아련히 울리면 머리카락이 곤두서도록 소스라쳤다. 괴로움은 예서 끝나지 않았다. 시골집 화장실은 본채와는 멀리 떨어진 대문 옆에 두엄집과 함께 있기에 한밤중 밖으로 나가 변소까지 가기란 정말 죽기보다 더 싫어 몰래 훌쩍거리기도 했다. 칠흑같이 어두운 밤 개승냥이 울어대는 산골 마을 외딴집에서 요의를 참고 있는, 아직 열 살도 채 안 된 그때의 딱한 심정을 생각하면 희수 나이에도 모골이 송연해진다. 그때만 해도 병풍처럼 둘러싼 뒷산, 나진으로 넘어가는 고갯마루에서 범을 만났거나 보았다는 사람들의 이야기가 끊이지 않고 이어지는 시절이었던 터라 무서움은 배가 되었다.

부엌 쪽 활동 공간인 바당을 사이에 두고 좌우로 나뉘는 정지와 오양간 모두 칸막이벽이 없는 열린 공간이었다. 소의 키에 맞게 설치된 통나무 구유는 소가 바당 쪽으로 한 발짝도 들어올 수 없는 오양간의 경계로 삼았고, 그 옆쪽으로는 통나무와 널빤지로 엮어진 작두칸과 디딜방앗간이 나란히 있었다. 물론 오양간으로 들어오는 소의 출입문은 부엌문과는 달리 따로 밖으로 나 있었다. 정지와 붙어 있는 부뚜막에는 두 개의 커다란 무쇠로 만든 가마솥이 걸려 있고 솥뚜껑은 언제나 반들반들 윤이 나게 닦여 있었다. 바당으로 들어오는 부엌문 반대쪽 벽에도 밖으로 통하는 조그마한 문이 달려 있고 그 위에는 널빤지 두세 개가 층을 이루며 걸려 있는 선반, 즉 실공이 있어 주로 회색 자기로 된 투박한 국 대접과 밥 사발 그리고 꽃무늬가 있는 사기 보시기가 엎어져 가지런히 놓여 있었다.

바당 한쪽 귀퉁이에 깔려 있는 거적때기는 바깥쪽으로 뚫린 구멍-개굴을 통해 무시로 부엌 안팎을 드나드는 개의 잠자리였다.

원래 여진족들의 활동 무대였던 두만강 근처 관북 지방에서는 그것이 결코 어느 쪽이 원조인지 알 길이 없으나 이렇듯 개와 소와 사람이 윗부분이 서로 뚫린 한 공간 안에서 같이 기거했다. 부엌에서 때어대는 불기는 우선 큰 솥에 담긴 여물을 끓이고 밥을 짓고 정지 구들을 덥히지만, 궁극으로는 열린 공간 전체를 온기로 채워 귀를 에는 동삼의 매서운 추위로부터 사람과 짐승을 함께 보호했다.

　어려서 함경도에서는 구체적 촌수와는 상관없이 남자 어른
은 아즈바이로, 여자는 아재로 통상 부른 기억밖에 없다. 그
곳 관곡동 아재는 기실 엄마의 친동생인 막내 이모였다. 어려
서부터 역빠르고 독립심이 강해 언니들과는 달리 홀로 대처
에 나가 공부하더니 도립병원의 간호원이 되어 외갓집 자랑
거리가 되었다. 나중에 들어서 안 일이지만 사달은 이내 벌어
졌다 했다. 하필이면 병원의 환자 중 쫓기는 몸인 사내와 눈
이 맞을 줄이야. 항차 조산원이 되는 꿈도 접은 채 외갓집에
서 급히 마련해 준 자금으로 멀리 피신해 간 것이 북쪽에서
도 변방 끝인 이곳 관곡동 산기슭에서 화전을 일구고 돌밭을
개간하여 농사지으며 근근이 살고 있었다. 이모부인 아즈바
이는 우리를 보면 언제나 흰 이빨을 살짝 드러내 보이며 “어
이, 똘똘이”라고 불렀다. 어린 시절 그곳에서 똘똘이란 새끼
도야지를 일컫는 말로도 기억된다. 한편 나보다 한 살 위인
외동아들은 항용 뚜리라고 불러 아재로부터 눈 흘김을 받았
다. 사실 뚜리란 머저리나 못난이를 일컫는 말이었다. 정지와
벽 하나 사이 둔 새 방은 집 주인인 아즈바이의 전용 공간으
로 천장은 온통 신문지로 도배되어 있었다. 거기 방구석에 있
는 목침을 베고 누워 한자와 일본어로 된 철 지난 신문 기사

를 더듬더듬 더듬었다. 제일 끝 방인 골방에는 아즈바이의 어머니인 나이 많은 아마이가 늘상 그림처럼 앉아 있었다. 핏기 하나 없는 주름진 얼굴에 흰 천으로 된 머리쓰개만은 언제나 이마 위는 한 겹 접고 가생이는 날을 세워 관처럼 단정히 머리에 쓰고 있었다. 북관 지방에서는 연로한 아마이들은 대체로 일할 때의 머릿수건과는 달리 흰 천으로 된(겨울철에는 대체로 융으로 된) 두건을 쓰고 점잖음을 피웠다. 그것은 언뜻 무속 탱화에 나오는 고깔과 비슷하나 머리 윗부분은 뾰족하지 않고 머리에 맞게 둥글게 감았다. 언젠가 엄마더러 왜 쓰지 않느냐고 물으니 "그래도 쉬흔은 넘어야지." 하던 말이 기억난다. 골방에 문안 인사차 들어가면 엄마는 언제나 한쪽 무릎을 세우고 노아마이 앞에 앉아서 묻는 말만 대답하며 늘 이야기를 듣는 편이었다. 말끝마다 유별나게 그곳 토박이말로 "그렇슴둥", "그렇수꼬마" 하던 노아마이의 어투가 흥미롭게 들렸다.

얼마쯤 지나 웃음 섞인 엄마의 말소리가 밖으로 새어 나오면 아재도 합세하여 장시간 웃음꽃을 피웠다. 노아마이는 오랫동안 기다렸다는 듯이 끝 간 데 모를 이야기보따리를 하염없이 풀어놓아 밖에서 기다리던 꼬마들을 지루하게 했다. 골방과 통하는 고방에는 마른 강냉이와 콩자루 같은 것이 쌓여 있었고 명일 즈음에는 엿이나 노란 차조떡이 함지 속에 듬뿍

담겨 보관되어 있었다. 일 년 내내 불 땐 적이 한 번도 없는 듯 고방 속은 늘 컴컴하고 곡물 냄새와 더불어 냉기가 돌았다.

엄마는 읍내에서 삯바느질로 우리 형제를 길렀다. 한복 저고리의 어깨와 동전 라인을 맵시 있게 궁글린다는 소문으로 결혼식을 앞둔 시집갈 처녀들이 자주 찾았다. 그러나 간혹 양식이 간당간당하고 막내 동생인 아재네 안부가 궁금하면 겸사겸사 우리를 앞세워 관곡동으로 갔다. 워낙 눈이 많이 오고 바람 또한 드세게 부는 고장이라 겨울철에는 유걸이(거지)도 옷을 벗어 이를 잡는다는 눈 온 다음 날에 길을 떠난 적이 있다. 오가는 사람 하나 없이 사방이 온통 흰색으로 덮인 눈길을 때로는 깊숙이 빠져가며 때로는 뽀도독뽀도독 소리 내며 걷는 걸음걸이가 즐거웠다. 그러나 번개늪을 돌아 신작로를 따라 가면서 상황은 그리 녹록하지만 않았다. 멀리 바다와 맞닿은 호수를 안고 있는 개활지라 바람은 사정없이 포구로부터 몰려왔다. 이른바 모새풍 바람이 불어닥쳤다. 패총과 무수한 즐문토기 발굴로 고고학적으로도 유명한 송평은 작은 바닷가 어촌인데, 그곳은 흔히 모새풍이라 불리고 모래가 날리는 세찬 바람이란 뜻으로도 함께 쓰였다. 물기 하나 없이 쌓여 있던 눈은 바람과 함께 일제히 공중으로 날아 흩날리며 소리 없이 요동쳤다. 삽시간에 온통 하늘을 뒤덮은 눈의 입자들이 번쩍거리며 이루어 낸 햇빛의 굴절은 앞뒤 분간 없이 다양한 밝은 색의 변화무쌍한 장관을 연출하였다.

형형색색의 꽃가루가 분분이 춤을 추며 세상을 덮어 우리는 한 발짝도 앞으로 나가지 못하고 그 자리에 멈춰 서서 눈부신 공중 쇼를 지켜봤다. 나는 엄마가 입고 있는 검정색 케이프 속에 몸을 감추고 얼굴만 밖으로 내민 채 눈앞에서 일어나는 광경에 넋을 빼앗겼다. 몹시 빠르게 두근거리는 엄마의 가슴소리가 느껴져 왔다. 이 또한 눈을 흠뻑 뒤집어썼으나 일직선으로 검게 서 있는, 포플러나무와 전신주가 희미하게 가리키고 있는 신작로 한가운데서 한동안 꼼짝도 하지 않고 멈춰 서서 우리는 눈보라의 요동이 끝나기를 기다렸다. 어디에서인가 알 수 없이 하늘에서 울리는 휘파람 부는 것 같은 소리와 어울려 전신주마저 잉잉 울어대면 엄마는 연방 관세음보살을 읊조렸다.

"엄마 자부럼(졸음)이 와!"

내 말이 떨어지기 무섭게 "이거 안 되겠다." 하며 엄마는 사정없이 우리들의 손을 이끌어 눈보라를 뚫고 흔적조차 희미한 포플러 사이에 난 가던 길을 재촉했다. 한 해 동삼에 한두 명은 어김없이 얼어 죽는다는 소문에는 한자리에 가만히 앉아 몹시 졸리다 그대로 황천길을 간다는 이야기가 꼬리처럼 따라다녔다. 그러므로 겨울철 바깥에서의 졸음은 저승으로 가는 지름길이라 여겨 보통 영하 15도를 오르내리는 겨울

철에는 금기시됐다.

그곳에서는 눈이 쌓인 동삼에 소에 발기를 메워 산판에서 땔나무를 날랐다. 발기란 겨울철 아이들이 논두렁이나 개울에서 타는 썰매를 일컫기도 하지만, 평소의 바퀴 대신에 참나무로 만든 널빤지 스키를 댄, 소가 끄는 겨울용 수레를 의미하기도 한다. 산판은 뒷동산이 아닌 제법 먼 산속으로 들어간 곳에 지정되어 있기에, 게다가 길도 험하고 자칫하면 소와 발기가 함께 미끄러져 옆으로 쓰러지거나 내동댕이쳐지는 경우가 종종 발생한다기에 꼬마들의 동행은 금지되었다. 아침 일찍 이웃 동네에서 낯선 젊은 일꾼이 톱과 도끼를 들고 오고 소 발굽에 새끼 같은 것으로 덧신을 신기면 그날은 산판으로 나무 찍으러 가는 줄로 알았다. 목에 건 왕방울 소리 절렁거리는 소를 앞세우고 산으로 향하는 일행은 싸리배재 대문 앞에서 배웅받았다. 워리는 둥글소(황소)보다 앞서 산길을 나서지만 어느 정도까지 가서는 그냥 집으로 돌아왔다. 노루 꼬리보다 짧다는 겨울 해가 서산에 걸릴 때 즈음에야 어김없이 워리가 짖으며 힘차게 밖으로 뛰어나가 아직 눈에도 안 보이는 벌목꾼 일행을 맞이했다.

이깔나무, 가래나무, 물푸레나무
가문비나무, 자작나무 자욱한 숲

눈 쌓인 동삼 개마고원에선
소에 발기를 메웠다.
생 솔가지 내음 향긋한 설원을
왕방울 소리 절렁이며 미끄러지듯
찍은 나무 날랐다.
턱주가리에 주렁주렁 고드름 열려
콧구멍으로 연방 안개 뿜어대는
둥글소 등에는 땀이 뱄다.

산판 다녀온 날은
여물 끓이는 냄새 온 방 안에 가득했고
초저녁부터 정지에서는
부엌을 사이 두고 소와 사람 한방에서
푸푸거리며 잠을 잤다.
한밤중 개승냥이 내려와
돝의새끼(돼지) 몰고 가는 줄도 모르고
코 고는 소리 싸리배재 새어 나게
깊은 잠을 잤다.

철들어 나중에 안 일이긴 하나 엄마가 우리 형제 앞세워 만
주로 떠난 아버지를 찾아나선 길이 이곳에 멈춘 것도 작은 이

모인 아재네 때문에 아닌가 한다. 물론 군청 소재지인 읍내에
는 소금 공장도 있고 정어리 잡이 전마선도 가진 엄마의 외삼
촌도 살고 있어 의지가지없는 전혀 낯선 고장만은 아니었던
것 같다. 관곡동 아재는 어려서부터 도회지 물을 먹고 자라서
인지 촌티 하나 없이 서글서글하고 성격이 활달했다. 유난히
희고 둥근 얼굴은 늘 홍조를 띠었고 웃을 땐 볼우물도 살짝
들어갔다. 지금도 기억이 생생한 것은 찬 바람을 쏘이면 양볼
이 잘 익은 홍옥같이 빨개지는 얼굴로 내가 나이 들어서도 그
런 뺨을 한 소녀를 여지껏 본 적이 없다. 관곡동을 떠나 오는
길에서 항용 엄마는 배운 것이 아깝게 촌사람처럼 지내는 막
내 동생의 처지를 딱해하고 안타까워했다.

그때 우리는 아직 철없는 아이들이었기에 어디 가나 장난
이 심했다. 나 혼자서는 다소 내성적이고 숫기가 없었으나 형
과 이종형과 함께라면 드세게 놀아댔다. 엄마랑 아재랑 나물
캐러 간 어느 화창한 봄날 이종이 다니는 소학교도 가보고 그
곳에서 동네 아이 여럿과 어울려 숨바꼭질도 하고 병정놀이
도 했다. 우리는 이내 친해져 한데 어울려 여기저기 쏴 다녔
다. 누군가의 인도로 나진으로 통하는 기차 굴이 보이는 철길
쪽으로 모두가 막대기를 칼처럼 든 채 몰려갔다.
　여객차든 화물차든 우리 키보다 더 큰 바퀴를 굴리며 달리

는 기관차가 신기해 보여 기차 지나가기만 기다리며 철길에
서 놀았다. 어쩌다 기차 지나갈 때마다 철길 위에 올려놓은
못이 납작해지고 자갈이 타닥타닥 튀어 올라 우리를 즐겁게
했다.

봄날 산으로 어른들 나물 캐러 간 날은
산골 마을은 그지없이 적막했다.
그러나 어느새 아이들이
작대기 하나씩 들고 몰려들면
삽시간에 세상은 수라장 되었다.
편 갈라 칼싸움도 하고 총 쏘기도 하여
꼬마들의 목청은 언제나 쉬었다.

전쟁놀이도 싫증나서 우리는
마을 뒤켠 굽이도는 기찻길로 올라갔다.
멀리 읍내 너머엔 바다가 번쩍였고
산 너머 나진 쪽으로는
거뭇하니 입 벌린 기차 굴 보였다.
대낮에도 여우와 개승냥이 넘나든다는
산골 기찻길에는
작대기 든 우리에겐 거칠 것 없었다.

하루에도 몇 차례
만주로 드나드는 군수차량이
거센 바람 일며 달려 나갔다.
이내 엎드려 레일 위에 귀를 댔다.
점점 작아지는 덜그럭 소리 귓속에 간지러웠다.
우리는 레일 위에 못 올려놓고 길 아래 숨었다.
얼마 후 뒤따라서 지나간 기차 바퀴 밑에서
못은 납짝한 칼이 됐다.
이번엔 자갈돌 몇 개 올려놨다.
타다닥 튀는 소리 귓전에 울렸다.
우리는 신이 나서
수십 개의 자갈 한 줄로 늘어놓고
길 아래 엎드려 작렬하는 소리 엄숙히 기다렸다.
허나 해가 지도록 다시는 기차가 오지 않아
싱겁게 무리 져 마을로 내려갔다.

그날 어둠이 깔리기 전
우리 모두 주재소로 끌려갔다.
아직 초등학교 저급 학년인데도
시멘트 바닥에 꿇어앉아 하나하나
순사 앞에 불려가 조사받았다.

한밤중 허겁지겁 달려온 어른들 손에

동네 아이들 모두 이끌려 돌아갔지만

읍내에서 온 낯선 주모자-형과 나는

이튿날 아침까지 거기 남아 있었다.

집에 돌아온 날 밤 이슥하도록 밤잠 설치다

한밤중 서럽게 우는 엄마의 흐느낌 소리

나는 난생처음 잠결에 들었다.

그날 밤 관곡동 주재소에서 아이들의 철없는 장난임을 또
박또박 이야기하는 아재의 항변과 사정에도 아랑곳없이 우리
형제는 그곳에 갇힌 채 하룻밤을 지냈다. 아재는 궁극엔 데려
가도 좋다는 자기 외동아들도 우리와 함께 있으라 하고 혼자
집으로 돌아갔다. 나는 아재가 그토록 유창하게 일본말 할 줄
은 정말 몰랐다.

그 후 저 '약소민족의 위대한 해방자' 소련군이 진주한 이후
아재네는 소리 소문 없이 그곳을 떠나갔다. 혹 함흥을 거쳐 평
양으로 올라갔다는 풍문도 있고 원산을 거쳐 서울 쪽으로 내려
갔다는 이야기도 있었으나, 아무튼 6·25전쟁 이후 서울서는
그들의 행적을 찾을 길이 없었다.

13. 시베리아 기행

나는 백두산 기슭 무산에서 태어나 유년기를 지냈고 아버지를 찾는 어머니의 집념에 이끌려 만주 가까이 반도 최북단의 항구도시에서 소년기를 보냈다.

그 후 선영이 있는 함주(咸州)를 거쳐 반도의 남쪽 항구도시까지 내려갔다가, 다시 북으로 거슬러 서울에서 청년기 이후를 지내고, 지금은 멀리 임진강이 보이는 고양(高陽) 땅에 머물고 있다. 정발산에서 북풍을 맞으며 서 있으려니 나는 산의 아들로 시작하여 바다의 아들, 도시의 아들, 그리고 이제는 바람의 아들로 변신하였음을 깨닫는다.

연어는 그가 부화된 모천으로 돌아와 장렬하고도 찬란한 죽음을 맞이한다.

나는 십간십이지로는 금년이 내가 태어나서 원점으로 돌아온 해다. 오늘날 지구상 유일하게 이 땅에만 남아 있는 역사의 강, 이데올로기의 벽이 나의 태가 묻혀 있는 곳으로의 귀환을 막고 있기에 망연자실해 한다.

지난여름 내자와 함께 소년 시절부터 그리던 시베리아를 다녀왔다. 시베리아는 사실 나에게는 내내 두 가지 의미망으로 의식의 밑바닥에 깔려 있었다. 하나는 알타이로부터 연원되는 핏줄에 대한 향수요, 다른 하나는 유럽적인 격조 높은 문화를 국경 넘어 쉽게 접할 수 있다는 동경 같은 것이었다.

여행에서 돌아와 나는 나의 마음속에서 잔잔히 일고 있는 정서적 반향을 글로 쓰고 싶은 충동을 느꼈다. 사람은 나이 들면 그가 살아온 세월만큼이나, 쌓아온 경험만큼이나 말이 많아진다. 나는 말을 아끼기 위해, 절제된 언어의 미덕을 위해 난생 처음 시를 택했다. 그러나 하나의 두려움은 내가 취하고 있는 시 양식의 무모한 변용이다. 말하자면 시의 영역이란 오랜 전통과 관습이 진좌하고 있는 치열한 프로의 세계인데 이 같은 돈키호테식 접근이 용납될 수 있는가 하는 의문이다. 시 양식에 기탁하여 산문적인, 너무나 산문적 내용을 피력함이 탄탄한 서정양식과 그 격식에 훼손이나 모독 같은 것을 일삼지 않나 하는 의구심이 앞선다. 그러나 그것도 개인적 자유가 허용되는 하나의 넋두리로 치부된다면 할 말은 없다. 미숙성과 자유분방은 아마추어의 특권이라고 스스로 자위해 본다.

아래 글들은 내가 시도한 최초이자 최후의 시작(詩作)이 될 것이다. 왜냐하면 언어의 최고의 절제는 침묵임을 나는 알고 있기 때문이다.

아무르 강가에서

하바로브스크 근교
아무르 강이 한눈에 보이는
언덕에 서서
남쪽 하늘 바라본다.
멀리 아련히 보이는 산 너머는 만주 땅
그 너머 남쪽은 내 고향 함경도

우리 한아바이[2]들은 오랫동안
개마고원에서 살다
세종 때 비로소 조선에 귀화했다던가.
할아버지는 젊어서 해삼위 드나들고
아비는 하얼빈에서
맏형은 일본군에 끌려가
샤므스 지나 먼쭈리에서
불귀의 객이 됐다.

두만강 어귀는

---

2 한아바이: 할아버지를 지칭하는 함경도 방언.

어린 내 시절이 묻혀 있는 곳
서수라, 웅기, 아오지, 그리고 경흥.

나 오늘 붕새 타고
아버지의 아버지보다 더 북쪽 날아와
아무르 강이 한눈에 보이는
언덕에 서서 남녘 하늘 밑
내 핏줄이 흘린 자죽 더듬다.

하바로브스크 거리에서

뙤약볕 받으며 무심히
칼 맑스 거리를 거닌다.

일찍이 가난한 나라 젊은이들의
꿈이 서린 곳, 피 끓게 하던 곳.
"우라"[3]를 외치던
붉은 함성 간데없고
초점 잃은 군상들 오늘 어지럽다.

"구축함에서 잠수함에서
우렁찬 노랫소리 들려온다.
싸움에서 단련된 무적함대
빛나는 적기 함대……"
술 취한 수병 서넛이
빛바랜 군기 둘러메고
혀 꼬부라진 소리로 게걸대는 뒤로
비루먹은 강아지 한 마리

---

3 우라: 러시아어로 만세.

헐떡이며 따른다.

아무도 돌보지 않는 거리
메아리마저 잃은 거리
넋 빠진 길가 좌판대엔
한국산 오렌지 주스 병이
유난히 눈을 끈다.

뙤약볕 속
먼지 이는 칼 맑스 거리를
나 오늘 모자 벗어 들고
무심히 거닌다.

치타를 지나며

하루 낮과 이틀 밤 지나
신새벽부터 내 이리 서두름은
치타를 보기 위함이었다.

예는 나의 할아버지의 할아버지
한아바이들의 땅.
에벤키와 브리야트 형제들은 간데없고
가마귀 두어 마리 머리 돌려 마중하는데
마우재[4]들이 세운 마을에는
빛바랜 판자집과 녹슨 철물들이 어지러워.

멀리 자작나무 숲에는
안개비 내려 한낱 바람처럼
길손 되어 지나치는
차창을 흐리게 한다.

---

4 마우재: 러시아인을 지칭하는 함경도 방언.

내 이제 불술기[5] 타고
도망치듯 달아남은
한아바이들을 뵐 낯이 없음일까.

그래도
하루 낮과 이틀 밤을 지나
신새벽부터 서둘렀음은
치타를 찾음이었는데.

_____

5 불술기: 개화기 함경도 방언으로 기차를 일컬음.

이르크츠크에서

숲 속
통나무집에서 로시아식 사우나를 즐기고
기름 지글대는 오무울[6]을 구워 먹다
심한 욕지기로 토해 냈다.

바이칼 호의 맑은 물로
얼룩진 얼굴 씻다 말고
멀리 자작나무 숲에 쌓인
붉은 소나무들 바라본다.

예는 우리 한아바이의 사촌들
브리야트, 야크트, 오로치, 니피,
나나이, 라미트, 고르야끼, 유카길,
에벤키, 하카시들의 땅.

순록도 흑곰도 늑대들도 다들
숲 너머로 숨어 버린

---

6 오무울: 바이칼 호에서 서식하는 물고기.

이르크츠크에는 코 큰 마우재들의
낯선 소리 어지럽다.

간간이 숲에선
가마귀 울음소리 처량하고
물 속 당바위에는
북 치며 복 빌던 브리야트 무당 대신
잿빛 갈매기 한 마리
목을 꼬고 구슬피 앉아 있다.

브리야트와 에벤키 전사들이여
어느 날 갑자기 에워싼
흰 자작나무 숲을 보고 백인의 침입을
두려움에 몸 떨며 예언하던
무당의 울부짖음
아무도 귀담아 듣지 않았었지.
그때 누가 카산드라의 나팔 소리에
귀 기울였으랴.

오백 년이 지난 오늘
나 나그네 되어

가마귀와 잿빛 갈매기 따라
바이칼 호수에 얼굴 파묻고
소리 없이 통곡한다.

당나무

마을 어귀에는
누렇게 바랜 천 조각들이
나뭇가지 끝에 어지러이 걸려 있다.

어려서 내 어머니는
갑산과 무산 산판에 숨어 있다
끝내는 짐승처럼 강 건너 만주로 도주한
아바이를 위해
해마다 봄이면
당나무에 헝겊 매어 치성 드렸거늘

바이칼에 접어드는 앙가라 강가
제법 저자라도 설법한
양지 바른 산기슭엔
마을도 인가도 흔적 없고
당나무만이 덩그러니 지키고 있는데
개 짖는 소리조차 끊긴 지 이미 오랜
텅 빈 숲에서
까치 두어 마리 요란히 울며 길손 맞는다.

나무가지에 무명천 걸고
기원하던 브리야트 여인들이여
어느 산판에 숨어 두더지처럼 연명하고 있나
나 오늘 땀 밴 내의를 찢어 내어
가지 끝에 매어 놓고 욕된
너희들의 귀향을 비노니.

바이칼 호에서

바이칼 호반에는
쑥꽃이 만발했다.
앙징스런 하얀 꽃을 손가락으로 비비며
웅녀(熊女)를 생각했다.

여기는 나의 사촌 브리야트들의 땅
브리야트, 에벤키, 나나이 형제들이여
너네들은 시방 어디메 흩어져 숨어 있나.
나는 멀리 동쪽으로 길 떠났던 부려족의 후손
수천 년이 지난 오늘 길손 되어
한아바이들이 걸은 길을 거꾸로 왔다네.

기름진 흑토 거쳐
아무르 강 늪지대 지나
타이가의 하얀 숲 단숨에 달려왔건만
그대들은 종적조차 감춘 지 오래구려.

사방은 왼통 빈 숲뿐
쑥 잎 몇이나 씁쓸히 씹으며

바이칼 물속에 발 담그고 서 있으려니
검은 곰 그림자
어둡게 물 위에 비치네.

타이가를 지나며

분명 허공에서 울린
소년의 외침 소리에 놀라 깨어났다.
파열음의 ㅍ 같기도 한, 혹은 ㅊ의 강렬한
외마디 마찰음은
깊디깊은 마음의 심연 울렸다.

나는 불술기 타고
자작나무 빼곡한
타이가 숲 위를 달렸다.

희뿌연 살갗에 훤칠한 키
내 고향 함경도에선
자작나무 껍질로 시신을 쌌다.
어려서 내 여진족 친구 우치는
할아버지, 할머니 따라 죽어서
자작나무 숲에 숨는다 했거늘
오십 년이 지난 세월
그가 이미 숲에 와 부르는 것일까.

헌데처럼 여기저기 일군
마우재들의 풀밭과 밀밭 지나
희뿌연 숲 속 아련한 하늘가에서
잃어버린 너의 언어를 더듬는다.

우치여 우치여,
내 여기 와 있노라.
여기는 너와 나의 한아바이들의 땅
너는 이미 숲이 되어 와 있건만
내게는 언어조차 낯설구나.

자꾸만 멀어지는 숲, 가물대는 얼굴들
나를 태운 불술기도 울고
나도 목 놓아 통곡한다.

옴스크에서

광장에서는 로시아 사람들이 모여
나팔 불어대며 옛날
그들이 이긴 전쟁을 기념하고 있었다.

옴 강이 내려다보이는
언덕배기 향토 박물관 뜨락엔
돌장승 두셋이 가로세로
눈 부릅뜬 채 쓰러져 있다.

달 같이 둥그런 얼굴
고리눈을 하고 두 주먹 쥔 채
가슴께에 모인 품이
우리네 시골에서도 흔히 본 듯한
낯익은 하르방이다.

강물조차 고즈넉이 흘러
그네들 말로 옴이라고 불리던 고장
파란 눈의 마우재들 꿍깡거리며
주인 행세한 지 오래다.

나 오늘 길손처럼 이곳 지나치다
꿇어앉아 따스한 빈손으로
흙을 쓸어 내고
너희 얼굴에 고인 눈물 닦아 낸다.

에카데린부르그 거리에서

우랄의 허리
유라시아의 분기점
에카데린부르그 거리엔 누더기 걸친
마우재들 득실댄다.

빈자(貧者)를 위한 혁명의 제물
로마노프 가의 처형장엔
장미 두어 송이 피처럼 검붉게 시들었다.

삐요넬[7]도 꼼소몰[8]도 사라진 거리
그들이 외쳐대던 붉은 함성은
도시의 시멘트 구조물처럼
흉물스레 부서져 나갔나.

스탈린은 목에 새끼 매어
어디론가 끌려갔고.

---

7 삐요넬: 구소련 시절의 소년단.
8 꼼소몰: 구소련 시절의 공산청년단.

키로프는 머리만,

스베르드로프는 걷는 상태로,

그리고 레닌은 청동 외투 속에

박제된 채 길가에 손들고

노대 위에 허허로이 서 있다.

나나이족 병사

아무르 강가
옛 붉은 군대 시절에 쓰던
박제된 탱크와 대포 비행기 야적장을
한 동양계 로시아 병사가 지키고 있다.

알렉세이 이바노비치.
검은 가죽 장화에 누런 군복
헬로 모자를 빗겨 쓰고
칼라슈니코프[9]를 어깨에 둘러멘
허나 너는 이 땅에서
수렵으로 날리던 나나이족 후예.

예는 발해의 고토
너와 나의 한아바이들이 일군 터전
너는 오랜 세월의 강물 속에
이름도 글도 말조차 흘려보내고
마우재의 언어만을 익힌 슬픈 앵무새가 되었나.

---

9 칼라슈니코프: 소련제 기관단총.

강가를 서성대는 내게서

닮은 너의 얼굴 확인하고

가슴 치며

너는 줄곧 "나나이, 나나이!"라고 외쳐댔지

그것은 네가 할 수 있는 모어의 전부였거늘

너는 나의, 나 또한 너의 눈동자 속에서

아득히 잃어버린

우리의 모습 더듬는다.

Ⅱ.
쉰흔 즈음에

1. 쿠날라

페샤와르 시내 한복판
킷사하니바자르에는 인기척 끊긴 지 오래고
서 켠 하늘에 초승달이 걸려 있다.
둥그런 계단식 객석이
사구(砂丘)처럼 희미하게 병풍 치고
이야기꾼의 자리에 내가 홀로 서 있다.

킷사하니[10]여 킷사하니여
어드매 있는가.

어! 이 한밤중에

---

10 킷사하니: 옛 인도에서 이야기꾼인 전기수(傳奇叟)에 대한 지칭.

지금 날 부르는 이 그 누구
낮이고 밤이고 날 찾는 이
끊긴 지 아주아주 오래인데
혹 잘못 들은 것 아닐런가.

아니오, 그대는 여전히 천부적
청각 잃지 않았소.
그 옛날 카라반이 아직 몰려들 때
세찬 모래 바람 속
낙타와 나귀의 신음 소리
용케도 흉내 내고
뭇 청중의 탄식과 하품을 재빠르게
감지하는 예민한 귀
지금도 잃지 않았구려.

오 제발 그만
그 말 듣고 보니
여기 저자 주변에
낙타와 조랑말
나귀와 노새들 그득히
겹겹이 서서 내 입담에 넋 잃던

그 냄새 그 푸근함이 풍기는 것 같구려.
지나간 시간
내 즐거웠던 그 세월
새록새록 일깨워 주는 이
대저 누구란 말인가.

나는 동방에서 온 길 가던 나그네.
그 옛날 황금산 알타이로부터
아득히 동쪽으로 길 떠났던 조상의 후손
나 오늘 조상들이 걸어온 길 거꾸로 달려와
황금빛 태조산을 먼발치서 배알하고
내친 김에 타클라마칸 사막 지나
쿤제랍 고개 넘고
그대들의 젖줄 인다스 강줄기 따라
물설고 낯선 여기까지 왔다오.

듣고 보니 그대 얼굴
달같이 둥근 것이 꼭
저 황금산 기슭에 서 있는
돌미륵 닮았구려.
이보게 나그네

그나저나 불려 본지도 오랜
내 이름 이 한밤중에
왜라서 찾는고.

킷사하니여 킷사하니여
그대의 명성 내 어찌 모르겠소.
장터에 모인 뭇 사람들
–멀리 페르샤로부터
아프칸을 거쳐 카이바 고개 넘어온 행상들
쿤제랍 고개 넘고
길깃드 지나 스와트로 내려온 저 멀리 카쉬가르나
사마르칸트에서 온 장사치들을
울리고 웃기고 감동마저 안겨 준
그대의 입담 내 어찌 모르겠는가.

오! 낯선 나그네여
그대는 지난날 킷사하니가 누리던 명성
용케도 기억해 주는구려
참으로 고마으이
허나 그대 익히 알다시피
수만 리 험한 길 넘나들던

카라반이 사라진 지도
그 언제이던가.
요새도 일요일이면 이웃 시골에서
나귀 타고 양 떼 몰고
바자르로 찾아오는 촌사람들 있다마는
다들 라디오 틀고
텔레비 찾지
그 누가 케케묵은
내 입담 거들떠보겠는가
누더기 걸치고 저자에 엎드려
지나치는 사람들 동냥에
목숨 건 내 갈 길도 이제 얼마 남지 않은 것 같아.
내가 가면
이 킷사하니도 영영 대가 끊기지.

노인장이여 여기 지상의
마지막 킷사하니여
그대 사정 듣고 보니 딱도 하구려.
허나 한 가지
그대에게 묻고픈 궁금함이 있다오.
저 멀리 탁실라 땅에서

아쇼카 대왕이 세운 스투파[11]를 보았다네.
백 척이나 되던 흙 탑이
이천 년 세월 속에 무너져 내렸지.
그 당당하고 오만한 위용 뒤에
가려진 슬픔 같은 것 읽었다면 이 또한
세월의 덧없음을 새삼스레 느끼는
한낱 나그네의 감상일까

몽롱하던 킷사하니의 두 눈에서
그때 번쩍이는 섬광을 보았지
누더기 제치고 일어나
품속에서 은실로 수놓은 돕바(花帽) 펴들고
내 곁으로 다가와 내어 밀었지.
그 옛날 장터에 모인
사람들에게 이야기의 맛보기만 보여 주고
동전을 받으러 그릇 모자 돌리던
그 우아하고 익살스러운
능숙한 솜씨로 말이오.
나는 얼떨결에 호주머니에서

---

11 스투파: 불교식 탑을 일컬음.

쓰다 남은 달러 몇 장 꺼내어
모자 속에 찔러 넣었지.
그제사 킷사하니는
옛날의 위엄을 다소 갖춘
이야기꾼으로 돌변했다오.

탁실라 성 안의
쿠날라 스투파라.
그대는 분명 그 가람터를 보았구려.
아 불쌍한 쿠날라
그보다 더 불쌍한 아비 아쇼카.
이 땅에 처음으로 통일국가 세운
저 공작왕조(孔雀王朝)의 빛나는 얼굴
아쇼카는 창건주 찬드라 굽타의 손주였다네.
정복왕 찬드라 굽타가 죽고 그 아들
빈두사리가 대를 이은 정복의 위업을
채 마무리 못 한 채 왕궁에서 쓰러졌을 때
그에게는 도합 백한 명의 왕자가 있었다네.
아쇼카는 생전에 아비 눈에 곱게
비치지 못한 아들 중의 하나
물론 맏아들은 결코 아니었지

훗날 아쇼카가 어떻게 형들을 죽이고
동생들을 모조리 도륙하고
옥좌를 차지했는지
그 참혹한 이야기는 지금도 전해오지
아 참 동모(同母) 소생의 동생 딱 하나만
살려뒀다던가.

비보 접하고 뒤늦게 왕궁에 달려온
눈 뒤집힌 젊은 왕자 아쇼카는
아흔아홉 명의 배다른 형제를
깡그리 죽이고
자기와 적대한 신하 오백 명은
단칼에 목을 치고
왕이 소중히 여기는
무우수(無憂樹) 가지를 꺾었다고
오백 명의 궁녀를 불에 태워 죽였다네.
조부 찬드라 굽타가 일군
도성 파탈리푸트라는 꽃의 서울이란 그 이름도 무색하게
아침나절의 시바 신전처럼
꽃향기 위에 겹친 피비린내로 자욱했다지.
시간이 공기를 정화시키듯

마우리아(孔雀王朝) 사직도 삼 대에 와서

한바탕 소용돌이 끝에 국기가 더욱 튼튼해졌다나.

젊은 아쇼카는 왕궁에서 얼룩진 피 묻은 칼을

칼집에 넣을 새도 없이

내친 김에 할아버지보다, 아니 아비보다

더 힘센 군왕으로 보이고 싶어

말에서 내리지 않았다네.

그 길만이 형제를 죽이고

아비의 후궁들 무참히도 살육한 악명

후세에 잠재울 수 있다는 속셈이었겠지.

아니 밤에 편히 잘 수 있는 왕은 행복하다는

이 땅의 오랜 잠언을 터득한 아쇼카는

공격을 최고의 방어로 삼았지.

스스로 왕이 된 그는 대군 이끌고

아비조차 해내지 못한 마지막 숙제,

저 눈에 티 같은

동남쪽의 칼링가국 정벌에 기수를 돌렸지.

오랜 싸움 끝에 마지막까지 저항하던

적의 도성 안 군사 모두 잠재웠을 때는

수십만의 시신이 산하를 덮었고

온 천지 피바다로 물들었다오.

그 옛날 인도 땅의 첫 통일도 엄청난 피눈물
짜내고서야 이루어졌다네.
이렇듯 온통 선지피로 적시고
살아남은 십오만의 포로 끌고
궁성으로 개선한 젊은 왕은
통일의 위업 달성했다는 기쁨보다
다소 느긋하고 사치스런
비통한 회한에 깊이 잠겼다지 뭐야.
말하자면 성취 뒤에 허전함,
아우성 뒤에 절대 고요 같은
모순된 감정 처음으로 체득한 거겠지.

그런데 아, 목말라
목 좀 축이게 해줄 수 없겠나 이 양반아.

나는 아까 낮에 봐두었던 뒷골목 삼층집
삼사백 년은 족히 버텨와
이제는 한 켠으로 기웃한 객관,
아래층은 백여 개의 다관 걸어 놓고
십몇 대에 걸쳐
아직 한 번도 불 꺼본 적 없이

꼭 같은 차만 달여 왔다는
전통 찻집에서 차를 날라와
한밤중 맨 바닥에 앉은 채 목 추겼지.
그리고 나서야 킷사하니는 말을 이었네.

아쇼카는 젊어서 예쁜 아내 맞이했다네.
불타는 야심 마음속에 숨긴 불안한 왕자는
마음씨 곱고 동정심 많은 아내를
끔찍이도 사랑했다지.
아내가 쿠날라라는 귀여운 아들마저 낳아 주니
얼마나 기뻤겠나. 엄마 닮아
맑고 큰 눈에다
귀여운 몸매는 젊은 부부의 기쁨이었다네.
그러나 하늘도 무심하지
아내는 몹쓸 병에 걸려 얼마 안 있어 어린 아들만
남긴 채 저승객이 되었다지 뭐야.
아쇼카는 훗날 새장가 들고
군왕이 되느라 한바탕 북새통 일으키고
영토 넓히느라 싸움터에서
꽤 많은 세월 보내지 않았겠나.

그 사이 왕궁에서 곱게 자란

쿠날라는 이제는 어엿한 청년이 되었다네.

일찍이 어미 잃은 슬픔은

호수 같은 맑은 눈에 애조 띠게 하고

어미 닮아 가늘고 긴 모가지, 허리,

팔, 다리, 손가락은 우아의 극에 달했다지.

언제나 손에는 피리 하나만 들고 사뿐히

왕궁 뜨락 거닐 때는

부왕의 후궁들은 말할 것도 없고

야밤에는 공작새도 날아와 넋 잃고

보았다지 아마.

쿠날라는 부왕 아쇼카의 불타는 야망과는 정반대로

피리로 온갖 번뇌 잠재우며 언제나

달밤의 호수 같은 고요와 적막으로

마음을 다스렸다지.

그런데 참 그런데 말이야

거울 같이 맑고 물살 하나 없는

이 해맑은 호수에

누가 돌 하나 던지지 않았겠나

누가 던졌는지 알아

참으로 기도 안 차게 그것은 다름 아닌

쿠날라의 젊은 계모였다네.

남편인 군왕이 밤낮 없이 전쟁터에 나가 있으니

젊은 여자의 잠자리가 허전하기도 했겠지.

남자란 국가니, 정의니, 명예니 하며

늘상 밖으로 헤매기 일쑤지만

여자는 그저 오붓한 지아비, 지어미로

족해 하는 게 아닌가.

계모는 전실 소생 쿠날라에 흠뻑 빠져서

이성 잃은 사람 되어 덤벼들었다네.

간청하고 읍소하고 협박했어도

쿠날라의 마음 문 열 수 없었지.

더구나 천륜 어기는 일은

아름다운 쿠날라에게는 통하지도 않는 일.

젊은 왕자는

이로써 다소 마음의 상처 입었지만

계모의 마음속은 온통 억누를 수 없는

음욕과 좌절의 수치심으로 한을 품었다지.

킬링가국 정벌 마치고 환궁한

아쇼카 대왕은 비로소 발 뻗고

침실에 들 수 있었다네.

왕후는 기회 놓칠세라

삼 대에 걸쳐 이룬 성스런 창업

나약한 태자로서 수성할 수 있겠는가고

밤낮 피리로 소일하는

쿠날라의 앞날 걱정하는 척했지.

그러지 않아도 나약하기 그지없는

태자의 거동에 불만 품고 있던 부왕은

아들을 변방으로 쫓아 보내기로 작심했다네.

북방으로부터 밀려오는 야만족의 침입으로

항시 마음 못 놓는 요새 중의 요새

저 멀리 탁실라국의 태수로

쿠날라를 쫓아냈다네.

그런데 여자가 한 번 품은

통한과 수치심은 오뉴월에도

서리 내리게 한다는 게 동서고금 꼭 같은 일 아니겠나.

복수심에 눈 뒤집힌 왕후는

잠자리에서 대왕께 거짓 참소 했다네.

대왕이 참혹한 전쟁터에 나가 없는 사이

왕자가 젊은 계모 넘나다 보고 유혹했다며

눈물까지 글썽대지 않았겠나.

성미 급한 아쇼카의 분노는 극에 달했네.

주변으로부터 자초지종
들어 볼 겨를도 없이
왕궁의 찬달라[12]를 몸소 불러
지금 곧 탁실라로 가서
태자의 두 눈 도려내라는
어명을 내렸다네.
누구의 명이라고
찬달라는 탁실라로 달려가
왕명을 지체 없이 집행했다지.

탁실라 성에서도 쫓겨난
가련한 쿠날라는
하늘 향해 수없이 수없이 피눈물 쏟아 냈다지.
역시 질긴 것이 사람 목숨이라
죽지도 못하고
늘 몸에 지니던 피리 하나만
지팡이 삼아 정처 없이 길 떠났다네.
풍찬노숙하며 탄식과 회한에 젖은
오랜 방황이 드디어

---

12 찬달라: 인도의 최하층 계급으로 주로 도살을 일삼는 천민.

그를 피리의 달인으로 만들었다지.
미움과 원망마저 초극했다고 하나
인생이 근원적으로 안고 있는 애조야
어디 숨길 수 있었겠나.
역시 알고도 모를 일이 우리네 인생
자기를 알아보는 이 하나 없는 세상 찾아
멀리멀리 떠난다는 게
그만 눈 먼 쿠날라는
자기 탯줄이 묻혀 있는
도성 파탈리푸트라로 들어서지를 않았겠나.
쿠날라는 피리 불고
뭇 사람들의 찬탄과 동냥 받으며
도성 안을 배회했다지.
그러나 이 장님 거지가
아쇼카 대왕의 원자임을
알아보는 자 성 안에는 아무도 없었다네.

그날 밤도
쿠날라는 지친 다리도 몸도 쉴 겸
온기 있는 곳 찾은 것이 마구간이었다네.
짐승들의 잠자리인 건초 위에 앉으니

오랜만에 푸근함을 느껴

집 생각이 났겠지.

쿠날라는 한밤중인지도 모르고

마음도 달랠 겸 피리를 한 곡조 뽑아댔다네.

때마침 궁궐 안 처소에서

기구한 자기 운명 한탄하며

깊은 명상에 잠긴 아쇼카 대왕의 귀에

때 아닌 구슬픈 피리 소리 들리지 않았겠나.

한탄하듯 하소하듯 피리 소리는 너무나 생생하게

지금 자기의 마음속 꿰뚫어 보듯 읊조리지 않는가.

대왕은 슬그머니 자리에서 일어나

피리 소리 나는 곳을 몸소 찾아 나섰다지.

소리의 진원지는 왕궁의 마구간

대왕은 발걸음 멈추고

거기 넋 나간 사람처럼 흐느끼듯 애소하듯

피리 부는

한 젊은이를 응시하였다지.

순간 대왕은 아들 쿠날라를 알아보았고

오랜 명상 덕분에

아들의 결백도 함께 깨달았다네.

참소에 눈멀어 아들의 두 눈 도려낸

아비의 회한인들 오죽했겠나.
차라리 자기의 두 눈 뽑아낸단들
어디 보상이 되겠는가.
저기 초승달 같은 비수가
아들의 두 눈 찌른 게 아니라
되려 아비의 심장 속에
깊이 꽂혀 있음을 깨달았다지.
그동안 바깥세상만 알았지
마음속에 다른 세상 있음을
대왕은 전혀 몰랐던 거야.
아들의 눈을 도려낸 인연으로
마음의 눈을 얻었다는 이 기막힌 역설
아쇼카는 비로소 겸허함을 얻은 거야.
사실 그 대가는 너무 컸지.
버리고서야 얻는다는 깨달음이란
항용 그리 쉬운 일은 아니지.

늘 두 손에 피를 묻히고 살아왔던 아쇼카는
전혀 다른 값진 세상 얻은 거지.
말하자면 무명 세계에서 빛을 분간해 낸거야.
참다운 가치란 물(物)에서 아니라

마음에 있음을 알아차렸지.
이삼백 년 전 저 가비라국의 태자
싯다르타의 깨달음과 가르침을
이제사 터득하게 된 거지.
아쇼카는 오랜 명상 끝에
비로소 마음의 평정 찾았다네.

불타의 행적지에 돌기둥 세우고
전국의 넓적한 바위 면마다
짐승조자 함부로 죽이지 말며
부모 공경하고 형제 사랑하며
어른을 모시라는 조칙 새겼다네.
여러 곳에 대가람 세워
마음 다스리는 법 가르쳤지.
그리고 마지막으로
아비가 아들의 두 눈 도려낸 탁실라 땅에는
백 척이 넘는 스투파 세우고
대 기도 도량을 열어
참회하고 참선하는 가람으로 삼았다지.
그러니까 그대가 탁실라 성안
쿠날라 사탑지에서 받은

모순된 감정 체험은
모르기는 해도 제법일세 그려.
그 후로 아쇼카 대왕이 죽고 나니
공작왕조도 곧 멸망해 버렸어.

그런데 킷사하니여!
아니 이것이 어찌된 일인가
빈 객석은 여전히 병풍처럼 희미하게 둘러 있고
킷사하니의 자리엔 내가 혼자 서 있지 않는가
초승달은 서켠 하늘에 비수처럼 걸려 있고
어디에선가 아주 멀리서
피리 부는 소리 들리는 듯하다.

2. 고려양(高麗樣)[13]

뿌우 뿌우-

뿜어대는 둥[14] 소리

멀리 초원에 숨어 있는

신령들을 불러들임이련가.

쟁쟁거리는 바라 소리, 북소리

어지럽게 울리는 절 뜨락

합장하고 도열한 스님들 사이 비집고

나도 구경꾼 되어 뒷짐 지고 서 있었지.

뿌우뿌우 쟁쟁 쿵쿵

뿌우쟁 쿵쟁 뿌우쿵 쟁쿵

---

13 고려양: 고려가 원나라에 바친 조공품인 동정녀.
14 둥: 티베트나 몽골 등지에서 쓰는 알프호른같이 생긴 긴 나발.

가려낼 수 없는 소리의 수렁
괘불도 뜨락도 사람도
하늘과 함께 빙빙 돌고 돌았지.
사방에서 소, 돼지, 도깨비 가면
울긋불긋 의상 펄럭이며
뜨락 휘저으니
세상은 온통 난장판
귀 멍멍, 머리 어질어질
나는 두 눈 닫고 어둠 불렀지.
얼마간 야단법석
한바탕 소란 치르고 나니
어디선가 낯익은 음색
단소 소리 그윽이 울리지 않겠나.
혹은 단소 같기도 혹은 대금 같은 울림은
바라와 북 소리 누르고
잠시 둥 소리와 어울리더니
서서히 사위 제압하며
절 뜨락에 적요 불러일으켰지.

그때, 그렇지 바로 그때
어디선가 하늘에선가

들려온 가느다란 목소리
"거기 누구 고려 사람 없어요,
고려 사람 없나요오-."
애절한 하소에
나도 모르게 언뜻
한 발짝 나서며 외쳐댔지.
"나 고려 사람이오,
고려 사람 여기 있어요."
잠시 기척 없이 머뭇머뭇하더니
그런데 아 이게 웬일인가
"아즈바니 아즈바니!"
소리는 대뜸
아즈바니라 부르며 흐느껴댔지.

대저 당신은 누구?
여기 몽골 땅 드넓은 초원
오늘 무심히 간단사 지나치다
바라 소리, 북소리 간단없이 들려
혹여 한바탕 굿이나 하는가고 그저
구경거리 찾아 절 뜨락까지 들어섰거늘
물설고 낯설고

같은 핏줄 하나 없는
여기 외국 땅
대지의 깊은 골에
날 아즈바니라 부르는
그쪽은 누구란 말이오.
오 칠성님, 신령님, 부처님
모두 고맙고 고맙나이다.
기어이 고려 사람 만나게 되다니
참으로 고맙고 고맙나이다.
소녀의 간절한 발원
오늘사 이룩되게 해주시다니.
나는 아가씨를 전혀 모르는
그저 한낱 바람처럼
초원 스쳐가는
한국서 온 과객이라오.
아가씨니 한국이니
내레 무슨 뜻인지 모르갔시요.
여기 사람들
솔롱고스라 부르는 동방서 온
고려 사람 아니란 말인가요.
아즈바니는 실로 폐럽소.

나랑 말이 통하는 걸 보니
고려 사람 틀림 없디.
내 고장 떠난 지 얼마 됐다고
이상한 말들 다 쓰네요.
오랫동안 기다린 보람 있어
오늘사 말 통하는 고향 사람 만났으니
내 넋두리 들어주시라요.
소저는 대저 누구며
어찌 여기 머물게 됐나요.
아직 앳된 수줍은 목소리
잠시 머뭇대더니
간간이 흐느낌 섞어가며
내력 읊어댔지.

소녀는 고려국 서경
혹 피양(平壤)이라고도 부르는
그 고장서 왔시요.
능라도 마주 보이는
패강가에서
아비는 사공,
어미는 피양성에서도 이름난

만신이었고요.

능라도 수양버들 물오르고

진달래 복사꽃 피는 봄날이면

패강가엔 숱해 사람들 모여댔디요.

아직도 그러는지.

아낙과 계집애들은 진종일

강가에서 빨래하며 재잘거렸디.

아비는 하루도 몇 차례

새벽부터 나조까지

길손들 태우고 노를 저었디.

언제나 나를 맨 앞 앉히고

때로는 우리 둘만 남았을 땐

배를 뒤뚱거리게 해 나를 놀렸디요.

어둘녘 빈 배로 집으로 돌아올 땐

검정 하늘 물속에 잠겨

무서워 무서워

아비 곁에 바싹 붙어 앉아도

아비는 한 번도 안아 주지 않은 게

못내 야속했디요.

어미는 굿 핑계로

집에 들어온 날 거의 없었디.
생인굿, 다리굿, 칠성굿, 무슨 굿
골방에 신당 차려 놓고
철들어서 한 번도
같은 방에서 잔 일 없고
아비는 밤이면 밤마다 술에 취했디.
떡과 돝고기는 노상 떨어디디 않았고.

그러니까 내가
손톱에 봉숭아 물들이고
댕기 머리 찰랑이던
열네 살 나던 해
나라에서 뽑은
열 명의 동녀(童女) 속에 끼였디.
덤덤히 원나라로 떠나기 전날 밤
오마니는 생전 처음 눈물 보이며
무서운 이야기 들려줬디.
어미가 아직 신 지피기 전 꽃다운 나이에
팔관회(八關會) 구경 갔다
웬 남정네 만났다나요.
그 후 어미 배 속에서

꿈틀대는 나를 안은 채
대동강에 풍덩 빠져들었건만
젊은 사공 살려줘
이날 이때까지 모진 목숨 이어 간다나요.
나의 진짜 아비는 시방
동북면 병마사로 벼슬하고 있는
금씨 성 가진 분이라는
놀라운 이야기도 들었디요.
그러나 어쩐지 이야기 다 듣고 나니
아비도, 어미도,
그리고 진짜 아비 모두 그저
불쌍하다는 생각밖엔.
너는 대국 들어가니 이다음에
어미처럼 방울잡이 걱정
안 해도 되겠구나
평양성 떠나는 마지막 날
오마니는 내 손 잡고 한숨 쉬었디요.

내 나이 또래 에미나이 열이
살수 건너 북쪽으로
한없이 한없이 실려 갈 제도

나는 눈물 하나 보이디 않았시요.
낯선 고장, 낯선 사람,
낯선 말 듣는 것도 겁은커녕
어쩐지 재미가 나데요.
창 들고 화살 멘 말 탄 사람들
우리를 대도(大都)[15]까지 데려오는데
꽤 여러 날 걸렸시요.
거기 한발리크-말 탄 사람 많고
으리으리하게 높은 집
겹겹이 모여 있는 곳에서
여러 날 머물제
내 또래 에미나이들과는
모두 뿔뿔이 헤어졌디요.
칼 차고 수염 기른 어른들 따라
에미나이들 울며 다 떠나갔디만
나는 머리 깎고 붉은 옷 입은
라마 스님 따라 절로 들어갔디.
스님은 눈으로 웃으며 나를
푸근히 감싸 줬디.

---

15 대도 또는 한발리크: 오늘날의 북경(北京)을 지칭함.

절집 안은 꽤 정갈하데요.

그러나 엄한 분위기로 숨 막혔시요.

모든 게 다 놓일 자리 놓이고

스님들 경 읽는 소리밖에는

발자국 소리 하나, 부딪히는 소리 하나,

기침 소리 하나 들리디 않았시요.

나도 새벽 일찍부터 나조 늦게까지

예불 참여하고 기도 드렸디요.

라마 스님은 언제나 꼭

자기 곁에 나를 앉혔디.

무슨 뜻인지 모두 몰라도

옴마니 밤매홈 합창할 때

그리고 아제아제 바라아제

바라승 아제 모지사바하라고

입 모아 욀 때엔

고려국서 듣던 낯익은 소리라

이젠 예불 끝나고 공양 시간이구나 해서

되우 기뻤시요.

나는 대국에 들어와서

늘 긴 치마에 하얀 옷만 입었시요.

간혹 특별 예불 드릴 때 스님 눈짓 따라

색동저고리 입은 적도 있디만.

얼굴색 흰데다 하얀 옷 받쳐 입으니

머리 박박 깎은 젊은 스님들

흘깃흘깃 눈짓했어도

외간데 나와서인지 그저 무덤덤

집에서보다 더 새침데기 됐디요.

마음 닫고 있으니

모두가 다 지나가는 바람

어쩐지 하늘에 둥둥 떠 있는

조각달 같데요.

그럴 적마다 언제나

어둑해 가는 서켠 하늘 바라보며

강둑에 서서 거나하게 술 취한 아비와 함께

하염없이 어미 기다리며

아비가 한숨지어 부르던 노래 생각나데요.

"대동강 아즐가 대동강 아즐가

대동강 너븐디 몰라서

빈내여 아즐가 빈내여 아즐가

빈내여 노흔다 샤공아

위 두어령셩 두어령셩 다링디리"

두어령셩 두어령셩 다링디리를

두엉성 두엉성 다링디라고
어려서부터 따라 부르면
아비는 금세 피식이 웃어댔디요.

어느 날 아침 일찍
잠 깨어 바깥 나가 보니
방문 앞에 누군가
정성스레 말머리 새겨 놓은
길쭉히 두 줄 난
별난 악기 두고 갔데요.
나중에 펼쳐 봤디만
울림통 안에 무슨 헝겊 조각 하나
거기에 愛라는
검은 글자 곱게 싸여 있데요.
무료할 적이면
방 안에서 혼자 낮은 소리로
울림통을 긋기도 하고
손가락으로 퉁퉁 튕겨 보기도 했디요.
나중에 라마 스님이 켜는 방법 가르쳐 줘
내게는 둘도 없는 소리 동무 됐디만.

집 떠날 때 달이 차 있듯

휘영청 달 밝은 밤에

대도 떠났시요.

장수고개(八達嶺)[16] 넘으며

지나온 곳 뒤돌아보니

크나큰 마을이 달빛에 푸르게 젖은 게

어린 마음에도 곱게 비치데요.

상투(上都)까지는 꽤 여러 날 걸렸시요.

백옥으로 지은 칸의 여름 궁궐에도

궁궐 바로 옆 절 뜨락에도

작약이 흐드러지게 핀 게

너무나 곱디곱데요.

여기서 생전 처음 황금 머리카락에

파란 보석 왕눈 에미나이 봤디요.

살결이 백옥 같고 쭉 뻗은 키

깊은 산 속 자작나무 같아

넋을 잃고 오래오래 쳐다봤시요.

높이 쌓은 축대 돌담 안

궁궐과 절집 사이 우물가에서

---

16 팔달령(八達嶺): 팔달은 몽골어 baatar의 음역으로 장수 또는 영웅이란 뜻에서 유래함.

말 없이 서로를 쳐다보며 우리는
가끔 눈으로 인사했디요.
상투 지나서는 내내
번갈아 말 타고 북쪽으로 달렸시요.
스님도 조랑말 나도 조랑말
허공에 떠 있는 게 겁이 났지만
차츰 말타기도 재미나데요.
바싹 몸을 말 잔등에 낮추니
따뜻한 말 냄새 싫디 않데요.
콧방구 뀌는 소리도 재미나데요.

다리강가는 온통 말 천지
사람 하나에 말은 수백 마리
사람이 휘젓는 장대 따라
이리 뛰고 저리 뛰고
몰려갔다 흩어졌다
앞으로 갔다 뒤로 갔다
잔등에 땀 배도록 진종일
갈퀴 날리며 잘도 달리데요.
끝없이 펼쳐진 들판은 왼통 꽃 천지
길도 없고 마을도 하나 없이

진종일 아기 향 은은한 꽃밭 밟으며
돌무더기 표적 따라 며칠 거리 달렸디.
퀴퀴한 짐승내 나는 움막 같은 데서 잠자면서.

하늘엔 솔개 휘파람 불고
팔뚝만 한 물고기 떼 지어 노닐던
텔레지 마을서 하루 묵고
내내 북쪽으로만 잡던 길 갑자기
서쪽으로 꺾어 들어가데요.
달려도 달려도 가없는 넓은 들판
나무 한 그루 언덕 하나 없으니
아무리 달려도 풀밭 한가운데.
꼭 쳇바퀴 돌리는 다람쥐 같데요.
며칠을 더 달리니 돌무덕 하나
우뚝 솟은 언덕 위에 깃발이 나부껴
모두 언덕 밑에 말을 세워 걸음 멈췄디.
롱솜 언덕에는 꽤 큰 돌무덕 자리 잡았디.
밑둥을 푸른 천으로 감은 막대기 하나
무덕 한가운데 꽂혀 있고
막대기에는 다 낡은 가죽 북 껍데기
덩그러니 걸려 바람에 흔들댔디.

이 고장서 이름난 큰 무당 죽어서
북만을 거기 걸어 놨다는 거디.
언덕 뒤켠 후미진 곳에 앉아
참았던 오줌 누다 보니 아! 정말
작은 무지개 곱게 뜨지 않았겠시요.
거기 발아래 실개천으로 흐르는
톨강까지 오줌발이 닿는다면
강물은 내 몸서부터 흐르는 거디요.
엉뚱한 생각 접고 하늘 쳐다보며
푸르디푸른 깁 덮은 듯 곱디고와
하늘 향해 살짝 웃었시요.

여러 날 달려서 카라콜롬 당도했디.
옛 궁궐 하나 있으나 색깔 발하고 기우뚱거려
사람 뜸한 게 을씬하데요.
예까지 오는 동안 한없이 들판 봤디만
이렇게 넓고 잘생긴 들은 생전 처음인거라요.
돌로 쌓은 궁궐 담벼락 안에
커다란 절집 하나 있어
거기서 여장 풀고 묵었시요.
싯누런 헝겊으로 벽 감싼 큰 방에는

금으로 만든 사람만 한 부처님 여럿

붉은 띠 어깨 두르고 앉았시라요.

하루 묵고 이틀 묵고 한겨울 와도

더 떠날 기미 없어 갑갑한거라

스님께 언제 떠나느냐 물어봤더니

이제 한 군데만 더 가면 다 온기라고

스님은 빙그레 웃으시데요.

겨울은 정말 되우 추웠시요.

침 뱉으면 그대로 어는 것도 겁났구요.

나 같은 에미나이 무엇에 쓸려고

예까지 데려온 게 궁금하데요.

시키는 것도 일하는 것도 없이

그저 하루에도 꼭 세 번

새벽, 낮, 나조

하얀 옷 입고 합장한 내 곁에서

스님들은 소리 내어 경을 읽었디요.

경내 스님들 다 모여서

우렁차게 소리 맞춰 경 읽으면

어쩐지 내 머릿속도 맑아지고

가을날 물속 해가 들 듯

내 마음도 나날이 밝아지데요.

칠흑 같은 긴 어둠
살을 에는 추위 가시고
들판에 파릇파릇 새싹 돋을 때
스님들은 나를 에워싸고
어딘론가 데려가데요.
아침 먹고 떠나서 반나절쯤
산 높고 맑은 물 흐르는 마을
체첼렉에 당도하니
스님께서 인젠 다 왔다 하데요.
볼칸 산기슭 넓은 뜰엔 햇볕 가득하고
오래된 절간 몇 채 돌담에 싸여
스님들 독경 소리에 묻혀 있는
고요하고도 아늑한 곳이라요.
알고 보니 대도부터 나를 데려온 라마 스님은
여기 간단사서 제일 웃어른이요.
온 나라 대 칸 위해 기도하는 분이라
지나가는 스님마다 합장해 인사하니
나도 덩달아 인사 많이 받았디요.

밤에는 어찌 별이 그리 쏟아지는디
그렇게 많은 별똥도 생전 처음이라
꼭 세상 끝에 온 것 같은 생각 들데요.
패강 강둑에서 쳐다보던
칠성별 삼태성별 가까이서 보느라니
불현듯 집 생각에 젖게 되데요.
밥상 차려 놓고 무럭무럭 김 솟는
밥과 국 같이 먹던 아비와 어미
그리고 어쩐 일인지 처음으로
진짜 아비는 어떻게 생긴 분이며
왜 어미와 나를 거두지 않았는디 원망이 가데요.
집 떠나서 사철 바뀌니
돌아간다면 언제쯤 될 것이며
여기 세상 끝, 내 있는 줄 알고
누가 데릴러 올꼬.
괜히 마음 약해디니 눈물났시요.
말머리 새겨진 머린홀(馬頭琴) 끌어안고
한밤중 성질대로 마구 긁어대니
여러 스님들 갑자기 달려왔디요.
내일 큰 법회 있으니 어서 눈 붙이라는
라마 스님 엄한 말씀에 자리에 누웠시요.

이튿날은 쪽빛 하늘에 햇볕도 따스하데.
새벽부터 스님들 부산 떨고
어떻게 기별 갔는디
맨 머리에 누런 옷 걸친 스님들 숱해
간단사 경내에 몰려들데요.
절 뜨락엔 괘불 걸려지고
흰 꼬리치마에 색동저고리 받쳐 입은
나를 뜨락 한가운데 앉힌 채
겹겹이 둘러앉은 스님들
진종일 소리 높여 경을 읽데요.
날이 저물어서야 여기저기 모닥불 피워놓고
한바탕 굿을 하데요.
긴 나발 불고 북 두드리고 바라 울려가며
도깨비, 돼지, 소, 양 머리 뒤집어쓴
커다란 얼굴들이 둥싯둥싯 떠다니는 게
게다가 사천왕 얼굴한 퉁눈이
힐긋힐긋 나를 곁눈질하며
긴 칼 들고 뜨락 휘저을 땐 소름 끼치데요.
멀리 남녘 하늘에 초승달 낮게 걸리고
칠흑 같은 어둠 사방 깔리니
라마 스님 나를 일러 세워 따라오라 하데요.

부처님 앉아 있는 큰 절간 지나

몇 개 요사체 지나 맨 뒤켠

아홉 개의 벽이 각 지어 있는

창문 하나 없는 골방에 들어갔시요.

거기에는 참으로 어린 마음에 망칙하게

엷은 안개 자욱한 속에

벌거벗은 여자 무릎 위에 걸친

황금으로 입힌 부처님이 앉아 있시요.

라마 스님은 날 더러 옷 다 벗고 앉으래요.

부드러운 말씨에 엄한 눈을 보고서

시키는 대로 할 수밖에.

알싸하니 이상한 내음 코끝에 맴돌더니

금세 온몸에서 사르르 힘 빠져나가

그만 정신 잃고 쓰러졌디요.

아즈바니 아즈바니

고려국서 오신 아즈바니

이게 대체 웬일인가요.

잠에서 깨어나니 내 몸은 간 데 없고

허구헌날 내 정갱이뼈 속에 갇힌 신세.

젊고 힘센 스님 입 대고 불어야

겨우 빠져나와 절 뜨락 안에서만 맴돌 수 있다니
내 곱던 살이며 머리카락 어드메 가고
어미, 아비 손잡던 내 손가락
패강 언덕에서 곱게 펴져 간 노을 보던 내 눈
마음껏 뛰놀던 내 발 어디 갔노.
아이 숨차. 내 숨차오는 걸 보니
피리 부는 젊은 스님 힘 부치는 게다.
입김 끝나면 나는 다시 갇히는 신세.
아즈바니 아즈바니
고려국 피양
패강가 내 집으로 어서 데려다 주시라요.
내 깃들 몸 간데없으니 이걸 어쩌노.
칠성님, 신령님, 제석님들
엽때껏 섬기며 방울 흔드는
만신이 내 오마니 곁으로 어서 보내주시라요.
아즈바니 아즈바-

풍악 소리 멎고 사위 고요해져
눈 뜨고 정신 차리니 이게 어찌된 일인가.
정강이뼈 피리 불어대는 젊은 스님 앞에
아까 올혼 강가에서 꺾었던

버들가지 받쳐들고
뭇 스님들 의아해 쳐다보는 뜨락 한가운데
내가 눈물 흘리며 서 있지 않는가
천 년 동안 박제된
열다섯 난 고려양의 앳된 음성에 젖어.

3. 마명심전(馬明心傳)[17]

카쉬가르의 아이티카르 사원은 15세기에 창건된 것으로 오늘날 신강성(新疆省)은 물론 중국 땅에서 가장 큰 모스크로 알려져 있다. 시가지 한복판에 자리한 탓에 수많은 인파들이 그 앞에서 언제나 인산인해를 이룬다. 사원 입구 정면에는 약 20미터 높이의 미날렛이 양쪽에 나란히 솟아 있고 그 앞은 물결모양의 층계가 있어 사람들이 빽빽이 계단에 걸터앉아 담소를 즐긴다. 입구를 지나 벽 쪽에는 구레나룻이 유별나게 풍성한 위글 노인들이 좁은 노대를 펼치고 하루 종일 맨땅에 앉아 꾸란을 읽는 풍경이 이채롭다. 저녁나절 낯선 이 특이한 풍경을 볼 겸 나는 사원을 다시 찾았다. 그러나 낮의 풍경과는 너

---

17 마명심에 관한 이야기는 서울대학교 동양사학과 김호동 교수의 『황하에서 천산까지』에서 취재하였음.

무나 다른 점에 놀랐다. 울긋불긋한 의상으로 다소 풍만하다
할 몸을 감싸고 담소하던 여인네들은 간데없고 테 없이 수놓
은 모자(돕바)를 쓴 수많은 건장한 남정네들 틈에 청소년들이
간간이 섞여 계단은 비워 둔 채 아래 평지에 빼곡히 내려앉아
묵묵히 정문 쪽을 바라보고 있지 않는가.

막 어둠이 깔릴 무렵 흰옷 입은 깡마른 초로의 사나이가 위
글족의 현악기 시타르와 조그만 손북인 탐버를 들고 계단 위
정문 앞에 정좌했다. 미나렛을 양쪽에 거느린 사원의 정문 구
조물이 저녁 하늘에 멋진 실루엣을 보이며 아주 훌륭한 무대
배경이 되는 것에 나는 감탄하지 않을 수 없었다. 한낮의 소
란과는 너무 딴판으로 모스크 정문 앞에는 적요가 감돌았다.
이윽고 그는 현악기를 몇 번 퉁겨 보더니 기가 막히게 잘 어
울리는 각운(脚韻)에 맞춰 위글 말로 서사시 한 편을 낭송하
기 시작했다. 주로 시타르의 음색에 곁들여 이야기를 이끌어
갔지만 간간이 매우 참을 수 없는 고양된 대목에서는 탐버를
두드리며 격정을 표출했다. 그날 밤 위글의 음유시인이 읊어
댄 서사시의 내용을 우리말로 옮기면 대략 다음과 같다.

알라 알라 알라!
누구의 선창도 없이
그들은 외쳐댔다.

알라 알라 알라!

마치 톱질이라도 하듯

뱃속 깊이에서 솟아나는 소리로

끊임없이 외쳤다.

괭이와 도끼와 식칼

손에 든 무기란 이것이 전부.

그들은 하늘을 향해 쳐들며

미친 듯이 외치고 또 외쳤다.

알라 알라 알라!

10여 미터 높이 성벽의

난주성관(蘭州城館)은

성난 오천 무리의

함성에 둘러싸여 고립무원의

섬처럼 덩그러니 솟아 있었다.

입성도 손에 든 무기도

모두 제각각이지만

하나같이 머리에 쓴 흰 모자는

저들이 퉁간(東干)임을

당당히 밝히고 있었다.

대지의 아들 퉁간은

회회족(回回族)의 후손들

이슬람의 용감한 전사들
자랑스런 무자히딘(聖戰士)들.

아아, 그 옛날
우리의 교주이신 무하마드께서
땅 위에 알라신의 하늘을
처음으로 열으신 그때
복음의 말씀은 수만 리 대륙 넘어
중원(中原)까지 울려 퍼졌느니.
성스런 빛은 낯설고 물설은 땅
중원의 천자 꿈속까지 밝히셨으니.
당 태종은 꿈속에서
자기를 쫓는 괴수(怪獸)로 가위 눌렸었지.
그때 우리 주 무하마드께서
홀연히 나타나 악귀를 쫓아내
천자의 마음 편안히 해드렸지.
감사하는 마음으로 교주님을 모시려 했으나
우리 주께서는 당신의 수제자
가이스와 우아이스, 그리고 카신 세 사람을
이역만리 천자의 땅으로 보내셨지.
그러나 카신만이 살아남아

삼천의 군사와 함께 낙양 땅에 당도해

천자를 알현할 수 있었다네.

알라밖에 신은 없고

무하마드는 알라의 유일한 사도

믿는 자에게 바른 길을 가르쳐 주는

유일한 구세주.

세상의 주인이신 알라께 찬미를!

이 복음의 소리는

중원의 그 누구도 능가하고

모든 소리를 압도하였다네.

천자는 새 말씀에 기뻐하고

멀리 서방 끝 아랍 땅에서

복음의 말씀과 함께 온

삼천 군사들에게 집과 아내를 주니

저들이 바로 퉁간의 조상.

퉁간은 천오백여 년 전

우리 주 땅으로부터

복음의 말씀 지키며

이역 수만 리 찾아온

무자히딘의 자랑스런 핏줄들.

저들 후손들은

섬서, 영하, 감숙, 청해 등

서역으로 가는 길목에서

중국의 어머니 땅 위에

무하마드의 하늘 수놓았으니

어미 닮아 한족(漢族) 얼굴 하였으나

정신은 언제나 변함없이

아버지의 것을 자랑스레 지켜왔느니.

거기 척박한 땅에서 원망 하나 없이

더러는 농사도 짓고

더러는 짐승 기르고

더러는 음식 팔며

욕심 없이 어른 공경하며 근근이 살았는데

아이나 노인이나 언제나 꾸란을 읽고

거룩한 말씀 따랐으며

하루에도 여러 차례 거름 없이

멕카 항해 경배 드렸느니.

저들에게 하나의 바람 있다면

그저 알라신이 다스리는 하늘 우러러

이웃들과 더불어 사이좋게

아들딸 잘 기르고 짐승 치며

오손도손 살아가는 꿈이었거늘.

보라!

오늘 그 누가 저들의 피를 솟구치게 하여

양보다 더 어진 저들을 분연히 일어나게 했는가

천여 년간의 침묵 깨뜨리고

성난 이리처럼 무리 져 날뛰게 했는가.

모래흙과 버들가지 섞어 쌓은

높다란 성곽 망루에는

푸른색, 붉은색으로 톱날처럼 형상 진

저 무시무시한

청나라 팔기병(八旗兵) 깃발만이

바람에 흔들대고 있을 뿐

아무도 얼씬대지 않았다네.

이윽고 무장한 오백여 명의 말 탄 장정들

두 남녀 호위하며

성곽 관문 앞에 도열하였지.

저들의 입성도 무기도 가지가지

더러는 청나라 군복에

갑주까지 걸쳤으나

대부분은 허줄그레한 무명 옷차림

청나라 긴 창 손에 들고

혹은 청룡도 등 뒤에 비껴 메고

어디서 취한 것인지

각양각색의 긴 칼 허리에 꿰어 차고

두 눈엔 핏발이 서 있었지.

그러나 모두 머리에 흰 모자를 써서

한결같이 같은 피를 나누고

같은 믿음 따르는 통간임을

자랑스레 알리고 있었다네.

가운데 선 남자는

자흐리 교단의 제이인자 스슈산(蘇四十三)

그 곁의 젊은 여성은

교주 마명심의 딸 살리마(色力買).

이렇듯 난주 성관은 포위되니

성벽, 아니 성문 하나 사이 두고

팽팽한 긴장감 감돌았네.

그것은 죽고 죽이고 하여

승자만이 남는

결전의 순간만을 눈앞에 두고 있으니

그 정적의 의미 왠들 서로 모르겠나.

성관 안쪽에는

난주 총독 지휘 아래

팔기병 수비대 삼백여 명,

관아의 이속들과 그 가족,
청나라에 빌붙은 칼막(몽골인)과 솔론(만주족) 장사치
모두가 얼굴색이 납빛이 되어
시시각각 조여드는 압박으로
사시나무 떨 듯 오돌오돌 거렸다네.

오늘 이 지경 이르기까지는
청나라 야욕을 실행으로 옮긴
난주 총독의 오판이 부채질했지.
무너진 돌더미와 황무지 사이
띄엄띄엄 남아 있는 오아시스에
간신히 깃들고 살아가는 회족은
사막의 독사 같아
그냥 놔두면 부드러운 새끼 오리
잘못 건드리면 무서운 독화살.
사실 그동안 중원에서 여러 차례
역성혁명(易姓革命) 일어났다 해도
저들과는 전혀 무관한 일
비바람 한 점, 햇빛 하나 더 덜함 없이
천축(天竺)이나 저 멀리 서역으로 오가는
중원의 장사치나 나그네들을

잠시 따스하게 쉬어 가게 했더니
명나라 거쳐 청나라에 이르러서 부쩍
저들의 삶터마저 넘나다 보고 종래는
그들의 말발굽 아래 꿇어앉히려 했거늘.
그래도 위글인과 회족들은
이 모두 하늘의 뜻이려거니 하며
그저 참고 견디며 묵묵히 살아온 터.
그 척박한 땅에 청나라 군대 따라
만주족과 한족, 그리고 떠돌이 몽골 사람
차츰차츰 꾀기 시작하여
관아 세우고 상점 내고
저자거리 만들어 도시 이루고
선주민인 위글족과 통간을
개돼지 취급하였느니라.
기름진 옥토는 죄다 빼앗기고
반반한 계집은 저들이 농락하고
꾸란의 가르침대로 살아가는 사람 앞에서
함부로 돼지 멱따서
선지피 흐르게 하지 않나
돼지고기를 지지고 볶아서 먹지 않나
그래도 이 정도는 서로가

믿음 다르고 풍속 달라서 참는다 해도
걸핏하면 발길질
눈 흘겼다고 따귀 때리기
툭하면 세금 빌미로 가산 빼앗기
탁하면 통행 제한
일찍이 저곳에는 하늘 열린 후
한 번도 이런 일 없었거늘.

때마침 젊은 날에 멕카 순례하고
거기서 신앙심과 학덕 높이 쌓고
고향으로 돌아와 참 이슬람 몸소 실천한
자흐리 교단의 마명심 창건주
높으신 인격과 돈독한 신앙심
고귀하신 성품과 그 가르침 따라
나날이 사람들이 구름떼처럼 몰려
다달이 교세가 번창하니
난주 총독에겐 눈엣가시가 되어온 터.
겁먹은 총독 극비리에 휘하 장수에게
자흐리 교단 추종자들은 불한당이니
그 우두머리들은
모조리 잡아들여 처단하라는

추상 같은 명령 은밀히 내렸거늘.

이런 끔찍한 밀명 몰래 전해 듣고

그간 참아만 왔던 퉁간들의 통한과

끓어오르는 혈기 자제할 수 없었다네.

무하마드의 참 가르침 훼방 놓는 자는

알라신을 모독한 거나 진배없지.

청나라 놈들 노예 되느니

죽기 살기로 저들을 몰아내자

가만히 앉아서 죽느니 싸워서 죽자!

함성은 삽시간에

요원의 불길처럼 피어올라

솟구치는 불기둥 막을 길 없었다네.

봉화는 순화(循化)에서 피어나

마명심의 고향 하주(河州)를 함락시키고

충천하는 여세 몰아

청나라 총독과 수비대 본부 있는

난주(蘭州)까지 쳐들어갔지.

퉁간들이 휩쓸고 간

고을마다 마을마다

관아는 불타고

창고는 털어서 백성 나눠 주고

청나라에 빌붙어 세도 부리던
솔론과 칼막, 그리고 한족(漢族)의 집은
닥치는 대로 불사르니
당황한 총독은 서둘러
마명심을 잡아
난주 성관에 가두지 않았겠나.

이윽고 투구에 갑옷 입은 청나라 수비대장
병졸 호위 받으며 수루에 나타났지.
성관을 포위한 오천의 통간들은
쓰스산의 지휘 따라 모두가 동작 멈추니
침묵만이 고요히 흘렀느니라.
장수는 번쩍이는 큰 칼로 마루 두드리며
큰 소리로 외쳐댔겠다.
"모두들 썩 물러가라,
대청나라 황제 욕되게 하는 자는
끝까지 쫓아가 목을 벨 것이다.
너희들뿐만 아니라
너희들의 처자 또한 결코
무사치 못할 것이다.
그만 모두들 썩 집에 돌아가라!"

말 타고 앞장선 스슈산이 화답했지.

"청나라 장졸들은 듣거라.

우리의 스승 마명심을 내놓아라.

우리는 이미 죽기를 각오했다.

알라신의 믿음 앞에 두려움은 없다.

우리는 선생님과 함께라면

곧 집으로 돌아갈 것이다.

어서 마명심을 석방하라!"

또렷또렷한 외침은

갑자기 하늘과 땅 울리는

무리들의 합창 잇게 했다네.

"마명심을 석방하라,

마명심을 석방하라,

마명심을 석방하라!"

천지를 진동하는 함성

성관의 흙벽마저 흔들어 놓았지.

겁에 질린 장수는 황급히

아래로 피신했다네.

결단코 물러서지 않을

아니 거꾸로

성난 노도같이 한꺼번에 들이닥칠

심상치 않은 바깥 기세 알아차린

난주 총독이 몸소

마명심을 끌고 수루에 나타났지.

며칠간의 고문과 시달림으로 초췌하나

맑고 의연한 마명심의 모습 보자

말 탄 자는 일제히 말에서 내려

"성인이시여,

우리들의 이맘(교주)이시여!"

모두가 땅에 엎드려

땅을 치며 통곡하였다네.

오천여 통간의 비통한 흐느낌은

하늘 울리고 땅을 숙연케 했지.

육십 갓 넘긴 마명심의 눈에도

잠시 이슬이 맺혔지.

피와 믿음 같이 나눈 저들 형제들과

어쩌면 이것이 마지막일지도 모른다는

처연한 예감도 감지했을 터.

마명심은 목숨 걸고 자기를 따른

지금 맨땅에 엎드려 통곡하는

오천여 무리 굽어보며

아주 짧은 순간

자기가 걸어온 길고도 험난한

지나온 나날들이 한꺼번에 뇌리에 스쳐

형언할 수 없는 감회에 젖었지.

마명심은 가난한 통간의 아들

하주서 태어나기 바로 앞서

아버지가 저승객이 되니 유복자인 셈.

아직 어려서 어머니마저 여의고

할아버지 또한 일찍 돌아가시니

숙부에게 의탁할 수밖에.

이는 일찍이

숙부 손에 자라난

우리 주 무하마드의 불운한 유년기와

너무나 닮은 부분 아니겠나.

영웅들은 어려서 버림받거나

아니면 편모슬하에서

혹독한 시련 이겨 나가야 했듯

마명심의 유년기 또한 예삿일은 아니었지.

하주의 청진사(淸眞寺)서 청소 일하는

숙부 따라다닌 여섯 살 소년

어깨 너머로 배운 한자는 물론

아랍어까지 척척 익혀 가는 총기

주위 사람들을 놀라게 했지.

이미 아홉 살엔 삼촌 따라

멕카로 가는 순례길 나섰다네.

모두가 겁내던 타클라마칸을 용케 넘고

이곳 카쉬가르를 지나

부하라 못 미쳐 심한 모래바람 만났다지.

거기서 삼촌 놓치고 혼자서 방황하다

며칠간의 굶주림과 탈진으로

황야에 쓰러져 빈사 상태 빠졌을 적

지나가던 노인이 발견하고

부하라로 데리고 갔다지.

거기 이슬람 교단에 맡겨진 소년

티 없이 맑은 마음과 빼어난 총명으로

교단의 장로들을 경탄시켰다지.

높은 품성과 깊은 신심 갸륵히 여긴

교단 사람들은 성지 순례길에

소년을 데리고 나섰다네.

멕카 순례한 어린 마명심

깊은 교리 공부하겠노라고 거기 남았다네.

예멘의 자비드 시로 들어가

한 저명한 교단 찾았으니

거기서 당대의 명망가

압둘라 할리크를 만나게 될 줄이야.

십 년을 스승 밑에서 혹독하게 공부했지.

더 머물고 싶었으나

네 고국으로 돌아가 뜻을 펼치라는

스승의 간곡한 말씀 어길 수 없었다네.

귀국 전날 스승은 이렇게 말했다네.

"나는 이 교단의 7대 장로,

나 이후론 아무도 장로를 두지 않겠네.

너에게 무하마드 아민이란 이름 주겠노라."

이는 마명심을 그의 후계자로 이미 정했고

앞으로 이보다 더 출중한 인물

찾아보기 어려울 거라는

스승의 마음 담긴 예언 아니겠나.

마명심은 무거운 짐 안고 귀향하였다네.

아홉 살에 집 떠났던 소년

스물다섯에 고향 땅에 돌아왔지.

순화, 하주를 잇는 난주 지역은

부패한 기성 교단의 아성이었지.

젊은 마명심은 아랑곳하지 않고

바른 교리, 바른 믿음 펼치기에 소리 높였지.

기도할 땐 소리 높여 알라를 외치기,

고행과 금욕은 신앙생활의 기본,

신도들의 헌금은 가난한 사람들을 위해 쓰기,

절은 열 번으로 예배 의식의 간소화,

교단의 장로직은 세습 아닌 유능한 인물 추대.

개혁 하나하나 옳고도 지당한 일

기성 교단은 벌집 쑤셔 놓은 꼴

사람들은 새로운 가르침에 눈이 뜨였지.

더더욱 마음 끌린 것은

그의 학식과 높으신 경륜보다

검소한 생활 태도 때문였다네.

언제나 아내가 짜준 마포 걸치고

가난한 이웃처럼 토굴서 기거했다네.

자흐리 교단은 점차 거대한 집단으로 번창하고

그 가운데 마명심이 우뚝 서 있었지.

희끗희끗한 턱수염 바람에 날리며

마명심은 성루 위에 꼿꼿이 서서

오천의 무리 향해

카랑카랑한 목소리로 설법했다네.

"우리 무슬림은 모두가 형제입니다.

무슬림은 모두가 평등합니다.

나의 예배, 나의 찬송,

나의 삶, 나의 죽음, 이 모두

만물의 주인이신 알라의 것입니다.

알라 이외에 경배 받을 만한 것은

땅 위에는 아무 것도 없습니다.

우리 모두 알라에 귀의합시다.

알라 후 아크바르(위대하신 알라여),

알라 후 아크바르!"

돌연 마명심은 머리에 쓴 흰 두건

차곡차곡 벗어서

그가 늘 몸을 지탱하던 지팡이와 함께

아래로 던지며

스슈산과 딸 살리마에게

머리를 끄덕여 보였지.

"이것을 가지고 어서 돌아가게.

지팡이를 보면 나를 보는 거나 다름없다네."

무리들은 자리를 박차고 일어나

일제히 목청껏 함성 올렸지.

알라 후 아크바르!

알라 후 아크바르!

스슈산은 말 위에 올라타

스승의 지팡이 높이 쳐들었다네

"우리는 선생님과 함께라면

다들 집으로 돌아가겠다.

그 이외는 한 발짝도 물러서지 않을 터."

흥분한 군중들 총독 향해 삿대질하니

일이 간단치 않음을 직시하고

총독은 마명심을 끌고 안으로 사라졌지.

말 탄 열혈 청년들 앞장서서

성관의 관문 부수기 시작으로

무리들은 일제히 달려들어 맹공 퍼부었지.

한 번도 당한 적 없는

청나라 난주 수비대는 혼줄이 나

할 수 없이 협상 자청하였다네.

열흘 후에 마명심을 돌려보낸다는

총독의 약속, 실은 새빨간 거짓말.

지원군 기다리는 야비한 속임수.

퉁간들은 철석같이 믿고

무엇보다 스승의 안위 때문에

공격 멈추었다네.

그러나 마명심은 그날 해 떨어지기 전
목이 잘려 마구간에 버려졌다지.

이튿날 청나라 정예 팔기병 삼천기
급보 받고 난주로 돌개바람 되어 나타났지.
스슈산 지휘 아래 모인 통간 오천이 된다 해도
애초부터 농사 짓고 양몰이 하는 오합지졸들
승패는 처음부터 판가름 났다네.
모두들 힘껏 싸웠으나 역부족
수많은 통간들 차례로 쓰러지고
스슈산도 창에 찔려 숨 거뒀지.
열세에 몰린 무슬림들은
난주 서남쪽 화림산(華林山)으로 퇴각하여
새로이 전력 가다듬었지.
그들의 저항은 참으로 완강했다네.
죽어도 천국 갈 테니
궁지에 몰리면 황하에 뛰어들겠다며
죽음도 개의치 않았다네.
건륭제(乾隆帝)는 장수 아계(阿桂)를
흠차대신(欽次大臣)으로 임명하고
이만여 진압군 지휘토록 했다네.

조이고 조이고 또 공략 시도해도

끝까지 버티고 저항하였다지.

식수 바닥나고 먹을 것 다 떨어져도

아버지의 두건 어깨띠로 걸친

여걸 살리마 지휘 아래

투항하는 사람 하나 없이

끝까지 싸우다 모두 장렬한 죽음 맞이했다네.

청군은 마을마다 고을마다 샅샅이 뒤져

자흐리 교단 남자들 목을 베고

여자들은 노비로 나누어 가졌다지.

사내아이들은 멀리 운남 쪽으로 데리고 가

모두 노예로 팔아 버렸다는 거야.

난리에 죽은 통간 만 명이 넘었다니

난주 지역은 온통 피바다가 된 셈.

이렇게 철저히 씨를 말려서

이 땅에서 자흐리 교단을 영원히 잠재운 거지.

아! 그러나 그것은 끝이 아니라 시작이었을 뿐,

싸움에서 패해 산으로 도망쳤던

살아남은 자들 하나둘 모여

스승과 동료와 가족들이 흘린 피에

통탄의 눈물 흘리며 복수 다짐했지.

그로부터 삼 년 후
마명심의 제자 전오(田伍)가 이끈
저 석봉보(石峰堡) 성전 비롯하여
통간들의 봉기는 끊임없이
일어나고 일어나고 또 일어났다네.

마명심의 시신은
어느 한 노인이 그 머리만 몰래 훔쳐
자기 조부 묘에 합장하였다가
훗날 여러 우여곡절 끝에
난주의 도수평(桃樹坪)으로 이장해
오늘날 자흐리 교단의 성소가 되고
모든 통간의 자랑스런 성지 되었다네.

이 모두 알라신의 거룩한 뜻 아니고서
어찌 일어날 수 있었겠는가.
알라 후 아크바르,
알라 후 아크바르!

Ⅲ.
설흔 즈음에

1. 나무

소나무

나는 소나무가 지닌 덕을 칭송할 수 있으리만큼 아직 문리 (文理)가 틔지 못했을 뿐더러 또 그것의 숱한 밀어를 수신할 수 있는 시인적 자질을 갖추지도 못했다. 그런대로 소나무의 향기와 솔잎이 그윽이 드리운 아름다운 자태를 그저 즐길 뿐 이다. 어려서 그것이 결코 어떤 연유에서인지 잘 기억되지는 않지만 소나무가 땔감 이외엔 아무 쓸모없는 이른바 망국수 라는 가르침을 배운 뒤로는 높은 산과 낮은 구릉에 지천으로 깔린 소나무를 볼 때마다 "하필이면 저것들이……." 하고 경 멸의 투덜거림을 내뱉고는 하였었다. 작달막한 키에 배배 꼬 인 몸가짐이 어쩐지 싫어 스스로를 학대하듯 마구 가지를 꺾 고 줄기를 휘어잡아 짓밟곤 하였다.

불혹을 바라보는 문턱에 다가서서 이제야 나는 소나무의 운치를 조금은 알 듯도 하다. 윤기 흐르는 솔잎 너머로 불쑥 달이 얼굴을 내민 것이며, 솔가지 사이로 밀려오는 바람의 시원한 소리며, 송진 냄새의 미묘한 뉘앙스, 그리고 마을 뒷산에 우뚝 버티고 서 있는 고고한 모습이며, 때로는 그 걸직한 탁성(濁聲)으로 하여 시골 아이들의 돌팔매를 피해 날아드는 까마귀마저 품속에 안아 주는 너그러움 같은 것이 이제 조금씩 마음에 드는 것 같다. 그리하여 이제사 선인들이 남긴 산수화 속에 다양한 모습으로 그려진 소나무의 운치를, 그리고 그것들이 인간과 거의 대등한 비중으로 다뤄질 수밖에 없었던 참 마음을 조금쯤은 알 듯도 하다. 올해도 식도락을 즐긴다는 어느 분의 가르침대로 송충이 튀긴 것을 안주로, 독한 진(Gin)을 기울이며 소나무의 그윽한 향기를 이중으로 맛보며 사라져 가는 심산의 그윽한 풍치를 한번 불러 일으켜 볼거나.

자작나무

개마고원의 사람들에게는 시신(屍身)을 자작나무 껍질로 싸서 땅속에 묻는 풍습이 있다.

내가 아직 철이 채 들기도 전 조부님이 돌아가셨을 때도 입관하기 전에 넓은 두루마리 같은 번쩍이는 흰 나무껍질을 관 속에 까는 것을 둘러선 어른들의 다리 틈 새로 지켜보며 고모들이 일제히 터뜨리는 울음소리를 들었다.

훗날 조금은 철이 들어서 아버지와 함께 조부님의 산소를 찾았을 때 거기 빼꼭히 둘러싼 아름드리 자작나무들이 하늘을 찌르듯 늠름히 서 있던 모습들이 오랫동안 나의 뇌리에 깊은 인상을 남겨 놓았다.

쭉쭉 뻗어 오른 줄기며, 희뿌연 우윳빛 표피며, 구김 없이 아스라이 펼쳐 나간 가지들이 함께 이룩한 자태는 피보다 더 짙게 내 가슴속 깊이 간직되어 왔다.

남쪽 이역 하늘 아래서 내 아버지께서 마지막 숨을 거두시던 날 그 자작나무 숲 조부님의 곁에 모실 수 없는 정치적 현실이 서글퍼 밤새도록 나는 술을 퍼 마셨다. 하기야 잘 정돈된 아파트촌 같은 무슨 공원묘지에 쓸쓸히 모셔지긴 하였지만.

지난봄 내가 봉직하고 있는 학교 앞뜰에는 어디서 가져온 것인지 너덧 그루의 자작나무가 이식되었다. 정통적인 자작나무만을 보아 온 사람들에게는 좀 초라하게 느껴지긴 하겠지만 나에게는 그래도 희미해져 가는 기억만이라도 상기시켜 줄 수 있을 것 같아 그것들을 매일같이 가까이에서 대할 수 있는 처지가 얼마나 다행인지 모르며 뜻밖의 인연이 아닌가 생각되기도 하였다.

그것들이 크게 자라 내 어렸을 때 보아온 고향의 나무들처럼 하늘을 치솟아 북악 준봉과 상응할 때 내 아이들에게 무슨 전설이라도 들려주듯 가슴 깊이 간직된 자작나무 숲의 이야기를 하리라. 억센 북방의 기질과는 거리가 멀게 연약하고 부드러워진 아이들의 모습에서 조금은 위화감(違和感)을 느끼면서.

감나무

서울의 가을은 지하문 밖 협곡의 해묵은 감나무들과 더불어 짙어 간다. 이끼 낀 기와지붕과 한 머리 허물어진 돌담과 가파른 바위산이 배경이 되어 탐스런 주황색의 감들과 조응될 때 계곡의 시냇물에 잠긴 하늘은 나날이 쪽빛을 더해 간다.

맑고 투명한 대기 속에서 조금은 나른해진 태양 빛이 단물의 마지막 한 방울마저 아낌없이 깃들이도록 벌거벗은 나무에 주렁이는 주황색의 원형(圓形)들을 투사한다.

산협에는 서리가 내려 산기슭 관목의 앙상한 가지들이 여위어 갈 때도 감나무는 오히려 가지마다 토실한 열매를 살찌운다. 이때 비로소 과실이란 과일 가게의 휘황한 전등 밑의 노대(露臺)에서가 아니라 나뭇가지에 매달려 햇볕에 조명될 때 최상으로 아름다움을 터득케 한다. 과실도 한 꽃임을, 그리고 나무의 신선한 표정임을 아울러 일깨워 줌도 감나무가 지니는 미덕일 게다.

해 질 녘 지나가는 길손이 돌담 밖에서 잠시 발을 멈추고 잎새 하나 없는 검은 흙빛 가지에 무슨 기적처럼 매달려 태양의 잔광을 흠뻑 쐬고 있는 주황빛의 감들을 물끄러미 바라보다 드높아져 간 하늘을 새삼스레 인식하는 순간 문득 가슴 속을 스쳐가는 여정과 향수의 파문을 지극히 짧게나마 느꼈다손 치더라도 그를 한낱 어리석은 감상객(感傷客)으로 몰아칠 수만은 없을 것 같다.

그때 나그네의 뇌리에는 필경 벌겋게 단풍이라도 든 듯 집집마다 감나무들로 둘러싸인 향리(鄕里)와 고목과 촌로들과 홍시, 곶감, 변비로 고생하던 어린 시절이 거의 동시에 뒤범벅이 된 채 스쳐갔으리라. 그리고 종종 감나무 가지에 내려앉아 익은 감을 쪼다 할아버지의 다급한 고함소리에 마지못해 깃을 펴 유유히 날아가던 고향의 까마귀마저 이제는 한 그리움처럼 그의 가슴을 적셔 놓았으리라.

온종일 찌뿌듯한 늦가을, 노인들이 긴 장대로 서둘러 감을 다 따버리면 감나무는 성황당 앞의 검은 고목처럼 을씨년스레 서 있었고, 저녁나절 동구 밖 빈 고가(古家)의 해묵은 감나무에는 까마귀 두어 마리 목구멍에 감 씨 걸린 걸직한 목청으로 간간이 울어댔지. 그런 날 밤이면 으레 골방에서는 노인의 기침 소리와 가래 끓는 소리가 더 잦아졌지.

삼각산 마루로부터 삭풍이 내려 불고 자하문 밖 해묵은 감나무에 감이 다 떨어져 죽음 같은 검은 그림자 가지 위에 드리우면 한 해도 그만 저물고 만다.

2. 이타카를 지나며

"저게 바로 이타카로구나!"

선창을 통해 내 망막 속에 차츰 크게 비쳐 들어오는 한 조그만 육지를 바라보며 나는 나도 모르게 소리 내어 중얼거렸지.

브린디시 항을 떠난 지 10여 시간 만에 날도 저물어 가는 이오니아 해 동녘 하늘 밑에 불쑥 커다란 섬 전체가 나타나 어느새 우리들의 배 옆에 다가와 있지 않은가. 나는 선실 밖으로 걸어 나와 조금은 상기된 기분에 젖어 서서히 다가오는 전설의 고장을 우현 난간에 기댄 채 물끄러미 바라보았지. 파도 하나 일지 않는 검푸른 바다 위에 여객선 페가수스호는 수많은 파문을 일으키며 앞으로 향진했지. 섬 전체는 엷은 자줏빛 안개 속에 젖어 저만큼 놓여서 더 이상 가까워지지 않고 일정한 거리를 유지한 채 어두워 가는 하늘에 서서히 윤곽을 변화시켰지. 갈매기는커녕 물새 한 마리 얼씬대지 않는 죽음

의 고요 속에서 이타카는 차츰 그 옛날 서사시의 장엄한 대단
원을 이루었던 그때 그 모습으로 내 망막 속에 비쳐 있었지.

오뒤세우스여!

불운하였으나 행복하였던 사나이 오뒤세우스여! 당신은 젊
어서 이민족 패륜아를 응징키 위하여 분연히 일어나 10년은
전쟁터에서 또 다른 10년은 포세이돈의 저주로 하여 에게 해
를 내내 방황하다가 고향 떠난 지 20년 만에 외로이 귀향했었
지. 늙으신 아버지와 얼굴조차 기억할 수 없는 아들 텔레마크
스, 그리고 남편을 내내 불사신으로 높임으로써 스스로를 절
제할 줄 알았던 현처 페넬로프의 품에 돌아옴으로써 길고도
외로웠던 방랑의 여정에 종지부를 찍었었지. 고향을 떠난 20
년은 참기조차 어려운 끔찍이도 오랜 기간이었지. 그때 당신
은 돌이킬 수 없는 신의 저주로 인하여 살아생전에 고향의 흙
을 영영 다시는 밟을 수 없는 불운의 사나이로 간주하고 스
스로를 "시바 세계에 태어난 인간으로서 가장 불운한 사람의
아들"이라 한탄하기도 하였었지. 그리하여 방황의 역경 속에
서도 언제나 고국 이타카의 하늘에 피어오르는 연기만이라도
한 번 보고 싶은 염원에서 가슴 태우며 "평생을 자기의 고향
땅에서 보내는 행운아들"을 무척이나 부러워하였었지. 그러
나 오뒤세우스여, 당신은 결국 한 영웅답게 당신의 태를 묻었

던 그곳에 살아 돌아옴으로써 고난과 역경으로 점철된 긴 세월이 이제 아름다운 추억으로 돌변케 되었지. 20년이란 참으로 긴 세월이지. 사람의 한평생에서 그것도 성년이 된 이후의 20년이란 어떤 사람들에게는 그 자체가 생 전체일 수도 있지 않겠나.

이제 처자를 두고 고향 떠난 지 20년도 훨씬 넘도록 이역 하늘 아래서 서성대다가 종래는 저승객이 되어 버린 우리들의 아버지 이야기에 귀 좀 기울여 주려나, 오뒤세우스여!

그 옛날 당신의 시대에는 제신들이 올림퍼스 산정에 거하며 세상을 다스리고 있었으나, 우리네 시대에는 거인들이 화부(華府)와 막부(莫府)에서 각기 자리를 잡고 서로 장기를 두며 세상에 바람을 일으켰다네. 세계가 한결 넓어진 것과는 관계없이 이제는 나라와 나라, 민족과 민족 사이가 아니라 한 나라 안에, 때로는 한 종족 속에 무의미한 충동질을 하여 사람들은 동족이란 의식조차 저버린 채 서로의 얼굴에 총부리를 겨누었지. 심하게는 아비와 아들이 형제와 자매들이 각기 생각이 다르다는 단순한 이유 하나만으로 참극까지 일으키지를 않았겠나. 멀리 동아시아의 끝자락인 해 밝고 물 맑으며 예절조차 발랐다고들 하는 내 조국에서 말이오. 그때 우리들은 아직 어린 나이에 어른들의 어깨 너머로 신도 영웅도 없는 미친 무리들의 아우성을 낱낱이 보고 들었지. 우리 아버지도 결코 영웅도 전사도 아닌 한 평범한 사내에 지나지 않았다오. 아직 젊은 나이에 나라 잃은 서러움마저 곁들여 처자를 고향 땅에 버려둔 채 훌쩍 집을 떠나 10년이 넘도록 만주 벌판을 유랑하였다지. 그러니까 해방된 그해 어느 늦가을 날 대문 밖에서 서성대며 기웃거리던 홀쭉하게 여윈 웬 중년 사나이를 보자 어머니가 맨발로 달려 나가 소리 높여 울어댈 제 그때 비로소 나는 내 아버지의 현현(顯現)을 목도했었지. 오뒤세우스여, 우리 아버지의 귀환은 전리품을 가득 담은 마차의 행렬을 뒤에 길게 거느린 저 아가멤논 왕의 자랑스러운 개선도 아니요, 더욱이 당신처럼 예리한 칼을 허리춤에 숨기고 변장한 채 옛 권속들의 마음을 떠보아야 하는 불안에 찬 귀향은 더욱이 아니었다오. 때 묻은 광목 띠로 멜빵을 하고 등에 멘 낡은 고리짝과 나중에 그 속에서 꾸겨져 나온, 때에 절은 몇 벌의 내의와 호복(胡服)이 아버지가 집으로 가져온 물건의 전부였지.

그 후 아버지는 나라를 되찾았다는 술렁임 속에 몇 차례 먼 곳까지 다녀오더니 그만 두문불출 내내 집에 머무른 채 독주만 퍼마시며 세월을 보내셨지. 그때 어머니는 그 이상 더 바랄 것이 없다는 듯 내내 한숨만 쉬던 이전 모습일랑 아예 씻어 버리고 기쁜 나날을 보내셨지. 그러나 오뒤세우스여 이 같은 영일의 나날도 우리에겐 오래 허용되지가 않았다오. 아버지가 고향으로 돌아온 지 4~5년도 못 돼서 예의 막부와 화부에서 내어 뿜는 바람으로 하여 서로가 미친 듯이 날뛰며 조용한 아침의 나라에 북새통을 일으키지를 않았겠나.

꼭 무슨 독초 뜯어 먹고 발광하는 미친개의 무리처럼 바람이 몇 차례 휩쓸고 지나가니 온누리는 온통 수라장이 되지 않았겠나.

눈바람이 몹시 휘몰아치던 어느 겨울날 아버지는 어린 나만 데리고 고향을 다시 등지셨다네. 그것이 적어도 아버지께는 고향과 어머니 곁을 영영 떠나는 마지막 이별이 될 줄이야. 그 후 아버지는 햇빛 따사로운 남녘 하늘 아래에서 10여 년을 더 유랑하다 쓸쓸히 세상을 떠나셨지. 술이 거나하면 노상 되뇌고 또 되뇌던 몇몇 구절들이 지금도 내 귓전에 생생히 기억된다네.

"고향에 들어가는 날 나는 개처럼 도랑 속에 코를 처박고 쓰러지리라. 아, 고향에 돌아가는 날 밤 나는 고향집 대들보에 목을 매어 길게 드리우리라……."

그 음성 내 곁을 떠난 지도 어언 40년. 오늘 나 또한 나그네 되어 수륙만리 이역 땅을 헤매는 몸이 되었다네. 당신이 그토록 자랑하며 못내 그리워하던 네이온 산록의 이타카―"곡식 많이 자라고 포도송이 풍성하며 소나기 가끔 내려 이슬 맑게 맺히는, 그리하여 염소와 소들이 진종일 햇볕에서 노니는 훌륭한 목장도 있고 온갖 나무들이 울창하여 샘물이 마르지 않는" 그 고장 못지않게 우리네의 고향도 아주 훌륭했다오. 뒤로는 백학산(白鶴山)이 우뚝 솟아 병풍 둘러치고, 앞에는 사철 눈부시게 넘실대는 바다가 있었지. 이깔나무, 박달나무, 물푸레나무, 자작나무가 뒤엉켜 온통 숲을 이루고 둔덕에는 소나무, 돌배나무들이 줄지어서 있었지. 들판에는 오곡이 풍성하고 풀밭에는 소들이 진종일 새김질하며 누워 있었지. 하늘에는 솔개가 유유히 날고 개울에는 살진 물고기들이 풍성히 뛰놀았다오. 그 옛날 여진족들이 쌓아 놓았다는 성터에선 한밤중이면 으레히 개승냥이의 울음소리가 처량히 울려오곤 했지. 고향 떠나온 지도 어언 50년. 돌아갈 날은 참으로 아득하다오. 그대는 노상 아테네 여신의 도움으로 온갖 역경을 이겨냈고 필경에는 고향 땅을 되밟는 행운이라도 얻었지만, 우리에겐 도와줄 여신도 도움을 청할 신령도 하나 없다오. 아! 언제나, 아직도 땅속에 남아 있을 아버지의 시신을 거두어 대대로 이어오는 그곳 선영에 묻을 수 있을꼬. 내 살아생전에 한번쯤이라도 그것이 허용된다면 나도 기꺼이 내 태를 묻은 그곳 할아버지들의 곁에서 애초의 원형으로 요해되리라.

오뒤세우스여!

불운하였으나 행복하였던 사나이 오뒤세우스여. 우리는 영웅도, 전사도, 그 어느 쪽도 아니라오. 그 옛날 당신이 고향을 떠나 타관을 헤맸던 그 연한의 세 배만큼이라도 좋으니 귀향이 허락된다면 우리는 기꺼이 참고 온갖 것을 감내하리라. 사람이 제 뿌리를 벗어나 이역 하늘 아래서 살아감이 얼마나 허망된 짓임을 그대 일찍이 체험한 터지요. 고난은 그것을 겪은 자만이 알아보는 법, 부탁하오니 오뒤세우스여. 나의 조그만 소원이 이룩되도록 도와주구려. 그것은 핏줄이 그 뿌리를 찾아가 접목됨으로써 존재의 근원적 의미를 찾으려는 아주 조그만 바람이라오.

차고 눅눅한 바람이 내 뺨을 스쳐 가네. 이타카는 차츰 내 시야에서 멀어져 가 종래는 무슨 어둡고 커다란 바윗덩어리처럼 컴컴한 음영을 남기며 바다 저편으로 사라져 갔지.

파트라스까지는 아직 4~5시간을 더 달려야 하고 내일 아침 나는 에게 해를 보게 될 것일세.

3. 어느 한 승려의 죽음

한 젊은 스님이 속세와 인연을 끊고 금강산에서 수도하고 있었다. 그러나 일제가 우리 민족에게 행한 야만적 탄압은 날로 가중되어 이 젊은 스님을 더 이상 산속에서 도나 닦게 가만히 놔두지 않았다. 이윽고 그는 절간 문을 박차고 만주로 건너가 젊은 항일 대열에 끼었다.

살생을 금한다는 불계도 아랑곳없이 신출귀몰 불사신처럼 최선봉에 서서 왜적과 싸웠다. 여러 번의 혁혁한 공훈도 세웠다. 그러나 어느 전투에서 그는 뜻하지 않게 왜놈의 흉탄(兇彈)에 맞아 쓰러졌다. 동료들의 부축으로 전장을 간신히 벗어났으나 스님이 받은 상처는 치명적이었다. 동지들이 둘러서서 그의 이승에서의 마지막 모습을 지켜보고 있었다. 그때 그는 간신히 입을 열어 희미해져 가는 의식 속에서 중얼거렸다.

"여보게. 내가 사내로 태어나서 여태껏 여자와 입 한번 맞쳐 보지도 못하고 죽어가다니…….”

그를 에워쌌던 동료들 거개가 소리 없이 사라졌다. 잠시 후 그들은 각기 자기 아내의 손을 이끌고 이 죽어 가는 젊은이의 마지막 소원이라도 풀어 주려는 듯 서둘러 달려오고 있었다. 그러나 그들이 당도하였을 때는 스님은 이미 저승으로 떠난 다음이었다.

에드가 스노우의 동반자인 님 웨일스가 쓴 『아리랑의 노래』 속에 삽입된 이 짤막한 한 토막의 에피소드를 처음으로 읽었던 학창 시절, 이 글은 나에게 거의 어떤 감격에 가까운 깊은 충격을 주었음은 물론 여러 날 불면의 밤을 가져왔었음을 지금도 나는 생생히 기억하고 있다. 출가와 파계, 그리고 영웅적 죽음으로 이어지는 한 무명의 젊은 스님의 일생은 우리 민족이 어두웠던 시절 생을 부여받고 이 땅에서 서식하게끔 운명 지어졌던 숱한 젊은이들이 마땅히 걸어야만 했던 길이었으며, 그것은 또 민족의 영원한 귀감이 됨을 나는 굳게 믿어 의심치 않는다.

스님의 너무나 인간적인 유언과 그를 에워쌌던 동지들의 애정 어린 행위는 허구적인 문예물보다 더 극적인 대단원을 이룩함으로써 한결 높은 차원에서 승화되었다. 허구가 아닌 사실이기에 그것은 진실되다. 그러기에 그것은 상당한 강도로 젊은 나의 마음을 마구 흔들어 놓았고 그 후 내내 인생과 민족을 생각하는 또 다른 계기를 마련해 주곤 하였던 것이다.

피는 물보다 짙다고들 한다. 그러나 피보다 더 짙은 것이 있으니 그것이 바로 이데올로기라고 오늘날 사람들은 입을 모아 이야기한다. 사실 이데올로기 때문에 혹은 종교 때문에 동족끼리, 이웃끼리, 심지어는 형제끼리 한 치의 양보도 없이 서로 피를 흘리며 싸워 온 무수한 참극들을 멀리에서 혹은 가까운 주변에서 목도하였다.

조국보다는 이데올로기를, 민족보다는 종교를 우선하는 이들 행위가 과연 정당히 평가될 수 있는 것일까.

종교를 위해서 평생을 바쳤고 그 부문에서도 상당한 경지와 지위를 누리던 분이 조국과 민족을 위해서라면 기꺼이 그 모든 것을 버리겠노라고 했다는 이웃 나라의 어느 유명한 고승의 이야기를 나는 알고 있다.

조국이 외적의 말발굽 아래 처절히 유린될 때 분연히 일어나 이 땅을 지키기에 앞장선 서산대사와 사명당의 이야기는 오늘날 전 불가의 긍지요, 민족의 자랑이다. 훌륭한 전통은 이어지기 마련, 그것은 면면히 그리고 도도히 우리의 핏속을 관류하여 오늘에 이르렀다.

수많은 젊은 생령들이 외적의 총칼 아래 이슬로 사라질 때 오불관언하고 오로지 염불과 수도로써 일관하여야 함이 호국의 의미요 불가의 본질이라 한다면, 조국 없는 종교보다 차라리 종교 없는 조국을 택하겠노라 외친다면 부처님께서는 아마 웃으실까. 이단자가 오히려 신의 귀여운 자식이란 역설이 있듯 불문을 박차고 나와 항일의 대열에서 기꺼이 목숨을 바친 무명의 그 스님이야말로 부처님의 또 다른 참뜻이라 한다면 나는 부끄러이 불전에 엎드려 향불을 올리겠다.

4. 군가(軍歌)와 더불어

눈이 내린다.

어둘 녘, 즐비하게 이어 간 기와지붕 위를, 아스팔트 위를 온통 잿빛으로 뒤덮은 도회지 하늘에 펄펄 눈이 내린다.

나는 지금 무슨 왕궁의 이름으로 불리는 찻집 이 층 폭신한 의자에 기대앉아 멍하니 창밖을 내다보고 있다. 조금 전만 하더라도 그저 흰 가루와도 같던 것이 이젠 제법 큰 송이가 되어 찻집 넓은 유리창에 부딪히며 온통 우윳빛 유리로 만들어 준다.

내 주위에 혹은 으슥한 구석에 앉아 그렇게도 소란스레 떠들어대던 사람들도 어느새 쥐 죽은 듯 조용히 자리하고 눈송이들이 가져다주는 창문 밖 먼 잊었던 하늘을 응시한다. 찻집 여자들도 축음기판을 벌써 갈아야 하는 것도 잊은 채 얼어붙은 양 창문께로 눈을 주고 있다.

눈은 대체로 우리를 어떤 환상적인 세계로 이끌어 준다. 그리하여 혹은 생활에 쫓겨 퍽이나 오랫동안 까마득히 잊어 왔던, 이제는 어렴풋한 꿈속에서 더듬는 희미한 옛이야기며 고장을 우리에게 생생히 불러일으켜 주는 마력을 가지고 있다.

가령 이같이 환상적이며 꿈속과도 같은 아늑한 마력 속에서까지 우리의 상상력이 지극히 빈약하여 메마른 어떤 사막의 가장자리에서 서성대고 있다면, 그리하여 사막 자체가 우리에게 느끼게 하는 삭막함을 가슴 깊이 실감케 한다면 그것은 대체 어찌된 영문에서일까.

그것이 어떤 단순한 허영적인 심정에서나 혹은 치졸한 감상에서가 아닌, 저 마음의 근저에서 동요하는 하나의 절실하며 격렬한 감정에서라면 그것의 의미를 조용히 구명해 볼 필요가 있지 않겠는가.

나와 같은 나이 또래 아이들이 울음을 터뜨리며 세상에 태어났을 때는 초콜릿 공장은 화약 공장으로 개조된 지 벌써 오래되었다고들 했다. 그러므로 성년이 된 오늘날까지 튼튼한 치아를 자랑하게 되었음을 오히려 감사히 여겨야 할는지도 모르겠다. 그리고 이제는 어머니란, 오직 우리가 혹은 놀음에 지쳐 혹은 다른 아이가 할퀴어 울면서 돌아와 방문을 열었을 때 거기 언제나 묵직하니 자리하고 있는 커다란 체경이나 장

롱과 같은 가구처럼 방 안에 늘 계셔 주시는 것만으로 족하게
여기는 나이에 달했을 때는, 우리가 그렇게 가지고 싶어 했던
세발자전거며 재미난 장난감을 마련해 주는 이는 정말 아무
도 없었다. 우리는 그때 늘 우리들 스스로가 마련한 나뭇조각
이며, 반들반들한 돌멩이며, 그릇 깨어진 것이며, 그리고 우
리들 자신이 신고 있던 고무신을 갖고 놂으로써 나날이 왕성
해진 완구욕을 달래지 않으면 안 되었다.

사실 그때 내 고무신은 밋밋한 땅에서는 자동차가 되었고,
모래밭 터널을 지날 때는 기차가 되었으며, 비 온 날 빗물이
흥건히 고인 도랑이며 길가 웅덩이에서는 배의 역할을 훌륭
히 해냈던 것이다.

이제 책보자기를 옆구리에 끼고 학교 문을 두드리는 나이
가 되었을 때, 아! 그때 우리는 얼마나 란도셀을 메고 싶어 했
던가. 허나 모든 피혁으로 군화를 만드느라 우리들 꼬마의 사
치스런 차례까지는 없다고들 했다.

어른들은 우리에게 전쟁 영웅의 이야기며 그들의 찬가만을
귀 아프게 들려주었다. 니스즈미 대위니, 히로세 중좌니, 가
도오 소장이니 하는 이웃 섬나라의 전쟁 영웅 이야기를 무슨
인생의 귀감처럼 가르쳐 주었다.

그때 우리는 군가와 더불어 잠이 깼었고, 군가와 더불어 병
정놀이에 지쳤었고, 또 군가와 더불어 잠을 잤다. 우리에게

이솝이며 안델센을 들려주는 이는 정말 그때엔 아무도 없었다. 그리하여 우리는 이웃 사랑보다 이웃에 대한 적개심을, 이웃에 대한 이해보다 무자비한 섬멸만을 익혀 왔다.

훗날 우리가 나라를 되찾고 세계에서 가장 으뜸 된 평화애호 민족으로만 알고 있을 때 우리는 영화에서나 그림에서나 오직 이야기에서만 들어왔던 '전쟁'을 조국 땅에서 똑똑히 보지 않으면 안 되었다. 우리는 전쟁에서 형님을 잃었고 또 동무마저 잃어야만 했다. 우리는 어린 두 눈으로 우리의 집들이 무참히도 부서짐을 보았고 길가에서 뒹굴던 무수한 주검도 보았다.

아! 그때 우리는 얼마나 많은 날들을 죽음의 공포 속에서 떨었던가.

눈보라가 세차게 휘몰아치던 날 나는 고향과 어머니를 함께 여의었다.

눈이 내린다.

어둘 녘, 즐비하게 이어 간 기와지붕 위를, 아스팔트 위를 온통 잿빛으로 뒤덮은 도회지 하늘에 펄펄 눈이 내린다.

나는 지금 무슨 왕궁의 이름으로 불리는 찻집 이 층 푹신한 의자에 기대앉아 멍하니 창밖을 바라보고 있다.

5. 자화상(自畵像)

　나는 지금 등나무를 교묘히 꾸부려 만든 안락의자에 비스
듬히 기대앉아 파이프에 불을 댕긴다. 멀리 남양의 어느 나라
에서 난다는 나무뿌리로 잘 다듬어 만든 파이프에다 이 또한
물 건너 조그만 어느 섬나라의 특산품인 엽연초를 담아 태우
며 그것의 향기를 즐겨 본다. 기름진 요리들로 알맞게 채워진
나의 위는 지금 최고의 상태로 나를 안일하고 비할 바 없이
즐거운 휴식 속으로 인도한다. 활짝 열어 놓은 창문으로는 요
사이가 한창인 가지가지 꽃들의 독특한 짙은 향내가 뒤범벅
이 된 채 미풍과 더불어 싫지 않게 간간이 얼굴을 스친다.

　나는 가벼운 만족과 나태를 느끼며 두 팔을 잔뜩 벌리고 힘
껏 기지개를 켜본다. 이럴 때 흥겨운 멜로디라도, 가령 모차르
트의 경쾌한 소품 한 곡조쯤 듣고 싶은 충동마저 느껴 본다.

　한쪽 다리를 다른 쪽 다리 위에 포개 얹고 안락의자에 비스

듬히 기대 앉아 보랏빛 연기를 피우며 파이프를 물고 있는 이 멋진 포즈를 스스로 확인하기 위하여 맞은 편 벽에 걸린 거울 속에 내 모습을 비춰 본다. 그러나 이 어찌된 일인지 거울 속의 나의 얼굴은 거의 울상이 되도록 일그러져 있는 것이 아닌가. 나는 그것이 믿어지지 않아 다시금 눈을 크게 뜨고 거울 속의 나를 응시한다. 허나 나의 눈은 고독한 짐승의 그것처럼 끓어오르는 분노로 또 어쩌면 한없는 슬픔을 머금은 채 지금 나를 쏘아보고 있지 않는가.

무엇인가 꿰뚫어 보려는 저 눈. 아! 저 눈.

그것은 이미 말라 비틀어져 이제는 한 방울조차 나기를 거부한 엄마의 젖을 그래도 빨며 자라온 어린 아가의 눈이다.

그것은 사탕 대신에 주먹을 빨며 혹은 동그란 작은 돌멩이를 입속에 넣고 굴리며 자라온 꼬마의 눈이다.

그것은 솥이며 장롱이며 그릇이 흰 딱지가 붙은 채 낯선 사람들에 의하여 우차에 실려 갈 때 어머니가 뒤에 매달려 동동발을 구르며 울부짖던 모습을 지켜본 눈이다.

그것은 밥 대신에 도토리며 대두박(콩깻묵)으로 배를 채우며 자라온 어린 소년의 눈이다.

그것은 다른 나라의 전쟁을 위하여 관솔과 오나모미(도꼬마리)를 찾아 맨발로 산과 돌을 헤맨 소년의 눈이다.

그것은 일본의 어느 군수공장으로 간다는, 배의 난간에 붙어 서서 소리 높여 통곡하던 그 까맣고 긴 머리채를 찰랑이던 누나를 마지막으로 본 소년의 눈이다.

또 그것은 어느 날 돌연히 날아들어 온 빨간 종이쪽지 입영 통지서를 받아 든 형님의 등을 어루만지며 흐느끼던 어머니를 지켜본 소년의 눈이다.

그것은 코 크고 눈이 파란 먼 이국의 병사를 우리의 해방자라고 흥분하여 맞이하던 어른들의 물결을 바라본 소년의 눈이다.

그것은 또 어제까지만 하더라도 우러러 떠받들리던 이웃 섬나라의 사람들이 하루아침에 노한 군중들의 돌팔매에 피 흘리며 거리에 쓰러진 모습을 지켜본 소년의 눈이다.

아! 그것은 또 우리의 형제들이 저들 해방자가 가져다 준 총을 서로의 얼굴에 겨누며 싸운 동족상잔을 역력히 보아 온 소년의 눈이다.

그것은 동족의 손에 죽어 우물 속에 버려진, 이제는 얼굴조차 구별할 수 없이 썩어 버린 수백의 시체를 낱낱이 보아 온 소년의 눈이다.

그것은 이미 불바다가 된, 먼 할아버지 때부터 내려오던 집이며 곡간이며 고목이며 숲을 멀리 산등성이를 넘으며 마지막으로 돌아서서 보던 소년의 눈이다.

또 그것은 혹은 팔다리가 부러지고, 혹은 눈이 멀고, 혹은 반송장이 되어 낯선 고장의 거리를 헤매던 나의 형님들을 무수히 보아 온 소년의 눈이다.

그것은 이국 병사의 억센 팔에 안겨 웃음을 파는 내 누이들을 곳곳에서 보아 온 소년의 눈이다.

그것은 또 무료 급식소 앞에, 혹은 피를 팔기 위해 아침 일찍 종합병원의 문전에 장사진을 친 나의 형제들을 보아 온 그 눈이 아닌가.

그리고 또 그것은…….

나는 아직 다 타지 않은 담배를 털어서 끄고는 파이프를 집어넣고 자리에서 일어나 창문께로 뚜벅뚜벅 걸어간다.

나는 창밖 어두움을 응시하며 창가에 우두커니 마냥 서 있다.

6. 만주리(滿州里)

만쥬리.

조용히 입속으로 속삭여 보라.

만쥬리.

이 삼 음절의 짧은 언어가 그래도 아무런 의미를 불러일으키지 못할 때 다른 지명들과 더불어 나직이 되뇌어 보라.

치타, 만쥬리, 치치하얼.

머나먼 나라의 이야기처럼 이제 우리들의 귓전에 다정히 메아리치지 않는가. 그리하여 퍽이나 오랫동안 잊어 왔던 아득한 추억의 하늘을 우리들의 망막 속에 살며시 불러일으키지 않는가.

어려서 우리 집에는 짙은 자줏빛 테두리를 한 액자 속에 풍경화 하나가 걸려 있었다. 멀리 잿빛으로 아련히 보이는 지평선 가까이에 옹기종기 지붕들이 모여 있고 마을 가운데에는 층층으로 된 둥그스름한 몽골식 사원의 뾰족한 첨탑이 우뚝 솟은, 이런 광경을 굽어보며 한 사나이가 나귀를 빗겨 타고 고갯길을 내려가는 그림이었다.

그 그림 아래쪽 주홍빛이 선명한 낙관 곁에 또박또박 써놓은 세 개의 검은 글자가 '滿州里'라는 것을 안 것은 내가 학교에 들어가고도 훨씬 뒤의 일이었다.

형님은 어느 날 커다란 지도책을 펼치고 나에게 만주리의 위치를 가리키며 멀리 러시아와의 국경에 있는 조그만 중국 마을이라는 이야기도 들려주었다.

그 유별날 것 없는 한 폭의 그림이 어린 나의 마음을 그토록 흠뻑 빼앗았음은 대체 무슨 이유에서였을까.

그것은 회색빛 하늘이 낮게 드리운 부드러운 지평선이었을까.

그것은 마을 한가운데 우뚝 솟은 몽골식 사원의 첨탑이었을까. 혹은 그것은 조그만 나귀를 빗겨 타고 고갯길을 넘어가는 한 사나이의 외로운 그림자 때문이었을까.

일찍이 고향을 등지고 타관을 헤맨 부모를 가진 나에게는 고향이 그리웠다. 하모니카의 떨리는 음을 들을 때마다, 그리고 멀리 사라져 가는 기적 소리를 들을 때마다 향수를 가슴 깊이 느껴 오곤 하던 나에게 만주리의 그림은 비할 바 없이 친근한 벗이 되었다. 그리하여 마음이 언짢고 까닭 없이 우울

해질 때면 나는 몇 시간이고 그 그림을 쳐다보며 멍하니 보내고는 하였다.

잿빛의 낮게 드리운 지평선에서는 먼 고향의 하늘을 엿보았고, 몽골식 사원의 첨탑에서는 억누를 수 없는 이국정조의 갈증을 달래었다. 그리고 거기 외로이 나귀를 몰아 고갯길을 넘어가는 한 사나이의 모습에서 나는 내 몸 속속들이 배어 있던 여수(旅愁)를 한껏 맛보았던 것이다.

그리하여 만주리는 어린 내 가슴속에 동경의 불꽃을 일게 하였고 꿈을 살찌워 주었다. 나에게 만주리 이야기를 처음 들려준 형님은 이차대전 말엽 첫서리가 내린 어느 가을날 학도병으로 일본군에 끌려갔다. 그리고 몇 달 후 유별나게 까치가 우짖던 어느 날 아침 형님한테서 최초의 편지가 날아왔다.

"여기는 만주의 북쪽 국경 지대
영하 45도를 오르내리는 북극의 땅
저기 러시아의 마을이 굽어보이는
만주리의 어느 고지에서……."

형님은 그 후에도 몇 차례 기나긴 사연의 편지를 보내 주었다.
그리고 우리 집 그림에 있는 그 고갯마루에도 찾아 올라간 이야기도 들려주었다.

전쟁이 끝난 후 철수네 형님도, 분이네 오빠도 까맣고 홀쭉해진 얼굴로 부르튼 발을 끌면서 집으로 다들 돌아왔을 때도 나의 형님은 영영 다시는 돌아오지 않았다.

형님은 어느 싸움터에서 혹은 어느 포로수용소에서 마지막 숨을 거두었는지 알 길이 없었다. 그러나 나는 형님은 필경 만주리가 내려다보이는 어느 언덕에 파묻혀 있으리라고 믿었다. 그리하여 향수와 이국정조와 여수를 나에게 가르쳐 준 만주리는 최초로 죽음의 의미도 실감케 하여 주었다.

형님이 즐겨 부르던 가곡을 들을 때마다, 형님이 남기고 간 두툼한 책들을 매만질 때마다, 그리고 어머니가 장롱 속 깊숙이 넣어 두었던 형님의 옷을 입어 볼 때마다 나는 늘 형님의 체취를 느껴 보며 만주리의 하늘이며 언덕이 담겨 있는 그림 앞을 서성거렸다.

6·25사변 때 우리 집은 폭격을 당하였다. 폭탄은 책이며 항아리며 가구를 무참히도 부수어 버렸고, 그것은 또 만주리의 그림마저 산산조각으로 하여 놓음으로써 나의 어린 꿈과 동경을 여지없이 찢어 버렸다.

전쟁은 나에게서 그토록 사랑하던 온갖 것들을 앗아가 버렸다.

나는 고향마저 잃어버린 이방인처럼 낯선 거리를 헤맨다.

나에게는 가지고 있는 것이라고는 하나도 없다.

나는 지금 날 저문 도회지 어느 거리 모퉁이에 서서 어디에선가 들려오는 냉랭한 라디오 기상통보 소리에 귀 기울인다.

"만주리 바람 없이 맑고 영하 25도."

7. 아버지

좋은 달밤이다.

실로 하나 나무랄 데 없는 둥근 달이 동산 숲 위로 얼굴을 내어 밀었다. 이제 막 물이 오르기 시작한 물푸레나무며, 오리나무며, 그리고 연초록의 소나무 숲 속 깊숙이 달빛이 스며들어 작은 가지 끝마다 번지르르한 윤기가 반사된다.

막 파릇해지기 시작한 보리밭 둔덕 위로 보름달이 얼굴을 내어 민 모습도 장관이려니와 연초록의 소나무 가지 사이로 달을 쳐다보는 것도 한결 흥취 있는 광경일게라고 중얼거리며 나는 동산 중턱 바위 위에 걸터앉아 거의 어떤 감격된 기분으로 새삼스레 달을, 달빛을, 그리고 그것의 조명에 의해 어떤 새로운 뉘앙스를 풍기는 물체들을 더듬어 본다. 잔잔히 흐르는 석간수, 검고 육중한 둥근 바위, 그리고 며칠 전 어느 고고학 교수가 우연히 발견하였다는 고인돌이 저기 발아래

널따랗게 달빛에 흠뻑 젖어 있다.

몇 천 년 전 아니면 몇 만 년 전 인간의 손길이 스쳐 갔을 돌 언저리에서 희미한 수택을 느끼며 잠시 숙연한 생각에 잠겨 본다. 그러나 다음 순간 호기심에 찬 상상의 나래가 연달아 꼬리를 물고 활갯짓한다.

대체 그 누가 이런 외진 곳에 조촐한 하나의 무덤을 이루어 놓았을까. 저 둥글넓적한, 흡사 거북의 잔등 형상을 한 바위 아래에는 어떤 사람이 파묻혀 있는 것일까.

나는 저 바위 밑 근처에서 두 개의 거친 돌도끼가 함께 발견되었다는 사실을 상기함으로써 하나의 가능성을 상정하여 본다. 그것은 어쩌면 두 젊은이의 무덤일게라고.

먹이를 찾아 이곳 골짜기까지 올라온 두 젊은 형제를 생각하여 본다. 맑은 시내가 있고 또 신선한 먹이가 풍부한 낙토의 발견을 채 기뻐하기도 전에 그들은 이곳을 터전으로 삼고 있는 맹수의 습격을 받는다. 억센 팔에 쥐어진 돌도끼와 날카로운 이빨과의 피비린내 나는 싸움은 꽤 오랫동안 지속된다. 끝내는 피투성이요 몰골을 분간할 수 없는 두 개의 인간 시체를 개울가에 남겨 놓은 채 다시 태고의 정적으로 돌아간다.

며칠 후 손에 횃불을 쳐든 한 떼의 인간들에 의하여 시체는 확인되고 가까운 언덕 중턱에 그들의 손때가 묻은 돌도끼가 각자의 손에 쥐어진 채로 매장된다.

저 귀갑(龜甲) 형상의 바위를 이들 시체 위에 얹어 놓으며 두 젊은이의 아버지는 분노와 복수의 불길이 활활 타오르는 눈길로 달을, 그리고 하늘을 우러러 울부짖었으리라. 조상의 무덤 위를 장식한 짐승의 껍질을 남김없이 약탈하여 간 백인들에게 죽음으로써 복수를 맹서한 어느 인디언 추장처럼 그도 무자비한 살육을 다짐하였으리라.

아들을 잃은 아버지, 장성한 두 아들을 졸지에 잃은 아버지. 아! 나는 또 다른 하나의 이야기를 알고 있지. 전쟁에서 아들을 잃은 어떤 아버지의 피맺힌 이야기를.

개울을 따라 한 오 리쯤 거슬러 올라가노라면 소나무와 잡목들로 꽉 들어찬 양지바른 분지에 자그마한 암자가 하나 있고, 그 절 앞마당에서 저만치 굽어보이는 시냇가 둔덕진 곳에 하나의 봉분이 남향으로 놓여 있다.

그 무덤 속에 눈을 감지 못하고 숨을 거둔 한 노인이 잠들고 있는 것이다.

노인은 해방의 감격을 북간도에서 나누었다고 했다. 피와 땀으로 이룩했던 논밭과 어두운 시절에 이미 저승객이 된 부인을 남겨 둔 채 노인은 두 아들의 손을 잡고 두만강을 건너 고향 땅을 밟았다 했다.

조국의 하늘 밑에서 중학 교모를 쓴 아이들의 모습을 본 날 노인은 눈이 붓도록 울었다고 했다. 생전 처음으로 삶의 보람과 기쁨을 느꼈다는 것이다. 그러나 어찌 뜻하였으랴, 피비린내 나는 골육상잔이 멀지 않은 곳에 도사리고 있었음을.

큰아들이 의용군으로 끌려 나가 낙동강 전선에서 영웅적 죽음을 하였다는 "인민의 이름으로" 된 통지를 받은 지 꼭 석 달 만에 작은아들도 장진호 전투에서 장렬한 최후를 맞이하였다는 "국민의 이름으로" 된 전사 통지서를 받았다 하였다.

그 후로 노인은 머리를 깎고 절에 들어가, 혹은 눈물로 혹은 기도로 현실과 환각의 엇갈림 속에서 욕된 여생을 보냈다고 했다.

몹시도 춥고 어둡던 날 바위 위에 꼼짝도 않고 진눈깨비를 맞으며 앉아 있던 노인의 모습을 나는 본 적이 있다.

신록이 우거져 가던 어느 봄날 등나무 그늘 밑 나무 의자에 기대앉아 몰아쉬던 깊은 한숨 소리를 나는 들은 적이 있다.

귀뚜라미 울음소리가 요란하던 어느 달 밝던 밤 노인의 눈에서 번뜩이던 섬광과도 같은 것을 나는 본 적이 있다.

아! 언제인가 어둡고 깊은 한밤중에 들려온 노인의 짧고도 둔탁한 외마디 부르짖음을 나는 기억한다.

달이 밝다.

사실 그것은 너무나 밝구나. 일어나 이제 곧 나는 그 노인의 무덤으로 가리라. 그리고 한 그루의 소나무를 무덤가에 심어, 가지 사이로 종종 달을 쳐다보며 생각에 잠기리라. 그리고 이따금씩 어둡고 깊은 한밤중 한 마리 접동새가 가지에 날아와 피를 토하는 목청으로 밤새도록 통곡케 하리라.

8. 최후의 센티멘털리스트

작년 가을만 하더라도 학교 뒤뜰 큰 느티나무 밑에는 원숭이 한 마리가 있었다. 내가 거기에 다가갔을 때 원숭이는 언제나 그 기다란 쇠사슬을 목에 드리우고 분노에 찬 눈으로 엉금엉금 나무 주위를 무수한 원을 그리며 기어 다닌다든지, 또는 그늘 밑에 쭈그리고 앉아 있거나, 단 한 번이라도 상냥해 본 적이 없는 불만에 가득 찬 눈으로 서성이고 있었다.

나는 그곳을 찾아갈 때면 으레 근처의 벤치에 앉아 혹은 잠깐 동안이건 혹은 몇 시간이건 그를 관찰하고 또 조용히 그의 눈 속을 들여다보는 것을 즐겨 하였다.

나는 도살장에 끌려가는 암소의 눈을 본 적이 있다.

나는 무거운 짐을 끌고 가는 나귀의 눈을 본 적도 있다.

이렇게 나는 수없이 많은 짐승들의 눈을 보아 왔지만 아직까지 그 원숭이의 눈과 같은 불만과 분노에 가득 찬 눈을 본 적이 있다고는 기억되지 않는다. 어쩌면 이것이 바로 나의 흥미를 끌었고 또 나로 하여금 자주 학교 뒤뜰 그늘진 벤치를 찾게 한 이유일는지도 모르겠다.

나는 단 한 번이라도 이 권태자의 눈에서 즐거운 빛을 엿보고 싶었다. 그리하여 아무도 보는 사람이 없을 때 몰래 주머니에 넣어 두었던 비스킷이나 캐러멜을 던져 주기도 하였다. 그러나 그의 눈은 좀처럼 풀리는 기색이 없었다. 또 나는 경쾌한 곡조라고 여겨지는 노래도 몇 번 휘파람으로 불러 보기도 하였다. 그러나 원숭이에겐 아무런 변화가 없었던 것이다. 이 생활에 무한한 권태와 혐오를 느낀 원숭이의 눈을 생각할 때마다 나는 언제나 나 자신의, 어쩌면 우리들 자신의 눈에 띄지 않는 가지가지 일들을 곰곰이 생각하여 본다. 우리 주변에는 그래도 아직까지는 서정성을 지닌 것들이 얼마간 남아 있었다. 그것이 우리들 바로 주위에 자리하였을 때는 무관심하고 한낱 보잘 것 없는 것처럼 여겨졌지만 이제 그 자취를 감춘 지금에 와서 그 상실의 의미가 우리들 가슴속 깊이 아련히 느껴지는 것이다.

눈을 들어 우리의 주위를 살펴보라. 얼마나 많은 정감 어린 것들이 우리가 모르는 사이에 사라졌고 또 사라져 가고 있는가를.

나는 여기서 우체통의 이야기를 하지 않으면 안 되겠다.

거리를 거닐어 보노라면 여기저기에 퍼렇게 칠한 네모진 쇠통이 놓여 있는 것이 눈에 뜨인다. 다들 미국에서 가져온 우체통이라고들 한다. 마치 이차대전 때 파괴된 어느 군함의 갑판으로 두들겨 만든 듯한 인상을 주는 이 쇠통은 대체로 나에게 불만을 준다. 정감이라곤 하나 엿볼 수 없는 이 기계문명의 상징은 우리들의 마음의 기록을 담기에는 너무나 사무적으로만 느껴진다. 차라리 빨간 우체통의 시절을 그려 보는 것이 훨씬 낫겠다.

사철 빨간 외투를 깊숙이 입고 거리 모퉁이에 묵묵히 서 있는 빨간 우체통은 어쩌면 우리에게 동화에 나오는 착한 사람의 인상을 주었다. 우리가 그 커다란 입속으로 깊숙이 손을 넣어 편지를 내려뜨리면 그는 엄마의 품속과도 같이 포근히 편지를 품어 주었고 또 우리는 안심하고 집으로 돌아갈 수가 있었던 것이다. 단 한 번이라도 마음속 깊이에서 느낀 이야기를 적어 다른 사람에게 보낸 일이 있는 사람이면 누구나 다 이 같은 심정을 느껴 보았으리라 생각한다.

지금 그것들이 어느 우체국 뒷마당에 내동댕이쳐진 채 먼지를 흠뻑 뒤집어쓰고 있는지 모르겠다. 아니면 벌써 오래 전에 부서져 버렸는지 알 길이 없다. 나는 지금 옛날 그들의 모습을 더듬어 보며 혼자 이렇게 애달파 한다.

여기서 나는 또 기차 이야기도 해야겠다.

요사이 우리나라에는 많은 디젤기관차가 도입되어 종전에 있던 증기기관차의 자리를 빼앗고 있다. 물론 그 이용 가치로 보아 디젤기관이 훨씬 진전된 것일는지도 모르겠다. 그러나 기차란 반드시 여행의 도구로서 혹은 수송의 간편한 도구로서만 사용되는 것 같지는 않다. 기차를 타고 멀리 떠나는 여행의 즐거움도 무척 훌륭한 것이겠지만 까만 연기를 내뿜으며 숨 가쁘게 달리는 기차를 물끄러미 바라보는 것 또한 우리에게 또 다른 즐거움을 주는 것이다. 하얀 연기를 자욱이 남기고 저 멀리 산굽이를 돌아 사라져 가는 기차의 모습은 우리들에게 아름다운 한 폭의 그림과 같은 서정시를 느끼게 한다.

"뽀—"하고 외치는 기적 소리는 또 우리에게 무한한 향수를 느끼게 한다.

그러나 디젤의 경우는 이와는 다른 것 같다. 그것은 기차라기보다는 차라리 기계의 움직임이다. "빵—"하는 기적 소리부터가 기차의 소리로서는 좀 어색하게 느껴진다. 디젤기관의 움직이는 소리는 흡사 무슨 공장의 기계 소리와 같은 인상을 준다.

우리는 여기서 아무런 동화도 생각해 낼 수가 없다. 다만 끊임없이 계속되는 단조로운 기계 소리 이외에는. 이렇듯 우리에게 한없는 친근감을 주던 것들이 나날이 소멸되어 가고 있는 것이다. 그러나 이 같은 느낌이 한낱 나 혼자의 망상에 지나지 않는다면 나는 너무나 섭섭할 것 같다. 사실 우리의 심정을 따스하게 해 줄 그것들마저 잃은 지금 우리의 마음은 너무나 차고 삭막하다.

나는 지금 고향을 잃고 거리를 헤매는 무수한 우리의 형들과 누님들의 눈을 생각하여 본다. 분노와 혐오와 권태, 그리고 무한한 애수가 서린 그들의 눈에서 놀랍게도 나는 저 원숭이의 눈을 엿보지 않는가. 정말 슬프게도 그들은 점점 그 원숭이의 눈을 닮아 가고 있다.

아! 이 일을 어쩌면 좋을까. 나는 생각하여 본다. 사실 이런 보잘것없는 생각들이 얼마나 많은 불면의 밤을 나에게 가져다주는지 모르겠다.

아무도 생각하지 않는 것을 혼자 못 잊어 애달파하고 몸부림쳐 본다는 것은 괴로운 일이다. 그러나 나는 아직 더 많이 생각해 보며 또 더 많이 괴로워해야겠다.

9. 베쓰의 추억

저녁나절 버스 속은 아침처럼 그렇게 복잡하지 않아서 좋다. 하루 종일 시달리다 이제는 지칠 대로 지쳐 불평도 욕지거리도, 아니 언어 자체를 잃어버린 사람 모양 저기 저렇게 묵묵히 앉아 있는 인간들을 싣고 버스는 정해진 코스를 따라 그저 달리기만 하면 된다. 그러면 그믐달마냥 희미한 전등이 비치는 차 속을 그들은 유령처럼 앉아 있다가 또 유령처럼 차례로 어둠 속으로 사라져 간다.

나도 저녁이면 밤도 깊어서야 저들 무리에 끼어 시름없이 집으로 찾아들고는 한다. 그러나 이 같은 버스 속의 정적도 몇몇의 취객을 실었을 때는 돌멩이에 얻어맞은 거울 모양 이미 산산이 부서지는 운명 앞에 놓이게 된다.

"이봐. 그 고기 맛 어때? 뭐니 뭐니 해도 여름철엔 역시 개고기가 제일이지……."

"암. 보신엔 그것 이상이야 없지. 그런데 요즈음은 보신탕 값도 금값이란 말이야, 허 참."

취객들이 쩝쩝 입맛을 다시는 소리가 요란스레 울린다. 그 것은 태고로부터 오늘까지 하나 달라진 바 없는, 저 탐식(貪食)이란 언어 자체로 표현되는 인간이 지니고 있는 가장 동물 적인 측면을 한껏 느끼게 한다. 그들의 입에서 풍기는 냄새, — 소주며 개고기며 마늘이 뒤범벅된 — 지금 끊임없이 마구 발산되는 악취는 삽시간에 맨 뒤켠 구석 쪽에 앉아 있는 나에 게까지도 쿡쿡 코를 찔러 온다. 그것은 어쩌면 갑작스런 구토 를 일으킬 만큼 몹시 역한 것이기도 하다.

개고기-보신탕. 보신탕-개고기.

나는 저들이 내뱉은 무의미한 단어들을 입속말로 중얼거려 본다. 그러나 다음 순간 이들 무의미성이 이룩하는 묘한 심적 과정을 통하여 오랫동안 잊혀 왔던, 아니 오히려 가슴속 깊이 간직하여 왔던 다른 하나의 의미를 불러일으켜 본다.

사변 나던 그해 겨울 어느 몹시도 추운 날 아침이었던가? 아직 눈도 채 뜨이지 않은 두 마리의 어린 강아지를 가슴에 품고 친구 봉수가 우리 집 대문을 두드린 것은, 아아! 그러니 까 그것은 분명 내가 열 살 나던 해 정월 어느 추운 날 이른 아 침이었지.

봉수네 집에는 검은빛 나는 커다란 암캐가 한 마리 있었다. 이름이 무엇이었던지 지금은 잘 기억되지는 않지만 우리가 학교에서 일찍 파한 날이거나 혹은 일요일 같은 때 멀리 들로 산으로 떼 지어 다닐 때면 늘 우리를 따라다니던, 우리와는 퍽이나 친숙한 사이였다.

얼마 전 토끼의 발자국을 따라 눈 속을 헤치며 멀리 산 속 깊이 헤맸을 때만 하더라도 눈 속을 이리저리 달리며 때로는 하얀 눈을 흠뻑 뒤집어쓰고 서 있는 자작나무 숲을 향하여 컹컹 우렁차게 짖어대던 그 개가 새끼를 낳은 지 사흘째 되는 그날 새벽 그만 추위와 산욕으로 죽고 말았다는 것이 아닌가. 봉수는 코끝과 귓바퀴가 빨갛게 언 채 그날 새벽에 일어난 일들을 들려주며 눈물마저 글썽거렸다.

아이들과 어머니의 애원도 아랑곳없이 봉수네 아버지는 이미 사지가 굳어 버린 어미 개와 아직도 품속에서 꼼지락거리는 새끼들마저 함께 가마니에 넣어서 지게에 지고 밖으로 나가더라는 것이었다. 봉수는 몰래 아버지의 뒤를 밟았다 했다. 아버지는 동구 밖 산기슭의 어느 후미진 곳 눈 속에 가마니째 묻어 버리고는 뒤도 돌아보지 않고 가더라는 것이었다. 아버지가 보이지 않기를 기다려 봉수가 곧 달려가 보았을 때 이들 어린 강아지가 아직 숨이 붙어 있더라는 것이었다. 나는 어머니를 졸라대어 강아지를 내가 길러도 좋다는 허락을 간신히 받아 냈다. 집안 식구들의 걱정과 짜증과 빈정댐에도 정성 들인 보람이 있어 그중 한 마리는 기어이 살리고야 말았다. 그것은 검은 바탕에 흰 얼룩점이 띄엄띄엄 있는 수놈이었다. 이름은 베쓰라고 불렀다. 돌이켜 보면 오늘날 애견가들의 꽤 까다로운 혈통이며 족보를 따지고 볼 때엔 물론 보잘것없는 한낱 잡견-똥개에 불과했겠지만, 베쓰가 나와 우리 집 식구와 내 동무들의 귀여움을 받은 것을 예서 소상히 말해서 무엇하리오.

사변이 났을 땐 베쓰는 이미 중개가 되어 있었다. 전쟁이 막바지에 도달하였을 때는 수십 대의 비행기가 매일같이 우리 동네의 하늘을 날아 지나갔다.

어느 날 동네 반장은 모든 개 종류는 처치하라는 정부의 지시를 전하였다. 그것은 폭격이며 기타 여러 가지 예기치 못한 일로 일어날 불상사를 미연에 방지하려는 의도에서라고 했다. 그날부터 베쓰는 방안에 감금되었었다.

그리하여 이웃 동네의 모든 개들이 혹은 백정의 쇠갈퀴에, 혹은 약삭빠른 어른들의 보신용으로 도살되는 수난기에도 베쓰는 용케 고비를 넘겼다.

우리 마을이 전쟁터가 된다 하여 다들 산골로 피난갈 때 나는 베쓰만을 어린애마냥 등에 업고 피난길을 떠났다.

포탄이 산등성이에서 작열할 때 나는 길가 웅덩이에 납작 엎드려 말 못하는 가엾은 짐승을 붙안고 흠뻑 떨었었다. 전장이 차츰 먼 곳으로 옮겨 간 며칠 후 우리는 다시 온 길을 되돌아 집으로 내려가기로 했다.

이제는 비행기도 우리 편이라 했다.

이젠 안심하고 베쓰를 데리고 다닐 수 있다 하여 목줄을 한 채 숱한 사람들의 대열에 끼어 집으로 가는 신작로를 따라 걸었다.

베쓰와 내가 깡충거리며 즐겁게 걸은 것도 한순간 동구 밖 마을로 접어드는 길목에서 웬 낯선 군인들의 한 떼와 마주쳤다. 보아하니 그들은 아마 마을 어귀에서 야영하고 있는 부대의 병사들인 것 같았다. 한 병사가 나에게 다가왔다.

"야야, 고놈 참 살 잘 쪘다. 인마, 전시에 누가 개를 기르라고 했어. 이리 내놔!" 하며 나를 윽박질렀다.

다른 병사가 뒤따라 위협하는 소리를 덧붙였다.

"이건 총살감이다."

"안 돼요. 안 돼요. 이것만은 정말 안 돼요!"

나는 절망의 부르짖음을 하며 사방을 허방댔다. 어머니가 병사들에게 애원하는 목소리가 옆에서 들렸다.

"국가와 민족을 위하여 징발⋯⋯." 운운의 어떤 병사의 목소리도 들렸다.

그들은 억지로 나의 손에서 줄을 빼앗고 나를 옆으로 떠밀었다.

나는 울며 베쓰에게 매어 달렸다. 그러나 또 다른 억센 병사의 손이 나의 어깨를 꽉 잡아서 옆으로 떠밀치고는 그들의 천막이 있는 쪽으로 개를 끌고 갔다.

베쓰는 질질 끌려가면서 끝까지, 땅에 주저앉아 발버둥 치는 내 쪽을 바라보며 낑낑 울었다.

몇몇 병사들은 그 자리에 선 채 이 광경을 지켜보고 깔깔거리며 웃고 있었다.

며칠 후 아무도 모르게, 어디론지 떠나가 버린 병사들의 야영지 근처를 서성대던 나는 무수한 깡통이며 오물 더미 속에서 하얗게 햇볕에 바랜 굵다란 뼈다귀를 찾아냈다. 두개골과 악골, 그리고 그보다 더 흰 날카로운 이빨들이 늦가을 햇볕에 부시었다.

베쓰! 나의 귀여운 베쓰. 언어의 장벽을 넘어 그렇게도 다정할 수 있었던 나의 벗 베쓰야.

전쟁은 너마저 나에게서 앗아가 버렸지.

10. 봄의 영가

토요일 오후.

나는 지금 삼 층 창가에 기대서서 계절의 변화를 새삼스레 눈여겨보고 있다.

아래 굽어보이는 목련이며, 은행나무며, 플라타너스며, 마로니에며, 그리고 이름 모를 정원수의 제각기 독특한, 그러면서도 이제는 완전한 형태를 이룬 잎새들을 하나하나 눈으로 어루만져 보며 계절의 향기도 느껴 본다.

지금 교정을 서성대는 사람이라고는 거의 눈에 띄지 않는다. 다만 띄엄띄엄 놓여 있는 그늘진 벤치에 앉아 있는 몇몇 사람의 조용한 모습이 보일 뿐이다.

오후의 열기 띤 햇살은 나뭇잎 하나하나마다 깊숙이 스며들고 저 벤치 위에 묵묵히 앉아 있는 사람의 가슴속에도, 또 저 멀리 고궁의 짙은 숲 속과 그와 가지런히 솟아 있는 시계탑에도 따스한 생명의 빛을 퍼붓고 있다.

고궁 쪽 무성한 숲 위에는 솔개들이 무리 져 원무하는 것이 뒤켠 변두리 산들과 그 위 펼쳐진 파란 하늘과 잘 어울려 보인다. 이렇게 주위의 떠나갔던 모든 것들이 제 곳으로 다시 돌아온 듯하고 "우리가 비록 빈한하여 가진 것이 없다 할지라도 우리는 이러한 때 모든 것을 가진 듯하고, 우리의 마음이 비록 가난하여 바라는 바 기대하는 바가 없다 할지라도 하늘을 달리어 녹음을 스쳐오는 바람은 다음 순간에라도 곧 모든 것을 가져올 듯" 여겨지며 공원마다 그리고 길 가는 여인들의 옷차림마다 모두 생기가 있어 보이는데, 지금 이렇게 내 가슴속이 허전하게 느껴짐은 대저 무슨 이유에서인지 모르겠다.

그것은 토요일 오후 자체가 가져다주는 나태감에서 기인하는지도 알 수 없다.

혹은 저기 우뚝 솟은 시계탑이 우리에게 느끼게 하는 공허감이 그 이유일는지도 모르겠다. 또 어쩌면 아까부터 목메어 외치는 어디에서인가 들려오는 수탉의 울부짖음이 내 가슴속 깊이 울려서 그런 것이 아닌가 곰곰이 생각해 보는 것이다.

그렇다! 나는 저 수탉의 울음 속에서 이렇게 내 마음이 허전해지는 이유를 찾아내지 않으면 안 되겠다. 왜냐하면 수탉의 울음소리가 들려올 때마다 나에게는 가슴 아픈 이야기가 자꾸만 되살아나기 때문이다.

시골 길을 버스로 달리노라면 웬만한 마을이면 으레히 노랗고 탐스러운 병아리 그림이 그려 있는 부화장(孵化場)의 간판을 보게 된다. 거기 흙벽돌을 쌓아 올린 움막집 속에 기계 문명은 도사리고 앉아 조물주의 흉내 내기에 여념이 없다. 생명을 창조한다는 거룩하며 환희에 찬 기대 속에서 며칠씩 침식을 잊어 가며 알을 품는 저 어미 닭의 정성 어린 노력도 필요 없이 폐쇄된 공간 속의 적당한 온도로 순식간에 무수한 생명이 조작된다.

알코올이며 크레졸 냄새가 풍기는 커다란 상자 속에서 저들 어린 병아리들은 누구의 도움도 없이 스스로 먹이 먹는 법도 배우며 또 밤이면 서로의 몸을 비벼대며 따스한 체온에 의지하곤 한다. 이 어린 생명들은 이른 봄날 레이션 박스 속에 갇힌 채 꾀죄죄한 옷차림의 사나이 등에 업혀, 혹은 자전거 뒷자리에 얹혀 멀리 시골길을, 때로는 잿빛 도회지 골목길을 정처 없이 유랑한다. 두터운 상자에 띄엄띄엄 뚫린 선창마냥 둥그런 구멍 밖으로 병아리는 가느다란 모가지를 빼어 내고 애틋한 뾰족한 입으로 마냥 통곡한다.

"삐약 삐약 삐약"

"병아리 사리어-. 병아리 사리어-."

굵직한 사나이의 음성은 저 가냘픈 울음을 삼켜버린 채 막다른 골목 잿빛 벽에 메아리친다.

"사려"를 "사리어"와 같이 구성진 가락으로 길게 뽑을 때 "어-" 하는 장모음은 우리에게 무한한 권태와 우울을 느끼게 한다. 젊은 날 까닭 모를 일로 모든 게 언짢게 여겨져 방 안에 누워 멍하니 천장만 응시하고 있을 때 병아리 장수의 단조로운 외침은 우리로 하여금 순식간에 고독과 절망의 저 나락까지 떨어지게 한다.

이제 생명은 몇 장의 지폐와 바뀐다. 그러고는 다시 사과 궤짝 속에 옮겨져 헌 담요에 덮인 채 방 안 구석진 곳에 무슨 관(棺)과도 같이 방치된다.

과학에 의해 충분히 고려된 자양분이 많은 음식을 먹으며, 때로는 주인집 어린놈들의 짓궂은 장난에 시달려 가며 그래도 제각기의 정수리에는 피보다 빨간 꽃을 피운다. 활개조차 제대로 칠 수 없는 반 평 남짓한 우리 속에서 자라나 그들은 서로 짝짓기하고 또 알을 낳는다. 이제는 나는 것도 잊고 우는 것조차 잊었다. 그리하여 어느 날 며칠째 식욕을 잃은 주인집 어른의 원기 회복을 위하여, 혹은 어린놈의 생일날 아침 그들은 차례로 도살되는 것이다. 어떤 놈들은 주야로 휘황한 고촉등 밑에서 낮과 밤의 구별조차 잊은 채 생산을 강요당하게 된다. 과학이 마련한 냉랭한 불빛을 저 찬란한 태양 빛이란 환각 속에서 저들은 알을 낳으며 또 소리 없이 죽어 가는 것이다.

아까부터 목메어 외치는 저 수탉의 울부짖음도 필경은 이같이 무시된 생명의 애절한 호소이리라. 사실 그것은 신에게로 향한 설움과 분노에 찬 무한한 통곡인 것이다.

　나는 지금 삼 층 창가에 기대서서 정원수며, 고궁 숲이며, 시계탑을 더 이상 보고 있지는 않다. 나는 다만 저 간헐적으로 울려오는 가금(家禽)의 절규로 말미암아 오랫동안 잊어 왔던 흡사 흑인영가(黑人靈歌)에서와 같은 어떤 슬픈 감정에 젖어 본다.

11. 나의 학창 시절

비록 그것이 하찮고 빈약한 것일지라도 우리에게 중요하지 않은 인생이 어디에 있느냐고 시인 릴케는 말한다. 그러나 아무래도 풍요한 생활 속에서 건실한 생각도 생기며 거기서 얻어진 값진 인생의 향훈이 오래오래 짙게 풍기는 것이 아닐는지. 우리도 아버지나 형님들의 세대처럼 힘들고 어두운 시대를 호흡하며 앓아 왔다.

식민지 시대 전쟁이 막바지에 도달하였을 때 우리는 란도셀조차 메어 보지 못한 채 초등학교의 문을 두드렸고, 거기서 모국어보다 이웃 나라 상전의 언어를 앞서 배웠고, 그것도 채 익히기 전에 광복의 벅찬 감격을 맞이했다. 혼란과 궁핍 속에서 이젠 제법 철도 들고 어엿한 중학생의 교복이 몸에 채 익숙해지기도 전에 우리는 6·25의 시련을 감내하지 않으면 안 되었다.

피난지에서 더러는 책가방 대신 구두 통을 메고 이국 병사의 치장을 도우며 더러는 홍수처럼 범람하던 양키 물건 장수가 되어 '깟뎀'이며 '사나카 빼찌'를 주워 섬기며 꿀꿀이죽으로 하루하루를 연명하였다.

수복 후 폐허로 뒤범벅이 된 도회지의 부서진 기와며 벽돌이며 굴뚝들의 잔해를 밟으며 어느새 고등학교의 과정을 익히지 않으면 안 되었다.

책상도 칠판도 제대로 갖춰지지 않은 덩그러니 커다란 교실의 다 깨진 유리창으로는 귀를 에는 바람이 간간이 웅크린 우리들의 목덜미를 스치고 맞은편 휑하니 뚫린 창 쪽으로 사라지곤 하였다. 미술 시간도 음악 시간도 하나 없는 삭막하고 딱딱한 교과의 연속 속에서 필수 학과의 교과서만이 우리가 배우는 내용의 전부였고 또 그것이 우리가 소유한 책의 전부였다.

훗날 간혹 점잖은 모임의 오락회에서 「굳세어라 금순아」니 「이별의 부산 정거장」이니 하는 피난 시절에 익혀 둔 구성진 가락의 유행가보다 조금쯤은 덜 저속한 노래라도 불러야 할 때 막상 부를 것이 없어, 실은 아는 것이라곤 애국가밖에 없어 그것이라도 부르고 싶은 충동을 억제하기 어려웠다 함은 비단 나만이 느끼는 고충이 아니었으리라.

우리들의 대학 생활이란 사실 이 같은 여건과 감정의 연속에서 비롯되었다. 여학생들의 대학 진학이 지금처럼 그렇게 악착스럽지도 않은 때, 간혹 있더라도 여자대학으로 가는 것이 통례여서 요사이 대학생들처럼 한데 어울려 대폿집조차 기탄없이 몰려가는 일이란 당시로서는 상상조차 하기 힘든 일이었다. 나의 친구들 중에는 많은 수가 여학생과는 단 한 마디 따스한 말도, 심지어는 아주 간단한 인사말조차 나누어 보지 못하고 졸업한 못난이들이 수두룩하였다면 아마 곧이듣지 않으리라.

요사이 그 흔한 미팅 한번 즐겨 보지 못하고 늦가을의 낙엽 진 아스팔트 길을 걷듯 처량히 외로운 나날을 보냈었다. 스스로가 마련한 폐쇄된 밀실 속에서 덜 사교적이고 수줍음 많고 그리고 세상의 온갖 것들을, 여인네들조차 우습게 여기는 불건강한 습성을 키워 왔었다. 간혹 무교동 대폿집에서 방학을 맞아 고향에 내려가는 벗들을 위해 혹은 오랫동안 적조했다가 새 학기 맞아 다시 만난 벗들과 어울려 대폿잔이나 들이킬 때면 뚝배기를 두드리는 요란함도 없이 그저 마주 앉아 잔잔히 웃음을 교환하며 서로 얼굴들을 붉히었다. 남자가 창가에서 갑을 받음은 수치라고 여겨지기도 했으나 외칠 숫기도 없었고 아니 목청껏 외쳐댈 군가조차 하나 익힌 것 없었다. 그리고 우리에겐 외쳐도 메아리칠 허공조차 없었다. 제대로 정리조차 안 된 도서관의 수십만 장서들은 온통 일본어로 된 서

적투성이어서 초등학교 저급 학년에서 배운 일어의 실력으로는 터무니없었다. 그리고 고등학교 3년간의 영어 실력으로는 미군 부대에서 흘러나온 그 흔한 만화조차 읽기엔 벅찼다.

심한 결강과 그렇게도 잦은 명교수님들의 휴강으로 생기는 공백은 처리하기 곤란하도록 우리를 압도하였다. 그리하여 우리는 우선 그것을 처치하는 방편으로 전공학과도 아닌 다른 문학 강의, 독어며 영어며 불어의 강독을 마구 도청하는 습성을 길렀다. 보들레르며 릴케며 토마스 만이며 카프카며 그리고 엘리오트의 세계를 더듬어 가며 휴강이 많은 교수의 강의일수록 명강의라는 선배들의 가르침이 진리였음을 서서히 터득하였다. 그때 비로소 외도의 기쁨을, 그리고 거기서 얻어지는 미지 세계의 신비로움으로 하여 차츰차츰 넓어 가는 내적 공간의 확대를 체험하였다.

그러나 우리에게는 학교 강의에서 얻어지는 그것이 전부였다. 참고 서적도 그리고 지금도 마찬가지지만 가장 자신 있게 읽을 수 있는 우리말 번역서조차도 거의 전무였다. 세계 문학 고전들의 제목을 알고 있다손 치더라도 그때 나에게 그것은 그림의 떡에 지나지 않았다.

나도 결코 예외는 아니었지만, 그리고 가난이 결코 자랑할 것이 못 되듯 이것도 내놓고 자랑할 것은 아니지만 대학 시절의 저녁 시간은 온통 빼앗긴 것이 되고 말았다. 학비를 마련하기 위해, 더욱이 하숙비를 보탬하기 위해 가정교사의 고역으로 돈과 시간을 바꾸지 않으면 안 되었었다. 4년이란 기나긴 세월 봄, 여름, 가을, 겨울 철마다 차츰차츰 그 뉘앙스를 달리하는 저녁의 달콤하고도 나태한 시간을 한 번 제대로 만끽하지 못하고 밤늦게야 피로에 지친 목과 배를 안고 집으로 가는 전차를 타곤 하였다. 고급한 명상은 고사하고 나날이 떨어지는 아이 녀석의 성적 걱정과 이젠 그만 두어 달라는 말을 내일 혹 듣지 않을까 하는 조바심으로 가슴 조이며.

대학을 졸업한 지 보름도 못 되어 4·19는 대학가에서 폭발하였다. 거센 노도와 같이 충천하는 대열에 이젠 끼지도 못하고 아니 자격이 박탈당한 채 성난 함성과 물결을 먼발치에 서서 지켜보기만 하였다. 잔잔히 스며 오르는 눈물로 얼굴을 적시며 어둠이 깃든 도회지 거리를 마냥 배회하였다.

이젠 나도 학창 시절을 회상하리만큼 나이가 좀 들었나 보다. 그리고 걸핏하면 "우리 대학 다닐 때"를 연발하는 어투가 남 듣기에 그리 쑥스럽지 않은 걸 보니 오랜 시간의 경과가 새삼 실감 난다.

그래도 이제 다시 학창 시절로 돌아갈 수만 있다면, 비록 그것이 회한과 괴로운 추억으로 충만된다 할지라도 나는 저 영혼과 바꾸는 파우스트의 뒤를 기꺼이 따르고 싶다.

12. 어린 아들에게

아들아!

그저께, 어제, 그리고 일요일인 오늘도 진종일 방 안에만 박혀 있자 하니 외롭기 짝이 없구나. 창밖으로 내다보이는 뒤 뜰과 그 너머로 봉긋하게 솟은 조그마한 구릉에 서 있는 나 무들이 나날이 앙상한 자태를 드러내어 이곳 북부 독일의 공 업지대에도 어김없이 겨울이 찾아와 벌써 문밖에서 서성대 고 있음을 느끼게 하는구나. 지금 창밖에는 간간이 부슬비마 저 뿌려 바람에 부대끼는 가랑잎 소리만이 처량히 울려 나그 네의 심정을 더욱 한심하고 산란하게 한단다. 방 안에서 책 도 읽고, 차도 끓여 마시고, 파이프 담배도 피우고, 그리고 간 간이 음악도 듣다가 너희들 생각이 불현듯 나면 아빠는 황량 한 창밖을 내다보며 우두커니 서 있는 자신을 의식하고는 쓸 쓸히 그저 웃어 본다. 때로는 때도 시도 없이 언젠가 던진 너희들의 우스갯소리며 몸짓이며 그리고 대부분이 장난기 어린 어리광들이 생각나면 미친 사람처럼 빈 방에서 혼자 소리 내어 웃어 본단다. 비록 초라한 밥상이었건만 그래도 김치며 찌개며 김이 무럭무럭 나는 국사발을 대하고 마주 앉아 있던 그 나날들이 그때는 아무것도 아닌 것 같았으나, 외국에 이렇게 홀로 나와 있자 하니 하나하나가 그립고 아쉬움의 대상인 줄을 이제 알겠구나. 그때엔 좀 더 너희들에게 살뜰하고도 다정한 보살핌을 아끼지 말았어야 했는데. 그리고 무엇보다도 좀 더 당당한 아버지의 모습을 보여 주었어야 했는데 하는 수없는 후회와 자책으로 괴로워하고 있단다. 사람은 떨어져 있어 보아야 서로가 그리운 줄을 안다는 그 평범한 가르침이 단순한 인간관계를 넘어서 다시 만남을 전제로 하는, 말하자면 객관적인 거리에서 서로를 가늠함으로써 보다 향상되고 참된 인간관계를 전제로 할 때 그 의미는 한결 더 큰 것이 아니겠니. 어느 자식인들 그 아버지를 그리워하지 않고, 어느 아버지인들 제 자식을 소홀히 하겠는가마는 너희들도 공연히 그리운 정에 끌려 계집애처럼 마음이 약해져서는 결코 안 된다. 이것도 한 인간이 성장하는 데 필시 따르게 마련인 조그만 시련, 극복하여야 할 한 과정으로 생각하고 사내답게 묵묵히 너희들의 앞길을 걸어가기를 부탁한다. 그것이 바로 아빠를 위하고, 엄마를 위하고, 그리고 궁극에는 바로 너희 자신들을 위하는 길임을 굳이 명심하여라.

이곳 독일뿐만 아니라 유럽 여러 곳에도 한국 사람들이 많이 살고 있단다. 부모 따라 이곳에 와서 자라난 아이들도 더러 있고, 여기서 애초부터 태어난 아이들도 제법 있단다. 다들 우리보다는 좋은 환경 속에서 걱정 없이 무럭무럭 잘들 크고 있는 것 같구나. 그러나 이 아이들이 장차 성장하여서 한국에 돌아가 조국을 위하여 얼마나 기여할 수 있을지 아빠 생각으로는 그것은 조금 의심스럽구나. 말로는 그리고 생각으로는 설사 조국에 이바지할 뜻을 갖는다 하더라도 현실적으로는 무척 많은 어려움이 뒤따를 것 같이 생각된단다. 이 아이들이 여기 구라파에서 이곳 말을 배우며 교육받고 성장하는 한 아무래도 생활감정과 사고방식이 구라파 사람들에 가깝지 한국하고는 거리가 있는 게 아니겠니.

나는 결코 남들처럼 너희들 때문에 어디 다른 나라로 이민 가거나 살기 좋은 곳을 찾아 외국을 방황하지는 않겠다. 너희들이 뿌리를 박고 자손만대 거처할 곳은 바로 너희들이 발을 디디고 서 있는 조국의 땅뿐이다. 앞으로 예기치 못할 일로 역경과 시련이 장차 닥치더라도 너희들만이라도 꼭 한국 땅에 머물면서 조국을 지키고 조국을 위하는 굳건한 주춧돌이 되기를 간절히 바란다. 영원한 곳은 조국이요, 겨레뿐이다. 아빠는 지난날의 우리 역사에서 외국에 나가 있으면서 애국을 외치고 민족을 걱정한 사람들보다 갖은 어려움과 고통을 이웃과 더불어 나누며 조국 안에서 민족과 더불어 살아온 분네들을 항상 더 높이 평가한다. 이 생각은 지금도, 그리고 언제나 변함이 없단다. 너희들은 뜻을 크게 품고 당당하고 떳떳하게 그리고 훌륭한 사나이로 성장하기 바란다. 아빠와 엄마는 너희들의 성장을 잠시 보살피는 일시적인 후견인에 불과하단다. 앞으로 어떠한 어려움과 역경이 닥치더라도 그것을 지혜롭고 슬기롭게 스스로 극복할 용기와 인내가 너희들 속에 움트고 있음을 아빠는 이미 보아 왔단다. 그리하여 아빠는 조금은 뿌듯하고 흐뭇한 기분으로 너희들의 모습을 새삼스레 눈앞에 떠올려 본단다. 부디 형제끼리 서로 잘 보살피고 엄마를 즐겁게 모시는 것도 잊지 말아다오. 아빠 없는 지금 너희가 바로 가장이요, 집주인임을 명심하거라.

창밖에는 여전히 겨울을 재촉하는 비바람이 흩뿌리고 있구나. 추운 계절 아무쪼록 모두가 내내 편안하기를 빈다. 그럼 또 편지 쓸게, 안녕!

– 독일 보훔에서

13. 릴케의 산문에 붙여

－『젊은 시인에게 보내는 편지』의 경우

　대학생 시절 문학의 본질에 관해 가장 깊은 감명을 준 작가를 묻는다면 나는 토마스 만과 라이너 마리아 릴케를 들기를 주저하지 않는다. 그만큼 그들은 성년이 된 후 나의 문학 수업에 지속적이면서도 깊은 영향을 준 두드러진 작가들이다.

　중·고등학생 때엔 나는 러시아의 작가들－도스도예프스키, 고골리, 체홉, 그리고 막심 고리끼를 읽느라 밤을 샌 적이 한두 번이 아니었다. 그러나 그 후 묘한 인연으로 하여 대학에 와서는 나의 관심은 독일 문학으로 쏠렸고 ― 사실 그때 전공인 국문학보다 독일 문학에 대한 관심이 더 컸다. ― 거기서 나는 상기 두 작가를 좀 더 깊이 접할 수 있는 이외에 카프카와 볼프강 보르헤르트를 소개받게 된 것이다.

　산문작가로서 도스도예프스키 이래 어쩌면 가장 위대한 소설가인 토마스 만의 작품 세계와 그의 작가 정신을 피력함이 나의 의무요, 또한 갚아야 할 부채이기도 하나 아직은 나의 심중에 깊이 간직하고 더 많은 생각을 가함이 그에 대한 존경의 표시일 듯하여 다른 기회로 미루고 여기서는 릴케에 한정하여 언급하고자 한다.

독서란 간혹 타인에 의한 추천에 따르는 수도 있지만 대부분의 경우 자기 선택적이고, 즉흥적이고, 그리하여 지극히 편향적이기에 나의 젊은 날의 편집광적 징후를 혹 나타낸다손 치더라도 나는 여기서 또 릴케의 이야기를 써야겠다. 이렇게 함으로써만이 그에게 진 많은 빚의 일부를 갚을 수 있기 때문이다.

나의 경우 릴케에의 입사는 아무래도 박용철의 『시적변용』에서 비롯된 것 같다. 그 무렵 그러니까 대내외적으로 무척 불행했던 시절 이른바 사춘기를 보내면서 우리가 흡수할 수 있는 지적 자양분이란 오로지 교과서에만 의존할 수밖에 없었을 때 페이터에 의해 절차탁마되었다고 하는 마르쿠스 아울레리우스의 『명상록』은 상기 『시적변용』과 더불어 거의 감격에 가까운 깊은 충격을 주었다. 전자가 담고 있는 바 묵시록적 장중함이 젊은 영혼을 울렸다면, 후자는 막연하고 지극히 감상적이던 여린 가슴을 마냥 흔들어 놓았다.

주지하는 바 릴케는 금세기의 가장 뛰어난 독일 시인으로서 유명하지만 산문가로서의 명성 또한 그에 못지않다. 『말

테의 수기』가 매우 독창적이고 특이한 양식의 소설로 간주되
듯『젊은 시인에게 보내는 편지』또한 단순한 편지 이상의 것
으로 서간문학(書簡文學)의 진수를, 표본을 보여 준다. 이 편
지는 애초부터 발간을 목적으로 쓰인 것은 결코 아니었다. 프
란쯔 카푸스라고 불리는 오지리의 한 사관생도와의 우연하
고도 지극히 개인적인 교신이 이의 출현을 가능케 한 것이다.
금세기 초, 아직 릴케가 20대에서 서성이고 있을 무렵 한 미
지의 청년으로부터 요청된 문학적인 충고가 그 단초를 이룬
것이기에 그만큼 그것은 개인적이고도 사사로운 동기에서 비
롯되었다. 그러나 문학에도 뜻을 품고 생의 문턱에서 주저하
고 있던 이 미지의 청년 장교 지망생에게 보낸 개인적인 편지
는 문단과 사관학교의 선배라는 고압적인 자세와는 너무나
동떨어지게, 겸허한 동시대의 한 선배로서 조심스레 우정 어
린 회신에 임하고 있는 것이다. 그것은 단순한 충고의 경지를
훨씬 넘어 한 개인에게라기보다 문학에 뜻을 품고 있는 '오늘
과 내일에 생장해 가고 또 생성되어 가고 있는 많은 젊은이들
에게' 생에 대한 진지한 자세와 태도를 일깨워 줌은 물론, 그
것은 또 릴케라는 한 위대한 시인이 살았고 창조해 나갔던 신
비스럽고도 오뇌에 찬 세계를 엿보게 하여 주고 있다.

세기 말에서 또 다른 세기의 초에 걸쳐 20대를 보낼 수밖에
없었던, 아니 생을 부여받고 이승에서 서식하게끔 운명 지어

진 한 인간이 자기가 단순하면서도 주관적이고도 모호한 꿈
에서부터 어떻게 냉엄한 현실에 눈을 떴고, 또 어떻게 자기
내부에서 일고 있는 섬세하고도 이름 붙일 수 없는 무수한 감
정의 편린들을 형상화시킬 수 있었는가 하는 방법론적인 자
각을 숨김없이 고백하고 있다. 체험적이고 고백적이기에 그
것은 진실되다. 그러기에 그 효과는 직접적이며 그것은 상당
한 설득력을 갖고 우리를 매료하고 또 감동시킨다. 한 줄의
시를 쓰기 위하여 얼마나 참담한 고뇌와 숱한 관찰과 그리고
이 종합적인 형상화 작업의 필연성을 스스로의 영혼과의 고
독한 대화를 통하여 얻지 않으면 안 되는가를 경고한다.

어린 날의 풍부한 추억과 현실적 인식이 창작 활동에 얼마
나 크게 작용하는가를, 그리고 이 같은 노작에 의한 내적 공
간의 무한한 확대의 가능성을 아울러 시사한다. 그는 고독을
존중하고 무엇보다 인생을 사랑한다는 명제를 전편에 깔고
있음으로 하여 언제나 외롭고 용기 없는 젊은이들의 마음의
벗이 된다.

서간(書簡)도 한 훌륭한 문예 양식임을, 내적 성장의 바로
미터임을, 그리고 정신적 사유의 증거물이 됨을 나의 경우 오
로지 릴케를 통해서 그 인식이 가능하였다.

"한 위대하고 일회적인 인간이 발언할 때는 소인들은 침묵
만을 지킬진저."라고 한 카푸스의 경구는 내가 붙인 장황한

사족을 두고 언급한 것 같아 면구스럽기 짝이 없다. 그러나 이 글이 릴케에게로 인도하는 조그마한 길잡이가 된다면 그것은 나에게 한 크나큰 기쁨이요 영광이 될 것이다.

14. 둥우리
– 자전적 스케치

두만강 어귀에서 남쪽으로 50리 떨어진 U 읍은 한때 신흥 도시로서는 무척 각광을 받은 항구였다. 1930년대 엄청나게 도 많이 잡힌 정어리 잡이의 중심지란 이유도 있었지만, 남만 주 철도의 종점으로 만주에서 생산된 농산물이며 각종 원료 를 일본으로 쉽게 운반할 수 있는 거점이란 점에서 일본 사람 들에게는 매우 편리한 항구 구실을 하였다. 그럼으로 얼마 전 까지만 하더라도 가장 북쪽에 있는 보잘것없는 가난한 어촌 을 면치 못하던 곳이 이 같은 지리적인 이유로 앞으로 무한히 발전할 수 있다는 가능성이 엿보이게 되자, 전국에서는 물론 멀리 일본에서조차 사람들이 구름 떼처럼 모여들어 한때는 인구 4~5만을 헤아리는 제법 큰 읍으로 발전하였다. 그리하 여 동해의 거센 파도는 방파제로 차단되고 태고로부터 바다 와 교접하던 해변은 이제 미끈한 콘크리트로 덮였다. 곳곳에 정어리기름 공장의 굴뚝들이 우뚝우뚝 솟았으며 바다를 굽어보는 산 중턱에는 커다란 붉은 벽돌 건물 두 동이 가지런히 세워졌다. 하나는 초등학교요, 다른 하나는 읍사무소였다.

그러나 U 읍의 번영은 오래 지속되지는 못하였다. 2차대전이 일어날 무렵 그렇게도 흔하던 정어리 떼가 갑작스레 종적을 감추어 너무나 짧았던 몇 년간의 기름진 번영도 그만 끝장을 보게 된 것이었다. 사람들은 애초에 그들이 그러하였듯이 이제 또 빈손으로 고향 땅을, 혹은 정처 없이 타관의 길을 다시 더듬지 않으면 안 되었다. 달라진 것이 있었다면 올 때 그들이 품었던 포부와 기대와는 달리 절망과 거의 무엇에 기만당한 것과 같은 실망에 사로잡힌 채 그들은 또 다시 봇짐을 싸지 않으면 안 되었다는 것뿐이었다. 그러나 이들, 떠나는 사람들은 그래도 고향에라도 혹은 두만강 건너 북간도에라도 떠나갈 수 있다는 것만으로도 약간은 부러운 축으로 여겨졌다. 고향도 다시 돌아갈 곳조차도 없는 사람들-이들은 여기에 눌러앉아 새로운 고향을 만들지 않으면 안 되었었다.

봉수네도 영남 지방 어느 두메에서 생선이라도 실컷 먹어보리라는 희망을 갖고 아직 봉수가 젖도 채 떨어지기 전에 U 읍에 이사 왔다고들 했다. 처음에는 봉수 아버지도 정어리기름 공장에서 여러 가지 잡일을 하였지만 공장이 문을 닫게 된 이제 처자를 주렁주렁 거느린 처지로 알몸으로 다시 고향 땅을 되밟을 수는 없고, 그렇다고 남들처럼 훌훌 떠나갈 수도 없는 처지이고 보니 할 수 없이 옛날부터 손 익은 나무 패는 일을 천직으로 여기고 새로이 품팔이 일꾼으로 시작하였다.

봉수도 취학 적년기가 훨씬 지나도록 아버지를 따라 이 집 저 집 통나무를 패어 주는 일을 거들다 보니 학교란 꿈조차 꾸지도 못했지만, 어느 날 그의 아버지의 돌발적이며 대담한 결심에 의해 — 그것이 북쪽 사람들에 흔히 있는 교육열에 자극된 것인지 혹은 자기와 같은 불우한 처지를 아들 대까지 물려주지 않겠다는 부모 마음에서인지 꼭 알 수 없는 것이기는 했지만 — 나이가 퍽 들어서 학교에 들어왔다. 그는 그때 우리보다 나이가 서너 살이나 위였다.

그러므로 우리처럼 학교가 파한 후 집에 곧장 돌아와서는 고작해야 집 근처에서 흙장난이나 같은 또래 애들과 우르르 몰려다니다가 하루해를 보내는 애송이들에게는 봉수의 지식은 정말 놀랍고도 신비스러운 것이었다. 봉수는 들판에서 메추리알을 찾아낸 이야기며 올가미로 다람쥐를 사로잡은 이야기를 들려주었다. 또 어느 냇가에는 송사리가 많고, 어느 늪에는 붕어가 많으며, 또 어디에는 미꾸라지며 가물치가 우글거리는 가도 알고 있었다. 그뿐만 아니라 그는 고무총을 만드는 데도 놀라운 재간을 갖고 있었으며 그걸로 새를 쏘아 맞추는 정말 뛰어난 명수였다. 비단 그가 학급에서는 물론 3학년 전체에서 가장 힘이 세다는 이유뿐만 아니라 우리로서는 아직 모르는 저 신비스럽고도 호기심에 가득 찬 미지의 세계를 환히 알고 있다는 이유에서 그의 인기는 비할 바 없이 절대적이었다. 아이들은 선생님보다 오히려 그의 비위를 거스를까봐 겁을 내었다. 모두가 그를 두려워하였으며 또 그와 친해지기를 바랐다.

구름 한 점 없는 어느 쾌청한 봄날 봉수를 포함한 대여섯 명의 반 아이들이 무단결석을 하고 들로 뺑소니를 친 적이 있었다. 애초부터 몇몇 아이들은 나 같은 소위 공부벌레가 자기네와 함께 하는 것을 탐탁하게 여기는 눈치는 아니었지만 며칠 전 어머니 생신날에 봉수만 몰래 우리 집에 불러다 과자며 떡을 가득 안겨 준 것이 크게 효험을 나타내 뭐 별다른 반발이 있을 수 없었다. 그때 우리들의 무단이탈이 필경에는 발각되어 선생님이나 부모님으로부터 호되게 꾸중 맞을 두려움이 나를 괴롭히지 않은 것은 아니었지만, 무엇보다 누구나가 부러워하는 봉수네 그룹에 낄 수 있다는 기쁨과 자랑스러움이 앞섰으며, 또 인제는 나도 저들과 가까이 사귄다는 것을 안다면 애들은 더 이상 나를 저 공부벌레라는 피라미 족속으로 취급하지 않겠지 하는 생각이 오히려 더 즐겁게 하여 주었다.

학교에 가지 않고 감히 곁길로 빠져나간다는 것은 나에게는 처음 있는 일이기도 하여 사실 그날 나는 애초부터 무척 흥분되어 있었다. 우리는 책보자기를 옆구리에 끼고 교외로 빠지는 신작로를 따라 걸었다.

동구 밖 국수바위 앞을 지날 때 나는 오히려 즐거운 기분이 되었다. 해마다 명절날이면 엄마와 같이 절간을 찾아갈 때 국수바위 앞길을 지나지 않으면 안 되었었다. 빨갛고 노랗고 파란 헝겊 조각들이 나뭇가지에 매인 채 펄럭인다던가 바위 앞에 짚신이며 짚으로 만든 인형이며 과일들이 흩어진 게 어쩐지 오싹할 정도로 기분이 언짢았다. 국수바위에서는 금세라도 귀신이 튀어나올 것 같아서 나는 돌멩이 세 개를 바위 위에 던지는 유희 같은 것은 아랑곳없이 되도록 멀리서부터 그곳에서 눈을 외면하고 엄마의 손을 꼭 잡은 채 빠른 걸음으로 지나치려고 무던히 애를 쓰곤 하였다. 오늘은 그럴 필요는 전혀 없었다. 아니 오히려 흥겨운 기분에서 멀리서부터 벌써 납작하게 손 안에 꼭 들어오는 반들반들한 돌멩이를 물색하는 데 나도 혈안이 되었다. 우리는 차례로 국수바위 앞에 서서 하늘 높이 돌을 던졌고 땅으로 굴러 내려오는 것이 하나도 없는 것을 확인한 아이들은 오늘 하루는 행운이 약속되었다는 기쁨에서 봉수의 얼굴을 쳐다보며 그의 축하를 구하였다. 적어도 국수바위의 점에 의하는 한 행운이 나에게는 약속되지 않았다. 바위 위에 떨어진 줄로 알았던 마지막에 던진 한

개가 탁탁 몇 번인가 튀는 소리와 더불어 저쪽 신작로에 내려 떨어졌던 것이다. 나는 약간 계면쩍은 얼굴로 봉수를 쳐다보았다. 그러나 봉수는 이미 다른 곳에 정신을 팔고 있었다.

그는 바위 저쪽 편 나무 위에 지금 막 와서 앉은 듯한 새의 무리에 고무총을 겨냥하고 있었던 것이다. 다른 아이들도 봉수의 고무총과 그것이 겨누고 있는 새와의 거리를 번갈아 보는 데 정신을 쏟느라 이미 다른 아이의 행운 따위는 관심이 없었다. 나는 나의 실수가 저들께 들키지 않았구나 하는 안도감에서 크게 한숨을 내쉬었다.

국수바위의 점은 최초의 신빙성을 우리들의 면전에서 잃었다. 왼쪽 눈을 지그시 감고 퍽 여유 있는, 흡사 어른과 같은 용의주도한 태도로 오랫동안 겨냥하다 날려 보낸 봉수의 고무총알이 바로 새가 앉아 있던 나뭇가지에 "딱"하고 맞음으로써 예닐곱 마리는 족히 되던 참새 무리를 전부 날려 보냈기 때문이다. 봉수는 아까 국수바위 앞에서 던진 세 개의 돌멩이를 멋지게 그 높은 바위 뒤켠에 얹게 하는 데 최초로 성공한 아이였었다.

"에이 기분 잡쳐!"

봉수는 신경질적으로 "퉤!"하고 침을 내어 뱉었다. 기분이란 말은 어른들 간에 종종 쓰이는 것을 들은 적은 있지만 그것이 뜻하는 바를 나는 잘 알지 못했다. 그리하여 그것이 봉

수의 입에서 자연스레, 더욱이 툇 하는 침과 더불어 내어 뱉
어졌을 때는 봉수의 어른다움을 한결 더 짙게 하여 주었다.

우리는 다시 길을 걷기 시작했다.

커다란 개천에 도달하였을 때 우리는 다리 밑으로 내려가
거기서부터는 바지를 걷어 올리고 물줄기를 따라 상류로 거
슬러 올라갔다. 냇물은 벌써 유월인데도 이 지방의 계절 탓
으로 봄이 더디 와서 뼛속까지 저리도록 차가웠다. 아이들은
봉수의 뒤를 따라 그들의 인내력을 과시하려는 심산에서인
지 그렇지 않으면 그들에겐 이미 익숙해져서인지 "요것쯤이
야." 하는 태도로 물속을 점벙거리며 걸어갔다. 물줄기를 따
라 얼마간을 걸어 올라가노라니 멀리 냇가에 오막살이 집 한
채가 보였고 그 곁에는 커다란 바퀴가 달린 물레방아가 있었
다. 오직 그림에서만 보아왔던 나에게는 매우 인상적이며 아
름다운 풍경이었다.

봉수는 우리 일행을 돌연 왼쪽 둑으로 인도했다. 좀 언덕진
곳에 지금 막 소복이 자라나는 잔디 위에 책보자기를 베개로
하고 모두가 누웠다. 구름 한 점 없는 창공에는 태양이 강열
한 빛을 거침없이 대지 위에 쏟고 있었다. 어디선가 뻐꾸기의
울음소리가 간간이 들려 왔다. 나는 잔디의 보드라운 촉감이
며 뻐꾸기의 울음소리며 풀 냄새에 취하여 한동안 눈을 감은
채 황홀한 기분에 젖어 있었다.

갑자기 코를 쿡 찌르는 화약 냄새에 놀라 나는 눈을 떴다. 봉수의 입에는 어느새 신문지로 만 담배가 물려 있었고 푸른 연기가 공중으로 흩어지고 있는 게 아닌가. 아이들은 모두 봉수의 얼굴만 주시하고 숨조차 죽이고 있었다. 몇 모금인가 뻑뻑 거세게 빨더니 그는 콧구멍으로 두 줄기의 연기를 익숙하게 내어 뿜었다. 때로는 크게 숨을 들이키더니 "후~" 하는 소리를 내며 아주 태연스레 연기를 내어 보내기도 했다. 그것은 나무랄 곳 없는 어른의 태도였다. 몇몇 아이들은 봉수가 내어 민 담배를 한 모금씩 빨아 보고는 재채기와 심한 기침을 토하며 눈물까지 글썽거렸다. 봉수는 한바탕 크게 웃어 보이고는 담뱃불이 거의 두 손가락 사이에 타들어 갈 때까지 끊임없이 빨아대고 연기를 뿜어댔다. 나에게는 하나에서 열까지 모두가 믿을 수 없는, 감히 상상조차 할 수 없는 것이었지만 이 같은 행위는 오히려 봉수와 그의 추종자 사이에 범할 수 없는 하나의 확고한 거리로 재인식시켰다.

얼만가를 오랫동안 아무 말도 없이 두 눈을 지그시 감고 누워 있던 봉수가 갑자기 벌떡 일어나며

"자 가자! 이제부터는 모두들 조용히 해야 돼. 한 마디라도 지껄이는 놈은 죽여 버릴 테다."

하고는 앞장서서 걸었다.

우리는 모두 그의 뒤를 따라 되도록 아무 소리도 내지 않으

려고 발꿈치를 들고 걸었다. 거의 무슨 약속이나 하듯 우리는 한 줄로 서서 갈대밭을 지나 너른 풀밭에 이르렀다.

"모두 엎드렷!"

봉수는 나직이 명령했다. 아이들은 영문도 모르고 일제히 봉수를 중심으로 반원을 그리며 풀 위에 엎드렸다. 풀밭에는 아무 소리가 들리지 않았다. 어딘지 알 수 없는 높은 창공에서는 종달새의 끊일 줄 모르는 애타는 울부짖음이 번져 가고 있었다. 배를 땅에 꼭 밀착시킨 채 무성한 잡초로 자신을 은폐해 본다는 것은 흡사 어느 영화에선가 본 척후병의 모습을 방불케 한다는 생각이 문득 들어 약간 우쭐한 기분마저 들었다. 봉수는 한동안 어딘가를 쏘아보더니 나직이 명령했다.

"너희들은 여기 있어!"

봉수는 천천히 일어나서 성큼성큼 앞으로 걸어갔다. 약 오십 미터쯤 되는 거리에서 그는 머뭇하더니 우리 쪽을 향하여 냉랭한 목소리로 외쳤다.

"어이, 모두 이리 와봐!"

우리가 그에게로 달려갔을 때 그의 손에는 한 마리의 살찐 종달새 시체가 말초리에 모가지를 꼭 묶인 채 대롱거리고 있었다.

"히야아!"

아이들은 일체 놀라움과 신기함에 함성을 올리며 저마다

종달새의 포동포동한 배를 만져 보려고 승강이를 했다.

"쳇 기분 잡쳐."

봉수는 톳 하고 침을 뱉는 것도 잊지 않았다.

"나 말이야, 어저께 낮에 요놈의 둥지를 찾아냈거든. 그래서 올가미를 매어 놓고 아까 우리 엎드렸던 곳에서 한나절을 숨어서 지켜보았으나 허탕이었어. 내가 좀 더 오래 기다렸더라면 틀림없이 요놈을 산 채로 사로잡았을 텐데, 에이 기분 잡쳐."

그러고는 톳 하고 또 침을 뱉었다. 과연 봉수의 발 밑 잔디가 소복이 돋아난 데 움푹한 곳이 있었고 거기 가느다란 풀뿌리 같은 것으로 정교하게 엮은 종달새의 둥지가 텅 빈 채 햇빛에 드러나 있었다. 나는 풀 위에 주저앉아 그 뾰족한 부리만으로 섬세하게 엮어 놓은, 그리고 인제는 아무 쓸모없이 저렇게 햇볕에 덩그러니 드러나 있는 버림받은 우묵한 빈 집 속에 손가락을 넣어 보았다.

"봉수야, 종달새는 여기서 잠을 자니?"

나는 아이들에게 둘러싸여 무표정하게 내 거동을 살피고 있던 봉수에게 말을 걸었다.

"응 그래. 이놈은 머리 생김새를 보니 틀림없는 암놈이야. 배가 불은 걸 봐도 알을 낳으려는 게 틀림없었어. 며칠 후에 찾았다면 이놈을 산 채로 사로잡아 집에 갖고 가서 알을 품고 새끼 까는 것을 보았을 텐데 말이야. 너 새가 알을 품고 있는 것 본 적이 있니?"

"아니 그런 건 난 본 적이 없어. 새 둥지도 가까이서 만져 보기는 이번이 처음이야. 정말 한번 봤으면 좋겠다."

봉수는 아무 말이 없었다. 그러고는 잠시 무슨 생각에 잠기는 것 같았다. 그때 아이들은 서로 자기가 종달새의 시체를 들고 가겠다고 저마다 봉수에게 졸라대었다. 봉수는 묵묵히 연하고도 부드러운 갈색 털로 덮인 종달새의 배를 손가락으로 매만지고 있었다. 그때 누구인가

"야! 고놈 배때기 고무공처럼 둥글구나."

하고 이야기했다. 아이들은 서로 깔깔거리고 봉수의 표정을 살폈다. 못내 봉수는 새의 목에 가느다랗게 그러면서 깊숙이 패어 들어간 말초리 올가미를 풀었다. 종달새는 봉수의 손바닥 위에서 가느다란 모가지를 길게 내어 빼고 축 늘어져 있었다. 갑자기 그가 팔을 높이 쳐드는가 했더니 종달새는 공중 높이 올라갔다가 매우 빠른 속도로 거꾸로 떨어졌다. 종달새의 시체는 둔한 소리와 더불어 가까운 풀밭에 내동댕이쳐졌다.

"자! 이제부터 축구다."

애들은 봉수의 뒤를 따라 와와 함성을 올리며 이미 한낱 돌멩이나 나무토막과 다를 바 없는 종달새의 시체로 달려갔다. 나는 풀밭에 앉아서 둥지 속에 손가락을 넣어 보기도 하고 가장자리를 쓰다듬어 보느라 축구 따위는 안중에도 없었다.

아이들은 연한 풀잎이 촘촘히 돋아난 잔디 위에서 서로 더 많이 차 보려고 엎치락뒤치락 하며 시시덕거렸다. 구름 한 점 없는 파란 하늘에는 태양이 이글대고 있었다.

집단 무단이탈이 있은 다음 날 결코 예기치 않았던 것은 아니었지만 어느 충성스런 급우의 고발로 선생님으로부터 위협적이며 끈덕진 심문이 있은 후 가혹한 처벌이 우리에게 가해졌다. 여 선생님은 그때 우리들의 얼굴에서 하나도 회개하는 표정을 읽을 수 없었음에 분개해서인지 혹은 매일 아침 귀 아플 정도로 들려준 애국적인 설교와 훈계에 어떤 배신과 모욕을 느꼈음에서인지 얼굴이 홍당무처럼 상기되어 우리를 꼬집고 흔들고 꽥꽥 소리를 지르곤 하였다. 그리고 심지어는 부모의 호출이며 퇴학 처분이며 하는 심한 언사마저 구사하며 학급 어린이들 앞에서 우리들의 그릇된 행위를 규탄했다. 3년째 접어드는 초등학교 생활에서 처음 경험하는 바이기도 하지만 그날 나는 선생님의 심문에 시종 침묵으로 일관했다. 그리하여 선생님의 장황한 애국적이며 교화적인 설교에 감누라도 할 법한 녀석이 오히려 무표정하게 버티고 서 있는 것을 괘씸히 여겨서인지 다른 동료들보다 한 시간이나 더 나를 교단 위에 꿇어앉혔다. 나는 교단에 꿇어앉아서 그 전날에 경험한 가지가지의 일들을 더듬었다. 대담할 수 있었던 국수바위 앞에서의 일, 고즈넉한 물방아간의 정경, 푸른 초원과 태양 그리고 종달새의 주검. 내 앞에서 지금 웃고 떠들고 장난치는 급우들이 나를 어리석고 나쁜 물이 들어가고 있는 아이라고 비웃고 있다 하더라도, 이 같은 일은 사실 어제까지만 하더라도 나에게는 견딜 수 없는 모욕이었겠지만, 나는 이미 그런 것엔 하나도 괘념치 않는 자신을 발견하고 있었다. 그것은 나의 새로운 경험이 하룻밤 사이에 저들과 나의 사이에 뛰어넘을 수 없는 굉장한 거리를 조성한 탓이었는지 알 수 없었다. 이윽고 선생님은 나에게도 자리에 들어가 앉도록 허락하여 주었다. 그때 나는 문득 학급 동료들에게 무엇인가 어떤 특이한 표현을 보이고 싶은 충동을 느꼈다. 그리하여 나는 교단으로부터 서서히 걸어 내려오며 초롱초롱 나를 쳐다보고 있는 아이들을 훑어보고는 침착하게 그리고 퍽 익숙한 어조로 어른들의 언어를 처음으로 흉내 내었던 것이다.

"에잇 기분 잡쳐!"

그 사건이 있은 후로 나는 전처럼 아이들과 잘 어울리지를 않았다. 나는 수업이 끝날 때까지 자리에서 떠나지 않고 멍하니 허공을 바라본다던가 점심시간이나 휴식 시간에는 창가에서 혹은 베란다에서 멀리 부드럽게 선을 이어간 항구며 드나드는 배며 수평선을 조용히 지켜보기를 즐겨 하였다. 학교는 읍내 중앙에 우뚝 솟아오른 산 중턱에 위치하고 있어 시내는 물론 항구 전체를 한눈에 굽어볼 수 있는 훌륭한 전망대의 구실을 하였다. 옛날에는 공동묘지로 쓰이던 곳인데 정어리가 한창 잡힐 무렵 산허리를 허물고 군내 초등학교로서는 처음으로 붉은 벽돌로 우람한 건물을 세웠다 했다. 학교 바로 뒤 계곡진 곳으로부터는 울창한 송림이 끝없이 위로 펼쳐져 올라가 멀리 해안에서 언덕을 바라볼 때엔 곱게 다듬어져 올라간 잔디밭을 방불케 했다. 송림 속으로 오백 미터쯤 올라가면 거기에 일본 신사(神社) 터가 있었고, 사시사철 송림에서는 요란한 바람 소리가 그치지 않아 특히 멀리 바다 빛이 흐려지고 파도가 몹시 출렁이는 음산한 날이면 송림은 더욱 사납게 울부짖어 그것이 일본 귀신이 포효하는 소리라 하여 어린 마음들을 두려움에 떨게 했다.

4~5월은 바다로부터 스며오는 짙은 안개로 맑은 하늘을 보기란 쉬운 일은 아니지만, 6월이 되면 푸른 하늘과 바다, 그리고 멀리 굽이쳐 사라지는 해안선을 바로 눈앞에서 내려다볼 수 있었다.

쪽빛 하늘이 낮게 드리운 6월의 어느 맑은 오후, 그날도 나는 종일 침묵과 근래 흔히 있는 까닭 모를 우울증으로 휴식 시간에 홀로 베란다에서 무심히 바다를 내려다 보며 무거운 생각에 잠겨 있었다. 내 곁에는 언제 왔는지 봉수가 나의 표정을 살피며 서 있었다.

"너 요새 어디가 아프냐?"

나는 아니라고 머리를 저었다.

"그럼 왜 그렇게 혼자서 늘 시무룩해 있지. 누가 널 놀리더냐?"

봉수는 내 눈을 똑바로 들여다보며 다급하게 물었다. 나는 아니라고 또 머리를 저었다. 봉수는 잠시 아무 말도 없이 내 얼굴에서 무엇이라도 찾아내려는 듯이 뚫어지게 나를 쳐다보았다. 얼마 후 봉수는 잠시 머뭇머뭇 주위를 살피더니 나에게 다가서며 나직한 소리로 속삭이듯 이야기했다.

"너 아무한테 이야기 안 한다고 약속할래?"

"뭔데?"

"글쎄 꼭 약속한다고 해!"

"그래도 뭔지 알아야 할 게 아냐?"

"여하튼 그런다고 약속 해!"

나는 봉수의 당돌하며 어딘지 윽박지르는 태도에 그만 끌려

"그래!"

하고 그가 내민 새끼손가락에 나의 것을 걸었다. 봉수는 아까처럼 또 주위를 두리번 살피고는 한결 나직한 소리로 이야기했다.

"우리 요전에 들에 갔을 때 너 새가 알을 품은 것을 보고 싶다고 했지?"

봉수는 내 대답을 채 듣기도 전에 내 손을 잡아끌며 자기를 따르라 했다. 봉수는 나를 끌고 우리 교실로 들어갔다. 그는 교실 제일 뒤쪽 창문께로 가더니 그 주변에서 웅성대며 장난치던 아이들을 전부 다른 곳으로 쫓아 버렸다. 그러고는 나에게 눈짓으로 자기 곁에 가까이 오라는 표시를 하였다. 3학년 교실은 전부 이 층에 있었고 우리 학급은 교사 중앙 바로 베란다 왼쪽에 있었다. 길게 남쪽을 향해 뻗어 나간 붉은 건물 앞에는 아름드리나무들이 무성한 가지와 잎새들을 드리우고 있었는데, 해마다 정원사의 정성 어린 손질로 나무들은 굵기에 비해서는 오히려 기형처럼 옆으로만 퍼져 갔다. 그리하여 벚나무, 살구나무, 소나무, 낙엽송, 향나무가 이 층에서는 손에 닿을 듯이 소복이 아래로 굽어보였다. 나와 봉수는 창문 밖으로 상반신을 꾸부렸다. 봉수는 우리 주위에 아무도 가까이 있지 않은 것을 다시 확인한 후에야 삼 미터쯤 거리에 있는 소나무를 손가락으로 가리켰다.

"저 소나무 줄기에서 동쪽으로 뻗은 가지가 있지. 거기서 위로 쭉 거슬러 올라가서 말이야 허리를 좀 아래로 굽혀봐. 또 작은 가지가 셋 갈라진 곳이 있지. 바로 그 위쪽을 봐, 뭐 허여스름한 게 보이지 않아?"

과연 봉수가 가리키는 곳에는 소나무 잎들이 무성히 얽혀 있고 거기 오후의 햇볕에 밝게 조명된 주먹만 한 둥우리 속에는 둥글둥글한 콩알보다 커 보이는 네댓 개의 알들이 담겨 있지 않는가. 나는 순간 기쁨과 놀라움에 가득 찬 눈으로 봉수의 얼굴을 쳐다보았다.

"알은 전부 다섯 개다. 어미 새는 지금 먹이 찾아간 모양이야. 너 정말 아무한테 이야기해서는 안 된다."

봉수는 지금 기뻐서 어찌할 바를 모르는 나의 귀에 입을 바싹 대고 속삭였다.

방과 후 당번 아이들이 교실 청소를 전부 끝마칠 때까지 나는 오랫동안을 교정에서 서성대지 않으면 안 되었다. 나는 운동장 주위 하늘을 찌를 듯이 높이 솟은 포플러 그늘에 앉아서 마지막 창문이 닫히고 당번 아이들이 우르르 떼를 지어 현관을 나와 교문 밖으로 사라지는 것을 전부 지켜본 후에야 어슬렁어슬렁 교정을 가로질러 현관으로 들어갔다. 이 층 3학년 교실은 믿을 수 없을 정도로 고요하였다. 아직 물기가 채 마르지 않은 긴 복도를 발돋움으로 걸어 우리 교실 앞에 이르렀다. 그러고는 무엇을 훔치러 들어가는 사람 모양 되도록 조용히 문을 여느라 안간힘과 신경을 썼다. 나는 문을 닫기가 무섭게 뒤쪽 창문께로 달려갔다. 처음 얼마간은 혹 잘못된 것 아닌가 하고 퍽 당황하기도 했지만 조금 후에야 비로소 둥우리를 뒤덮고 있는 어미 새의 푸른 빛 나는 털과 솔잎을 구별할 수 있었다. 마음만 같해서는 당장이라도 창문을 활짝 열고 상반신을 밖으로 내민다면 금세라도 손이 닿을 듯한 거리에서 더 똑똑히 볼 수 있을 것도 같으련만 그럴 수는 없었다.

어미 새에게 나의 위치며 또 자기를 지켜보고 있다는 불안감을 주지 않으려고 나는 유리창 뒤켠 그늘진 곳에 몸을 감추고 새의 거동을 살폈다. 어미 새는 굉장히 오랫동안을 털끝 하나 움직이지 않고 둥지 속에 날개를 퍼트린 채 엎드려 있었다. 이윽고 머리를 들어 사방을 몇 번 기웃거리더니 둥지를 약간 비스듬히 가리고 있는 가는 가지 위에 앉았다. 그러고는 오랫동안 둥지 속에 담긴 알들을 물끄러미 굽어보고 있었다. 나는 그때 그 어미 새의 행동을 충분히 이해할 만한 나이에 아직 도달하지는 못했지만 그래도 뭔가 알 수 없는 뿌듯한 감정이 조용히 내 가슴속을 적셔 옴을 희미하게 의식했다. 새는 산이나 들에서 쉽게 볼 수 있는 그런 종류의 것은 아니었다. 나로서는 처음 보는 것으로 등 쪽은 연두와 연갈색이 섞인 윤나는 털로 곱게 다듬어졌고, 배 아래쪽은 샛노란 털로 덮여 그 아래 가는 다리가 한결 빨개 보였다. 날개는 그것을 부채처럼 접고 있을 때에는 등과 같은 연두와 갈색의 혼합이었지만, 날개를 펴고 날 때에는 완전히 노랑과 연두의 끊임없는 교체였다. 하늘을 날 때에 참새나 다른 멧새들처럼 그저 직선적이며 계속적인 날개의 허우적거림이 아니라 그것은 U 자에 가까운 완만한 곡선의 끊임없는 반복이었다. 그것은 그저 날아간다기보다 오히려 자체 내의 어떤 리듬에 맞춘 하나의 율동이었다. 어미 새는 아이들이 하나 없는 텅 빈 운동장 위, 나른한 석양 빛 속을 몇 번인가 커다란 곡선을 그리며 율동을 하고는 어디론지 송림 속으로 사라져 버렸다. 해가 서산에 지고 어둑해서야 어디에선가 두 마리의 어미 새가 내 눈앞에 불쑥 나타났다. 그들은 처음에는 살구나무에 나란히 앉더니 곧 한 마리만 소나무 위 둥지 위에 앉았다.

그러고는 내 귀를 의심하리만큼 아름다운 목소리로 몇 번인가 울었다. 그것은 목청이 굵은 어른의 휘파람 소리 같기도 하였고 또 어쩌면 파이프오르간이나 플루트로 어떤 특정한 리듬을 반복하는 것 같았다. 그것은 또 새의 몸매며 가느다란 모가지로는 도저히 상상조차 할 수 없을 정도로 굵고도 우아한 울음소리였다. 살구나무 위의 새도 목청을 시험이라도 하려는 듯 몇 번인가 짧게 응답해 보이고는 소나무 위로 날아왔다. 얼마 후 한 마리는 둥지 속에, 다른 한 마리는 둥지 위의 가는 가지에 앉아 어두워 가는 저녁 하늘을 응시하는 것 같았다.

멀리 바다가 검게 보이고 운동장 주변의 높다란 포플러가 검은 유령처럼 느껴질 때에야 비로소 나는 책보자기를 옆구리에 끼고 교문을 나와 마을로 향하는 언덕길을 내려갔다.

마을에는 벌써 전깃불이 환히 들어와 있었다.

나에게는 근래에 드문 쾌활하며 즐거운 나날이 계속되었다. 이제 한 열흘이나 기껏해야 보름 정도면 알 속에서 깨어날 어린 새끼를 볼 수 있게 될 것이고, 또 어미 새가 갖다 주는 먹이를 먹는 것도 내 눈으로 생생히 마치 어항 속의 송사리나 붕어처럼 아주 가까이에서 관찰할 수 있다는 기쁨으로 흥분되고 기대에 찬 나날을 맞이했다. 사실 학교에서나 집에서나 심지어는 잠자리에 들어 누워서까지도 내 머릿속은 두 마리의 어미 새와 다섯 개의 알과 그리고 그것을 담고 있는 포근한 둥우리가 이룩하는 생각들로 가득 찼다.

그러나 이같이 즐겁고 밝은 마음도 곧 불안한 마음이 뒤따랐다. 혹 봉수가 어미 새를 잡으려고 몰래 둥지 위에 올가미라도 걸어 놓는다면 어쩌나 하는 새로운 걱정이 움텄던 것이다. 나는 봉수가 나에게 저지를지도 모를 배신적인 행위를 생각하느라 꼬박 뜬눈으로 밤을 샌 적이 한두 번이 아니었다. 그리고 어쩌면 나의 지나친 걱정에서 연유하였을지 모를 악몽으로 밤을 지새우기도 하였다.

어느 날 밤은 봉수가 두 마리 어미 새의 모가지를 말초리로 묶어 한 손에 들고, 다른 한 손으로 둥지 속의 알을 가져가려 할 때 그것만은 안 된다고 나는 발버둥 치며 엉엉 우는 꿈을 꾸다 엄마의 흔들림에 깨어난 적이 있다.

그때 엄마는 근심스런 얼굴로 내 이마에 맺힌 땀을 닦아 주며 웬 헛소리가 그리 심하냐 하며 어디가 아픈 모양이라고 입속말로 중얼거렸다.

나는 잠에서 깨어난 후 여러 가지 잡념들의 끊임없는 연속으로 동이 훤히 트일 때까지 다시 잠을 이루지 못했다. 둥우리는 봉수가 처음으로 찾아낸 것이고 또 그는 나보다 훨씬 힘도 세니 나의 사전 동의를 구할 필요도 없이 자기 마음대로 처분할 수도 있지. 그리고 그가 나에게 우리 둘만의 비밀로 굳게 다짐시켰듯이 혹 학급의 다른 아이에게도 같은 약속을 시키지 않았다고 누가 보장할 수가 있어. 그렇다, 시간이 더 흐르기 전에 어서 봉수로부터 그 비밀을 누설시키지 않겠다는 다짐이라도 받아야지. 혹 돈이나 진귀한 물건 같은 것으로 봉수에게서 둥지를 살 수도 있지 않아.

그날은 청소 당번이기에 아침 일찍 등교하여야 한다는 구실로 새벽부터 일어나서 서성거렸다. 먼저 퍼준 아침밥도 뜨는 둥 마는 둥 하고는 책보자기를 끼고 기찻길 건너 이웃 마을 봉수네 집으로 향했다. 내 주머니 속에서는 몇 개의 동전이 절렁거리고 있었다. 봉수는 부엌에서 불을 지피고 있다가 나의 이른 방문이 의외라는 듯이 약간 놀라는 기색을 보이며 나를 맞이하였다. 나는 봉수가 아침 식사를 하는 동안 그가 만들어 놓았음에 틀림없을 귤 궤짝 속 쳇바퀴를 끊임없이 돌리는 다람쥐의 재롱에 한동안 정신을 빼앗겼다. 그러나 그것에서 담임선생님이 감기에 걸렸을 때 발하는 콧소리에서와 같은 어떤 답답함을 느껴 나는 곧 외면하고야 말았다.

얼마 후 나와 봉수는 철길을 따라 학교로 가는 지름길을 더듬었다. 내 호주머니 속에서는 걸음을 옮길 때마다 절렁절렁하고 짧은 금속성이 들려, 나는 주머니 속에 손을 넣어 그것들을 꼭 쥐었다.

"봉수야 나 한 가지 부탁이 있다."

"뭔데?"

봉수는 약간 눈을 크게 떠 보이더니 내 쪽을 보았다.

"너, 내 이런 말 해도 화 안 내지?"

"아, 글쎄 뭔데. 어서 말해봐, 인마."

나는 동전을 살 속에 집어넣기라도 하듯 힘껏 쥐었다.

"우리 교실 앞 새 말이야, 그거 나한테 팔래?"

봉수는 말이 없었다. 잠시 후 뭔가 깊이 생각하는 눈치더니 이윽고 입을 열었다.

"왜, 그거 어디 쓸 데라도 있니?"

"아니 뭐 쓸 데 있어서가 아니라 그저……."

"그럼 왜?"

나는 별로 할 말이 생각나지 않았다. 우리는 서로가 묵묵한 채 아직도 자욱한 우윳빛 안개 속을 터벅터벅 걸었다. 간혹 가다 발부리에 차이는 자갈 소리가 묘한 음향을 이루었다. 내 머릿속에는 어쩌면 몰래 저지를지도 모를 봉수의 행위며 그리고 간밤에 꾼 생생한 악몽이 짧게, 그러면서도 선명하게 펀뜩이었다. 그러나 나에게는 그것을 봉수의 면전에서 솔직히 이야기할 용기가 생기지 않았다. 얼마 후 봉수는 얼굴을 약간 앞으로 숙인 채 걸으며 나에게 타이르듯 이야기하였다.

"그 새는 사실 그전부터 너에게 주려고 생각했다. 나야 뭐 오후 몇 시간을 들이나 산 속을 돌아다닌다면 다른 놈을 쉽게 찾아낼 수도 있지만……. 너 요새 그전보다 아주 기분이 좋아진 것 같더라. 그리고 밤늦게까지 교실에 남아 있는 것도 내 다 안다. 뭐 별 생각 말고 그대로 잘 지켜보려무나. 새란 놈도 참 재미있는 묘한 짐승이다. 인마, 그건 네 거다. 네가 가져라!"

봉수는 내 등을 툭툭 치며 껄껄 웃었다. 나는 봉수의 어른스러움에 또 한 번 감탄하며 그저 멍하니 그의 얼굴만을 쳐다보았다.

나는 학급에서는 물론 전교에서도 아침에 제일 먼저 등교하였다가 저녁이면 제일 늦게 교문을 나서는 학생이 되었다. 어미 새는 이제는 좀처럼 둥지를 떠나는 적이 없이 늘 그 속 알들을 포근히 품고 있었다. 저녁나절 아이들이 전부 집에 돌아가고 운동장이 텅 빌 때라야 비로소 두 마리의 어미 새는 저녁노을이 붉게 물든 엷은 빛 속을 그 특유한 U자의 반복된

율동으로 몇 번이고 원을 그리며 날았다. 나는 어둠의 장막이 깃들일 때까지 몇 시간이고 혼자서 때로는 몰래 교실에 들어와 번번이 나를 놀라게 하는 봉수와 더불어 교실 창문 뒤켠에 몸을 숨기고 둥지 속을 살폈다. 이제 오래지 않아 저 콩알만 한 알 속에서 다섯 마리의 예쁜 새끼가 나오리라는 벅찬 희망과 기대로 나에게는 또 다른 불면의 밤이 계속되었다.

어느 날 오후 체육 시간이었다. 학급 어린이들은 운동장 가운데 교사를 맞대고 두 줄로 나란히 섰는데 선생님이 나오는 기색이 좀처럼 보이지 않자 어떤 아이들은 줄을 이탈하여 멍하니 서 있는 아이들 뒤에서 발을 걸기도 하고 서로 밀치기도 하며 시시덕거렸다. 나는 앞줄 가운데쯤에 서서 우리들 앞 삼십 미터는 족히 되는 거리에 있는 그 소나무를 아무 생각 없이 물끄러미 바라보았다. 그때 갑자기 내 뒤켠에서 어느 애가 외치는 소리에 깜짝 놀라 힐끔 뒤를 돌아다보았다. 아이는 그 소나무 쪽을 손가락으로 가리키며 놀란 듯이 큰 소리로 외치고 있지 않는가.

"야! 저것 봐라, 참 예쁘지?"

근처의 아이들은 뭐 뭐하며 몰려들어 그 아이가 뻗치고 있는 손가락을 따라 눈을 돌렸다.

"저기 저 살구나무 위를 봐!"

아이는 자랑스레 약간 우쭐한 기분이 되어 소리쳤다. 그것은 바로 그 두 마리의 어미 새였다. 다른 때는 낮이면 늘 한 마리는 다른 곳에 가 있고 다른 한 마리만 둥지 속에 죽은 듯 엎드려 있더니 오늘 따라 왜 두 마리 다 아이들 눈앞에 저렇게 나타나는 어리석은 짓을 한담. 나는 조바심에서 안절부절 못했다. 몰려든 아이들 중의 어느 한 아이가

"야 저기 새 둥지라도 있는 게 아냐?"

라고 이야기할 때 나는 그만 전신이 마비되는 것 같은 아찔함을 느꼈다. 나는 제일 윗줄에 서서 지금 무슨 일이 일어나려 하는지 아무것도 모르고 뭔가 주위 아이들에게 열심히 떠들어대고 있는 봉수에게 다가가서 그의 귀에다 입을 대고 속삭였다.

"봉수야! 새 들켰다."

"뭐?!"

봉수는 눈이 휘둥그레져서 나를 보았다. 나는 아직 살구나무에서 눈을 떼지 않은 채 한데 모여서 웅성대고 있는 아이들 쪽을 가리켰다. 봉수는 몸을 홱 돌려 아이들 쪽으로 성급하게 달려갔다.

"너희들 뭘 그러니?"

옹기종기 모여든 아이들 가운데에 봉수는 불쑥 얼굴을 내어 밀었다. 최초의 발견자가 봉수에게 자랑스런 설명을 되풀이했다.

"저기 살구나무 위 새 말이야, 그거 참 예쁘지?"

"봉수야! 저기 새 둥지라도 있는 게 아니야?"

다른 아이가 또 자기의 확신을 되풀이 피력했다. 그 애는 저번 집단 무단이탈에 가담했던 아이들 중의 하나였다.

"아아! 저거 말이야 개똥새로구나. 멀리서 보니 예쁜 것 같지만 가까이 가보면 별로 예쁠 것도 없다. 그리고 저놈은 몸에서 늘 개똥 냄새가 나는 아주 고약한 새다. 둥지는 나무 위가 아니라 들에나 풀숲에다 틀지. 인마 저것들이 지금 나무 위에서 놀고 있다고 아무데나 다 둥지가 있고 새끼 까는 줄 아니, 밥통 같은 자식!"

봉수는 눈을 흘기며 새 둥지 이야기를 한 아이에게 무안을 주었다.

"개똥새"

아이들은 새의 이름이 뜻밖이라서인지 제각기 외워 보고는 히히 하고 못나게들 웃었다. 봉수는 아이들 뒤에 당황과 조바심으로 어쩔 줄 모르고 서 있는 나에게 찔끔하고 한쪽 눈을 감아 보였다. 그때 여기저기서

"선생님이 나오신다."

하는 수군거림과 더불어 아이들은 모두 제자리에 돌아갔다.

"우로나란히! 바롯!"

"우로나란히! 바롯!"

반장의 목소리가 조용해진 운동장에 갑작스레 메아리치며
울렸다.

저기 소나무 위 정교하게 엮어 놓은 둥지 속 다섯 개의 알
과 두 마리의 이름 모를 작은 새가 어린 가슴속에 그토록 비
할 바 없는 기쁨과 기대와 초조감을 동시에 불러 일으켜 줌은
대저 어찌된 영문에서일까. 그것은 아직 단 한 번도 가까이에
서 본 적이 없었다는 단순한 호기심에서일까 혹은 떠들썩한
우리의 주변, 어른들조차 감히 상상할 수 없는 가까이, 저 보
잘 것 없는 소나무 위에 한없이 아늑한 보금자리가 있어 그곳
에서 이제 다섯 마리의 어린 생명이 태어나는 것을 아무도 모
르게 지켜보고 있다는 비밀을 간직한 소년다운 심정에서 연
유하는 것일까.

나는 해가 이미 서산에 지고 달빛이 훤히 창문으로 내 얼굴
을 밝게 비추도록 교실 뒤켠 창가에 기대서서 어둠에 잠긴 마
을과 멀리 금빛을 찬란히 반사하는 바다를 굽어보았다. 이따
금씩 학교 뒷산 송림에서는 쏴아쏴아 바람 소리에 섞여 부엉
이 울음소리가 간간이 들려왔다. 나는 이미 귀신의 울음소리
따위를 무서워하는 소년은 아니었다. 내 주위 수천, 수만 겹
이 되도록 어둠의 장막이 싸여 나를 위협하고 있다 하더라도
바로 내 앞, 손이라도 내밀면 닿을 거리에 따스한 생명이 지

금 잠들고 있지 않는가. 나는 이미 홀로가 아니다. 나에게는 친구에게도 선생님에게도 엄마에게조차 아직 말할 수 없는 또 말하여서는 안 될 새로운 동무가 이제 막 탄생하려고 하지 않는가. 필경 그것은 노란 주둥이를 한 작고 아름다운 예쁜 새들이겠지. 녀석들은 그 조그마한 뾰족한 부리로 어미 새가 물어다 주는 씨를 날름날름 받아먹으며 무럭무럭 자라겠지, 그리고 커서 고운 날갯짓하며 멀리 바다가 트이고 푸른 하늘이 드리운 그 속을 무리 져 날아가는 광경은 얼마나 아름답고 황홀한 것이랴.

나는 달이 중천에 걸리도록, 이따금씩 문득문득 고개를 들어 주위를 살피고는 다시 모가지를 움츠려 깃 속에 파묻고 곤히 잠든 새를 지켜보며 창가에 기대서서 온갖 상상의 나래를 폈다. 내일은 일요일이고 하니 아침 일찍부터 와서 보아야지. 다른 아이들의 눈치를 살필 필요도 없이 하루 종일 마음껏 관찰할 수가 있으니 그 얼마나 다행한 일이랴. 아 그러니까 봉수의 말대로라면 내일쯤이면 혹 새끼를 깔런지도 알 수 없구나. 마음만 같아서는 그대로 창가에서 밤샘이라도 하고 싶은 생각이 간절하였으나 엄마의 걱정스런 얼굴이 눈에 선하여 밤도 퍽 깊어서야 나는 마을을 향해 밭길을 터벅터벅 걸어 내려갔다.

일요일 아침 자리를 박차고 밖에 나왔을 때는 사방은 온통 짙은 잿빛 안개로 뒤덮여 있었다. 작은 물방울들이 둥실둥실 떠다니며 상기된 두 볼에 축축이 와 닿을 때는 상긋한 쾌감마저 불러일으켰다. 아침 안개는 비할 바 없이 맑고 따스한 날씨를 약속한다는 상식 정도는 이미 알고 있는 나로서는 가슴이 벅차도록 기쁘며 경쾌한 기분이 들었다. 아침 식사 후 이웃에 있는 아저씨 댁에 심부름 다녀오라는 엄마의 말을 귓등에 들으며 나는 부리나케 밖으로 달려 나갔다. 기찻길을 건너 산기슭에 옹기종기 초가들이 모여 있는 봉수네 동네로 가는 오르막길을 더듬을 때는 지상의 안개는 거의 걷히고 옅은 안개만이 아직 하늘을 뒤덮고 있어 동녘 하늘에는 태양이 안개 뒤켠에 무슨 갓을 씌운 희미한 외등처럼 걸려 있었다.

봉수는 아버지와 더불어 마당에서 아름드리 통나무를 톱으로 켜며 가까이 다가가는 나에게 흰 이빨을 드러내 보이며 히죽이 웃어 보였다. 얼마 남지 않은 통나무를 다 켜고 봉수가 아침 식사를 끝마칠 때까지 나는 정말 지루한 기다림을 감내하지 않으면 안 되었다. 어서 빨리 새들을 보아야겠다는 조바심으로 나는 무엇 하나에 집착 못하고 안절부절 못하였다. 봉수가 그의 아버지에게 적당한 구실을 붙여, 사실 그의 아버지는 결코 좋아하는 눈치는 아니었지만, 빨리 돌아온다는 다짐을 받고 언덕길을 같이 내려올 때는 이미 안개는 씻은 듯 걷히고 한여름의 밝은 태양이 머리 위에서 마구 이글대고 있었다. 학교까지 가는 동안 나는 통 무엇이 무엇인지 분간할 수 없을 정도로 마음이 들뜨고 흥분되어 있었다.

교정에는 몇몇 상급반 아이들이 공을 차며 뛰놀고 있었다. 교문에 들어서자 나는 봉수를 뒤에 남긴 채 교정을 가로질러 현관을 거쳐 이 층 층계를 거의 날다시피 한 번에 여러 층씩 밟으며 단숨에 올라갔다. 텅 빈 복도를 마구 달려서 교실 문을 열고 뒤켠 창문께로 다가갔다. 헐떡이는 가슴을 진정시키노라 창문 뒤에서 여러 번 계속하여 심호흡을 하였다. 나는 즐겁고 행복에 찬 미소를 지으며 창문 밖 소나무 위에 찬란한 아침의 첫 인사를 보냈다. 그러나 어찌된 영문인지 둥우리가 있음에 틀림없는 가지 근방을 아무리 더듬어도 내 눈에는 푸른 소나무 잎 이외는 아무것도 보이지를 않았다. 나는 혹 잘못 본 것이 아닌가 하고 눈을 부비고 다시 자세히 살폈다. 여전히 내 눈에는 아무것도 보이지 않았다. 그럼 혹 내가 다른 나무를 착각하고……. 그것은 분명히 다른 나무가 아닌 바로 그 소나무 위가 틀림없었다. 도대체 어찌된 일인가. 나는 와락 조바심과 흥분으로 전신이 가볍게 전율함을 느끼며 창문을 열었다. 그리고 내 눈이 분명히 어떤 착각을 일으키고 있지 않다는 것을 확인이라도 하듯 상반신을 창문 밖으로 쑥 내밀고 소나무 위를 자세히 더듬었다.

아! 이것이 어찌된 일이냐 엊저녁까지 분명히 얹혀 있었던 둥지가 지금 감쪽같이 없어졌다는 것이. 나는 팽팽한 시계태엽이 와락 풀리는 것과 같은 긴장의 돌연한 해이를 전신에 느끼며 맥없이 책상 위에 털썩 주저앉아 버렸다.

잠시 후 웃음 지으며 곧장 뒤따라 들어온 봉수가 나의 표정을 보고 어찌된 영문을 몰라 커다랗게 뜬 눈만 껌벅거리고 서 있었다. 잠시 후 봉수는 귀 밑까지 빨갛게 상기되어 터질 듯한 분노를 감추지 못하고 씩씩거리며 교실 안을 왔다 갔다 하며 주먹으로 책상을 탕탕 두들겼다.

"어떤 개새끼가 그랬어, 응? 알기만 하면 그냥 죽여 버릴 테다. 두고 봐라!"

봉수가 실신한 사람처럼 축 늘어져 있는 나를 밖으로 끌어냈다. 우리는 그 소나무가 서 있는 앞에서 발을 멈췄다. 나는 쓰러질 것 같은 몸을 소나무에 기댄 채 멍하니 허공을 응시했다.

"야! 저것 봐라 저런……!"

봉수는 별안간 찢어질 듯한 날카로운 목소리를 질렀다. 소나무에서 약 이삼 미터 떨어진 곳, 그러니까 바로 살구나무 밑에 둥지가 모로 쏠어져 있고 그 앞에 얼룩진 얇은 껍데기가 노랗고 붉은 액체를 땅에 쏟은 채 부서져 있지 않는가.

나는 전신에 엄습하는 또 다른 전율을 의식하며 다시 허공에 눈을 돌렸다. 이제는 그토록 밝은 태양도 하늘도 그리고 운동장에서 뛰노는 아이들의 고함소리조차 느껴지지 않았다. 다만 어디선가 알 수 없는 분명히 어둠과도 같은 것이 눈앞에 어른거림을 희미하게 의식할 뿐이었다.

"너무 섭섭해 하지 마. 오늘 들에 가서 종달새 잡으면 너 줄게. 우리 같이 가서 둥지를 찾아보자. 들판에는 그런 것쯤은 얼마든지 있단다."

봉수는 내 팔을 잡아끌며 속삭였다.

"아니다. 봉수야 나 이대로 좀 있게 나둬 줘. 난 정말, 난 정말 뭐가 어떻게 된 건지 통 모르겠다."

어둠은 또 다시 내 망막 속에서 아른거렸다. 그것은 어쩌면 하늘로 향한 푸른 창에 최초로 던져진, 결코 지워질 수 없는 어둡고 검은 그림자였으리라.